Brigitte Blobel

Die Unzertrennlichen

SCHNEIDER
BUCH

Die Deutsche Bibliothek – CIP-Einheitsaufnahme

Blobel, Brigitte:
Die Unzertrennlichen / Brigitte Blobel. – München :
F. Schneider, 1994
ISBN 3-505-00052-3

Dieses Buch wurde auf chlorfreies,
umweltfreundlich hergestelltes
Papier gedruckt.

Frankfurter Ring 150, 80807 München

Titelfoto: Dominik Parzinger
Umschlaggestaltung: Claudia Wolfrath
Lektorat: Vera Fiebig
Herstellung: Gabi Lamprecht
Satz: Presse-Druck Augsburg, 11' Garamond
Druck: Tiskarna Ljudske pravice, Ljubljana, Slowenien
ISBN: 3-505-00052-3

Inhalt

Die Power-Girls
Ein irres Gespann
9

Die Power-Girls
Skandal in der Kleinstadt
185

Ein irres Gespann

„Victor! Wie siehst du denn aus?" Der kleine Gipsy, der eigentlich Gilbert hieß, schlich staunend um seine große Schwester herum.

„Wieso? Wie seh' ich denn aus?"

Gipsy legte die Finger an die Lippen, was er immer tat, wenn er nachdachte. Dann sagte er: „Wie eine schwarze Spinne."

Victor war über den Badezimmerspiegel gebeugt und zog mit einem schwarzen Augenbrauenstift eine dünne Linie am Wimpernansatz.

„Schwarze Spinnen sind doch schön."

„Nein! Die sind eklig!"

Victor kramte in dem Kästchen, in dem ihre Mutter die Lippenstiftproben aufbewahrte. Als sie einen fast schwarzen Lippenstift fand, lächelte sie glücklich.

Der kleine Gipsy erstarrte. „Sag bloß, du malst dir die Lippen mit dem Zeug an!"

„Klar. Wieso nicht? Sieht doch toll aus."

„Es sieht eklig und scheußlich aus. Wenn Mami dich sieht, mußt du bestimmt alles wieder abwaschen."

„Muß ich nicht."

„Mußt du doch!"

Victor hatte die Lippen angemalt und tupfte sie

mit einem Kleenextuch etwas ab. Dann steckte sie sich die großen silbernen Ohrclips an und betrachtete sich noch einmal eingehend im Spiegel. Sie trug eine schwarze Strumpfhose, einen Ministrickrock, natürlich auch in Schwarz, einen breiten Nietengürtel und über einem lilafarbenen T-Shirt ein Oberhemd ihres Vaters, das sie schwarz gefärbt hatte. Den Hemdkragen klappte sie hoch. Ihre streichholzkurzen, schwarzen Haare saßen immer, da brauchte sie nicht einmal einen Kamm. Neben der Badewanne standen die Cowboystiefel. Victor zeigte stumm auf die Stiefel und Gipsy trug sie brav herbei.

„So!“ Als Victor fertig angezogen war, drehte sie sich vor ihrem kleinen Bruder. „Gefall' ich dir?“

Der kleine Gipsy zog seine Nase kraus. „Pfui Geier“, rief er. Dann rannte er aus dem Badezimmer in die Küche. Victor hörte, wie er rief: „Mami, Mami, die Victor sieht wieder aus wie eine große schwarze Spinne!“

Victor konnte nicht hören, was ihre Mutter sagte. Aber es war auch egal. Sie holte ihre Schulsachen aus dem Zimmer und ging in die Küche. „Hallo, Mami.“

Frau Dahms drehte sich um und betrachtete kopfschüttelnd ihre Tochter. „Wie du wieder aussiehst!“

Unbekümmert holte Victor sich einen Joghurt aus dem Kühlschrank und begann, ihn im Stehen zu löffeln.

„Trauer muß Elektra tragen“, sagte sie.

„Was?“

„Eine antike Tragödie. *Trauer muß Elektra tragen.* Hast du bestimmt auch in der Schule gehabt.“

„Möglich. Aber was soll das?“

„Heute muß eben Victor Trauer tragen.“ Victor kratzte den Rest aus dem Joghurtbecher und warf ihn in den Mülleimer. „Heute gibt es Zeugnisse.“

Sofort machte Victors Mutter ein Gesicht, als bekäme sie gleich einen Migräneanfall. Sie angelte sich einen Küchenstuhl und ließ sich fallen. „O Gott! Das habe ich ja gar nicht gewußt.“

„Aber jetzt weißt du es. Kann ich einen von den Äpfeln mitnehmen?“

„Meinetwegen. Ich wollte eigentlich einen Apfelstrudel backen.“

„Davon wird man bloß dick.“ Victor gab ihrer Mutter einen Kuß. Mit einem Kuß war ihre Mutter immer zu besänftigen. Victor verstand das zwar nicht, aber es war schön, daß der Trick so gut funktionierte. Außerdem liebte sie ihre Mutter, auch wenn das für Außenstehende manchmal nicht so aussah.

Victor küßte ihre Mutter auch gern, weil sie so gut roch. Sie benutzte die Art von Cremes und Salben, die immer irgendwie edel rochen. Und bevor sie zur Arbeit ging (sie arbeitete in einer Parfümerie in der

Fußgängerzone), tupfte sie sich immer noch etwas von einem tollen italienischen oder französischen Parfüm hinter die Ohren und ans Décolleté. Victor kannte fast alle Parfums nach ihrem Duft. Sie war beinahe Spezialistin. Aber ihre Mutter hatte ihr verboten, sie zu benutzen – außer abends, wenn sie zu einer Party ging.

„Ich muß los, Mami. Schläft Papi noch?"

„Ja. Weck ihn bloß nicht auf. Der ist heute nacht erst zurückgekommen. Er hatte eine Panne auf der Autobahn."

„Der Arme. Gib ihm ein Küßchen, ja? Sag ihm, er soll sich nicht aufregen."

„Worüber?" fragte der kleine Gipsy, der unruhig auf dem Küchenstuhl hin und her rutschte. „Worüber soll Papi sich nicht aufregen?"

„Über mein Zeugnis, Kleiner." Victor strich ihrem kleinen Bruder über seinen Strubbelkopf. „Es wird schlimm werden."

„Wie bitte?" Angstvoll riß Victors Mutter ihre Augen auf. „Wieso denn schlimm? Davon weiß ich ja gar nichts."

„Deshalb sage ich es dir ja jetzt. Du kannst dich schon seelisch darauf vorbereiten, daß meine Versetzung im Sommer gefährdet ist."

„Nein!" Entsetzt schüttelte Frau Dahms den Kopf. „Das ist nicht wahr." Zitternd zog sie eine Zigarette aus dem Päckchen, das auf dem Küchentisch lag.

Victor nahm sie ihr sanft aus den Fingern und steckte sie in die Schachtel zurück. „Du sollst nicht soviel rauchen, Mami. Du weißt, was der Arzt gesagt hat."

„Aber wenn ich mich deinetwegen immer so aufregen muß!"

Victor seufzte. Sie rieb den Apfel an ihrem Rock, bis er glänzte, und steckte ihn dann in die Umhängetasche. „Nun hab' ich es dir doch so schonend wie möglich beigebracht. Es ist wirklich kein Grund zur Panik. Ich krieg' das bis zum Sommer schon wieder hin."

„Bleibst du etwa sitzen?" kreischte der kleine Gipsy.

„Halt den Mund, Kleiner, davon verstehen Knaben, die noch in den Kindergarten gehen, überhaupt nichts. Also ciao, ich hau' ab." Sie winkte fröhlich.

Ihre Mutter saß wie erstarrt am Küchentisch und sah ihr zu, wie sie im Flur den bodenlangen Trenchcoat anzog und einen ledernen Kofferriemen um die Taille schnürte.

„Wie du aussiehst!" rief sie ihrer Tochter zu.

Grinsend drehte Victor sich um. „Wie seh' ich denn aus?"

„Zum Fürchten!" sagte Frau Dahms. „Das muß die Lehrer ja aufregen, wenn du so daherkommst."

„Was geht denn das meine Lehrer an?" Victor stülpte sich den schwarzen Schlapphut auf den Kopf.

„Es ist respektlos!" rief Frau Dahms.

Victor winkte zum Abschied. „Dann ist es ja okay. Also, sag es Papi ganz schonend, ja? Ich habe keine Lust, heute mittag hier eine Szene zu erleben."

Frau Dahms seufzte. Sie schaute auf die Uhr. „Paß auf, daß du wenigstens pünktlich kommst! Es ist schon zehn nach halb."

„Zum Zeugnisabholen kann man gar nicht spät genug kommen", sagte Victor. Dann fiel die Haustür ins Schloß.

Der kleine Gipsy sah seine Mama an. „Au Backe", sagte er. Dann lief er um den Tisch herum und kletterte auf ihren Schoß. „Wenn ich groß bin und in die Schule gehe, dann bring' ich dir immer ganz tolle Zeugnisse nach Haus, Mami."

Frau Dahms lächelte. Sie wiegte ihren Sohn auf den Knien. „Warten wir's ab."

Als Victor das Haus verließ, begann es zu regnen. Sie zog den Hut noch etwas tiefer in die Stirn. So konnte sie fast gar nichts mehr sehen. Aber das fand sie ganz in Ordnung. Morgens um acht Uhr an einem regnerischen Wintertag wollte sie auch niemanden sehen.

„Mensch! Paß doch auf!" Irgend etwas polterte direkt vor ihren Füßen auf den Boden. Es war eine Art Schrank, etwas Dunkles, Viereckiges aus Holz. Verblüfft schaute Victor auf.

Vor ihr stand ein Mädchen, das eigentlich nur aus feuerroten Locken bestand. Es hatte ein ganz weißes Gesicht, das über und über mit Sommersprossen bedeckt war. Obwohl es ein kalter Wintermorgen war, trug sie nichts anderes als eine Jeans-Latzhose und ein kariertes Hemd, das sie bis zum Ellenbogen aufgekrempelt hatte. Sie war so zierlich und winzig, daß Victor zweimal hinschauen mußte, bis sie das Mädchen richtig zur Kenntnis nahm.

„Tut mir echt leid", murmelte Victor, während sie das Möbelstück betrachtete. „Hoffentlich ist der Schrank nicht kaputt."

„Das ist kein Schrank, sondern ein Schaukasten", sagte das Mädchen, das sich jetzt bückte und den Gegenstand von der anderen Seite begutachtete. „Da ist die ganze Familie der *ascalaphus macaronius* drin."

Victor starrte das Mädchen verblüfft an. „Wer ist da drin?"

„Hast du Tomaten auf den Ohren, oder was? Die *ascalaphus macaronius* sind da drin. Wenn welche von den Raupen runtergefallen sind, kriege ich einen verdammten Höllenärger mit Dicki."

„Ich verstehe immer bloß Bahnhof." Victor ging um den Kasten herum und hockte sich neben das

2 0052-24

Mädchen. „Das sind ja Schmetterlinge“, rief sie fassungslos. „Sind die schön!“

Hauchzarte, blaugelbe ausgestreckte Flügel konnte sie erkennen und unheimlich schöne pelzige Köpfe mit langen Fühlern, die wie Antennen von Science-fiction-Männchen aussahen, nur ganz winzig.

„Logo, daß die schön sind“, erklärte das rothaarige Mädchen ungerührt. „Du müßtest mal sehen, wenn die ausschlüpfen!“

„Die sind doch alle tot, oder? Wie können die denn ausschlüpfen.“

„Logo, daß die tot sind. Aufgespießt auf einer Stecknadel. Was hast du denn gedacht? Daß Dicki die bei lebendigem Leib aufspießt, oder was?“

„Und wer ist Dicki?“ fragte Victor.

In diesem Augenblick hörten sie ein Poltern, und dann tauchten zwei Männer auf, die ein Klavier an Schulterriemen über den Bürgersteig transportierten. „Weg da!“ rief der erste. Er trug eine leuchtend rote Pudelmütze.

Das Mädchen sprang auf. „Komm, hilf mal.“

Sie trugen den Schaukasten zur Seite und ließen die Männer mit dem Klavier vorbei.

„Was soll das sein?“ fragte Victor, die zuschaute, wie das Klavier in der Haustür eines Reihenhauses verschwand. „Eine Invasion vom Mars, oder was?“

„Ein ganz normaler Umzug“, antwortete die Rothaarige, „wenn du nichts dagegen hast."

„Was soll ich dagegen haben? Heißt das, ihr zieht hier ein?"

„Genau das heißt es ..." Die Rothaarige nahm den Schaukasten vorsichtig hoch und hob ihn auf die Schulter. „Tut mir leid, ich muß weitermachen. Wir sehen uns bestimmt wieder. Wohnst du hier irgendwo?"

Victor nickte. Sie war ganz benommen, sie konnte sich nicht erinnern, wann zuletzt ein Mädchen in ihrem Alter in die Ulmenstraße gezogen war. Jetzt war es geradezu ein Viertel für alte Leute, die ihren Ruhestand auf der Parkbank in der Sonne verbrachten. Victor langweilte sich schrecklich in der Straße, aber was sollte sie machen: Ihre Eltern wohnten nun mal hier.

Sie sah, wie das zierliche Mädchen in den viel zu großen Latzhosen davonging. Es kam ihr plötzlich so vor, als würde sie das Mädchen nie wieder sehen.

„He!" rief sie. „Wie heißt du eigentlich?"

Das Mädchen blieb stehen. Ohne sich umzudrehen, sagte sie: „Du kannst meinetwegen Lola zu mir sagen."

„Lola! Toll! Ich heiße Victor." Atemlos rannte Victor hinter ihr her. „Kann ich dir irgendwie helfen? Ich meine, hast du noch mehr Schmetterlinge, die transportiert werden müssen? Noch irgendeine andere exotische Familie vielleicht?“

Lola pustete die roten Locken aus der Stirn. Ihr Gesicht war von dem Nieselregen ganz naß. Jetzt sah Victor, daß auch ihr T-Shirt durchnäßt war.

„Ungefähr zweitausend“, antwortete Lola gleichmütig. „Ich wünschte echt, Dicki wäre da und würde sich selber um das Zeug kümmern. Aber der ist auf einem Kongreß in Toronto und läßt mich allein den Umzug machen. Schöner Mist. Und wenn nachher was falsch ist, bin ich die Dumme.“

Sie waren jetzt im Hausflur. Victor hielt hilflos eine Ecke des Schaukastens, aber sie merkte, daß ihre Anwesenheit eher hinderlich war als von Nutzen. Verzagt ließ sie los.

„Soll das heißen, du ziehst allein mit dem ganzen Krempel hier ein? In dieses Haus?“

Victor blickte sich fassungslos in der Diele um. Alles sah ganz normal aus. Rauhfasertapeten an den Wänden, hellgelb gestrichen, eine weißlackierte Holztreppe, die in den ersten Stock führte, unten ein Wohnzimmer mit roten Fliesen, von dem man in den Wintergarten gelangte. Victor kannte den Haustyp, in dieser Gegend gab es eine ganze Menge davon. Vor drei Jahren hatte ein Bauunternehmer mit einem Schlag fünfzig solcher Reihenhäuser gebaut. Alle mit Wintergarten, roten Fliesen im Wohnzimmer und einem Erkerzimmer im ersten Stock.

„Wir müssen das Zeug nach oben tragen, in Dickis Zimmer", sagte Lola. „Wenn du willst, kannst du helfen. Aber vielleicht legst du erst mal diese blöde Schultasche weg. Das sieht ein bißchen unpraktisch aus so. Dein Hut sieht stark aus. Hast du den geerbt?"

„Nee, auf dem Flohmarkt gekauft."

So etwas wie ein neugieriges Leuchten erschien auf Lolas Gesicht. „Hier gibt es einen Flohmarkt? Super."

„Versprich dir nicht zuviel davon. Meistens verkaufen die nur so alten Küchenschrott und Bilder von röhrenden Hirschen in goldenen Schnörkelrahmen. Aber manchmal entdeckt man auch was Gutes."

„Was hast du für den Hut bezahlt?"

„Drei."

„Drei Mark? Ist in Ordnung. So einen würde ich mir auch kaufen, wenn es den noch mal gibt."

„Geht leider nicht."

„Und wieso nicht?"

„Weil das mein Markenzeichen ist. Für diesen Hut bin ich in der ganzen Schule bekannt."

Lola lächelte gutmütig. „Macht nichts. Dann kaufe ich mir einen lila Samthut mit einer grünen Reiherfeder. Das paßt sowieso besser zu meinen Haaren und zu meinem Teint."

Victor schaute Lola an. Sie versuchte sich vorzustellen, wie Lola mit einem lila Hut mit grüner Reiherfeder aussah. Irgendwie schrill, dachte sie. Plötzlich mußte sie lachen. „Ich glaub', ich finde es gut, daß du hierherziehst", erklärte sie freundlich.

Lola strich ihre Haare aus dem Gesicht. „Ob ich das gut finde, weiß ich allerdings noch nicht. Wo wir früher wohnten, hat es mir ziemlich gut gefallen."

„Und wo war das?"

„Hamburg."

Victor war noch nie in Hamburg gewesen. Sie hatte so eine Vorstellung von einer feuchten, kalten Stadt, in der immer eine steife Brise wehte, mit einem Hafen, in dem die dicken Überseeschiffe ständig mit ihren Nebelhörnern tuteten.

Die beiden Umzugsmänner brachten einen Küchenschrank.

„Wo ist die Küche?" rief der erste.

„Hier, gleich rechts." Lola rannte voran. Eine Weile unterhielt sie sich mit den Möbelpackern. Offenbar meinten die, daß die Küchenmöbel viel zu groß seien für die Küche. Aber Lola sagte ganz ungerührt, das müsse man eben ausprobieren.

„Du bist echt cool", sagte Victor bewundernd, als Lola wieder im Flur war.

„Lernt man alles, wenn man mit einem Mann wie Dicki lebt."

„Ich glaube, ich hab' schon mal gefragt, wer Dicki ist."

„Mein Vater natürlich, wer sonst?"

„Ah, so." Victor überlegte. „Und deine Mutter?"

„Nicht vorhanden." Die Antwort kam knapp und streng. Victor hatte das Gefühl, sie sollte besser nicht weiterfragen. Sie stellte die Schulmappe unter den Treppenabsatz und zog den Trenchcoat aus. Achtlos ließ sie ihn auf den Boden fallen.

„Okay. Wir können anfangen. Was kommt als nächstes?"

„Schmetterlinge. Was sonst? Ich hab' doch gesagt, es sind ungefähr zweitausend Stück."

Victor merkte, daß Lola ihren Aufzug musterte. Verstohlen zwar, aber Mädchen merken so etwas trotzdem. Lola gab keinen Kommentar ab. Victor mußte plötzlich an ihren kleinen Bruder Gipsy denken. Von wegen schwarze Spinne. Das müßte Lola eigentlich gefallen, dachte Victor. Eine Spinne ist schließlich so etwas Ähnliches wie ein Schmetterling, allerdings ohne Flügel. Jedenfalls auch ein Insekt, eine entfernte Verwandte sozusagen. Sie grinste, als sie Lola nach draußen folgte. Die Türen des Umzuglasters standen weit offen. Vorn auf der Laderampe waren die benutzten Decken zusammengefaltet. Hinten stauten sich noch die Sachen bis zur Wagendecke.

„Das ist noch ein ganzes Stück Arbeit", meinte Victor.

Lola seufzte. „Allerdings. Wenn ich bedenke, daß ich seit einer Ewigkeit nichts mehr im Magen habe, wird mir richtig flau. Meinst du, ich müßte den beiden Männern einen Kaffee oder so was anbieten?"

„Wäre keine schlechte Idee."

„Aber woher soll ich den nehmen? Die Küche ist ja überhaupt noch nicht eingerichtet. Und das ganze Geschirr und die Kaffeemaschine stecken in irgendeinem dieser verdammten Kartons." Lola deutete auf eine Ecke, in der nur Pappkartons gestapelt waren.

Victor überlegte. „Ich wohne bloß ein paar Häuser weiter", sagte sie zögernd. „Ich meine, wir haben auch eine Thermoskanne oder so was ... Ich könnte auch ein paar Becher besorgen und Dosenmilch und Zucker."

Lola strahlte. „Echt?" fragte sie. „Machen deine Eltern keinen Ärger?"

„Ich weiß nicht." Victor schaute auf die Uhr. „Besser, wir warten noch eine Viertelstunde. Dann bringt meine Mutter den Kleinen in den Kindergarten und geht zur Arbeit. Dann ist die Luft ziemlich rein." Einen Augenblick dachte sie an ihren Daddy, aber ihr Daddy war harmlos. Der checkte die meiste Zeit gar nicht, was zu Hause ablief, weil er immer so mit seiner Firma beschäftigt war.

„Und deine Schule?“ fragte Lola.

Victor holte tief Luft. „Besser, du hättest mich nicht daran erinnert“, sagte sie. „Wir kriegen heute Zeugnisse.“

Lola sah sie mitleidig an. „Au, das tut weh. Du bist wahrscheinlich ziemlich schlecht, oder?“

„Sieht man mir das etwa an?“ fragte Victor empört.

„Nee, überhaupt nicht. Ich dachte nur. Leute, die in der Schule gut sind, die beeilen sich doch, in die Schule zu kommen, wenn es Zeugnisse gibt. Die können es gar nicht erwarten, die Siegesmeldungen nach Hause zu bringen. Ich kann mich nicht erinnern, daß du gerannt bist.“

Victor grinste. Das Mädchen gefiel ihr immer besser. „Ich krieg' wahrscheinlich eine Vorwarnung, daß meine Versetzung gefährdet ist“, sagte sie. „Aber das hat nichts zu bedeuten. Das ist bis zum Sommer ausgebügelt.“

„Na toll. Dann können wir ja ebensogut den nächsten Kasten ins Haus bringen.“ Mit einem Schwung sprang Lola auf das Trittbrett und verschwand im Inneren des Lasters.

Etwas mühsamer, weil ihr Rock zu eng war, kletterte Victor hinterher.

„Du! Mami! Ich glaub', das war eben Victor!“ Aufgeregt trommelte Gipsy an die Scheibe des Autos. Er saß hinten auf dem Kindersitz und drückte wie immer seine Nase an der Fensterscheibe platt.

„Wo?" fragte Frau Dahms.

„Da, in dem großen Auto."

Im Rückspiegel betrachtete Victors Mutter den Laster von der Speditionsfirma. Der Wagen trug das Hamburger Kennzeichen HH.

„Du hast dich bestimmt verguckt, Kleiner", sagte Frau Dahms sorglos. „Victor ist doch längst in der Schule."

Victor fand die Vorstellung, daß in ihrer Klasse jetzt alle wie arme Sünder dasaßen und auf ihre Zeugnisse warteten, ziemlich erheiternd. Sie stellte sich das Gesicht von der Bunse, ihrer Klassenlehrerin, vor.

„Die Bunse flippt aus, wenn sie mir das Zeugnis nicht persönlich überreichen kann", meinte Victor, während sie ungefähr den dreißigsten Schmetterlingskasten die Treppen hochschleppte.

„Wieso soll sie ausflippen?" fragte Lola. „Den Lehrern kann es doch egal sein, ob man anwesend ist oder nicht. Für die ist der Unterricht doch bloß Routine." Sie wischte sich den Schweiß von der Stirn und ließ sich auf einem der Umzugskartons nieder. „Bei uns in der Schule hätten die Lehrer mit dem Stoff auch einfach weitergemacht, wenn der Klassenraum zufällig völlig leer gewesen wäre."

„Die Bunse ist anders." Victor schüttelte den Kopf. „Die Bunse hat noch so einen Lehrer-Idealismus, weißt du. Die will aus uns bessere Menschen machen. Aus mir jedenfalls. Das ist ihr großer Ehrgeiz. Ich wette, die hat sich eine Rede ausgedacht, die sie extra meinetwegen halten will. Warum sie mir so schlechte Noten gegeben hat und daß das alles zu meinem Besten ist und so. Mein Gott, wie mir das zum Hals raushängt."

Victor streckte sich auf dem nackten Holzfußboden aus und verschränkte die Arme unter dem Kopf. „Aber hier ist es schön", sagte sie, während sie durch die Fenster auf den Schnürlregen schaute. „Hier ist es richtig gemütlich und friedlich."

Genau in diesem Augenblick brüllte einer der beiden Möbelpacker: „Wo soll der verdammte Teppich hin?"

„Moment!" Lola sprang wie elektrisiert auf und stürzte die Treppe hinunter. „Welcher Teppich ist das? Der blaue oder der rote?"

„Sieht ziemlich blau aus", meinte der Mann mit der Pudelmütze.

„Okay, dann kommt er ins Wohnzimmer. Der rote gehört nämlich mir. Der kommt oben in das Eckzimmer. Und was ist mit dem Eßtisch?"

„Den bringen wir gleich, kleines Fräulein. Nur keine Eile. Alter Mann ist schließlich kein D-Zug."

„Den Spruch hab' ich schon irgendwo mal gehört", sagte Lola.

Als Victor die Treppe herunterkam, stand Lola mit einem großen Bogen Papier im Wohnzimmer und kontrollierte, ob die Möbel richtig aufgestellt wurden. „Das Sofa muß an die Terrassentür. Sonst ist kein Platz für den Fernseher. Und die Stereoanlage kommt nachher ins Bücherbord."

Victor tippte Lola auf die Schulter. „Ich glaub', bei uns zu Hause ist die Luft jetzt rein. Soll ich Kaffee besorgen?"

Der Mann, der gerade die Schrankwand zusammensetzte, drehte sich um. „Hab' ich eben was von Kaffee gehört? Das ist ja eine klasse Idee. Vielleicht kannst du ein paar belegte Brote mitbringen."

„Und zwei kleine Bierchen", sagte der andere. „Ich brauche unbedingt ein Bier, sonst sackt mein Blutzuckerspiegel ab."

„Morgens um neun?" fragte Victor entsetzt.

Aber als sie sah, daß Lola ihr zuzwinkerte, stellte sie lieber keine Fragen mehr.

Lola folgte ihr in den Flur. „Wir sind die ganze Nacht durchgefahren", sagte sie. „Das muß man verstehen. Die beiden arbeiten praktisch schon seit achtzehn Stunden."

„Klar." Victor hob die Schultern. „Im Grunde ist es mir egal, wie viele Biere sie trinken. Ich weiß bloß echt nicht, wo ich die herkriegen soll. Und die belegten Brote ..."

Lola runzelte die Stirn. „Gibt es hier in der Gegend vielleicht so eine Art Café?"

„Gibt es. Das *Lindner* am Uhlandplatz."

„Ist das weit?"

„Zu Fuß eine Viertelstunde. Mit dem Fahrrad fünf Minuten."

Plötzlich lachte Lola. „Ich hab' eine Idee! Wir machen das zusammen, ja?" Sie umarmte Victor, die plötzlich stocksteif wurde. Irgendwie kam es Victor plötzlich ganz unsinnig vor, daß ein wildfremdes Mädchen sie umarmte.

Lola merkte es sofort. Sie wich einen Schritt zurück. Sie hatte ein feuerrotes Gesicht bekommen. „Entschuldige", murmelte sie. „Ich benehme mich wahrscheinlich total idiotisch." Sie atmete einmal tief durch und warf ihre Haare in den Nacken. Dann putzte sie den Staub von den Knien, als gäbe es nichts Wichtigeres zu tun.

„Wahrscheinlich mußt du jetzt wirklich in deine Schule und das Zeugnis abholen. Ich komm' schon allein zurecht. Wenn du mir beschreibst, wie ich zu diesem Café komme ..."

„Sag mal, was ist denn jetzt los?" platzte Victor los. Sie schämte sich, daß sie plötzlich so komisch geworden war. „Ich hab' dir doch gesagt, daß es keine

Rolle spielt, wann ich dieses blöde Zeugnis abhole. Ich finde, es ist im Augenblick viel wichtiger, daß du und die beiden Männer endlich mal ein Frühstück kriegen! Die ganze Nacht gefahren! Wenn ich mir das vorstelle!“

Lola lächelte. Sie sah plötzlich wirklich richtig müde aus. „Ich hab' irgendwie gedacht, es geht alles viel schneller. Deshalb hab' ich ja auch zu meinem Daddy gesagt, daß er ruhig zu diesem blöden Kongreß nach Toronto kann. Es ist ein wichtiger Kongreß, weißt du. Dicki will da einen Vortrag über seine Forschungsarbeiten der letzten fünf Jahre halten. Er hat sich unheimlich gefreut, daß sie ihn eingeladen haben. Und dann ist auf einmal der Termin für den Umzug zur gleichen Zeit gewesen, und wir konnten die Spedition nicht mehr abbestellen. Dicki war natürlich außer sich.“

Lola lächelte wieder, als hoffte sie, daß Victor Verständnis für Lolas Vater haben könnte. „Aber er ist ein Wissenschaftler, weißt du. Im täglichen Leben hat er nicht so den richtigen Durchblick.“

„Dafür du um so besser“, sagte Victor mit unverhohlener Bewunderung. „Ich finde das Wahnsinn, was du hier machst! Alleine mit einem ganzen Haushalt umziehen! Wenn ich meinen Eltern das erzähle, kriegen sie die Panik.“

„Dann erzähl es doch einfach nicht.“ Lola sah sich

nach den Männern um, die immer noch an der Schrankwand herumbastelten. „Also, wir müssen uns jetzt echt entscheiden, wie wir das mit dem Frühstück regeln."

„Ist doch schon beschlossen", erklärte Victor. „Wir machen es genauso, wie du sagst: Wir fahren zum Café *Lindner* ... Sag mal, hast du ein Fahrrad?"

„Klar. Das ist noch auf dem Laster. Warte, ich hol' mir bloß einen Anorak." Lola verschwand und kam Sekunden später wieder zurück. Sie trug einen grünschillernden Parka, der eine fellbesetzte Kapuze hatte und ungefähr hundert Taschen.

„Was ist das denn für ein irres Ding?" fragte Victor verblüfft. „Sieht aus, als wenn der Forscher Asmussen das bei seiner Nordpolexpedition angehabt hätte. Aber echt Klasse."

„Ist eine Pilotenjacke, fünfzig Jahre alt", sagte Lola. „Hat Dicki mir irgendwann geschenkt. Der weiß, daß ich auf solche Sachen stehe. Ich hab' auch eine Pilotenkappe und so eine Brille, weißt du, wie sie die Leute in den alten Doppeldeckern immer aufhatten. Da gab es so einen Film ..."

„Weiß ich genau!" schrie Victor begeistert, „hab' ich ungefähr dreimal gesehen. Von der Atlantiküberquerung, oder? Warte mal, wie hieß der Film denn noch ..."

Lola hatte die Jacke wieder ausgezogen. Sie

streckte sie Victor hin. „Wenn du willst, können wir tauschen. Ich nehm' dann solange deinen Regenmantel. Der sieht auch heiß aus. Aber vielleicht ist er mir zu lang. Ich will ja nicht gerade den Bürgersteig damit putzen."

Victor rannte, um den Mantel zu holen. „Du kannst ihn ja in der Taille hochbinden." Sie drängte Lola den Mantel auf. Dann bückte sie sich nach der Pilotenjacke. „Was ist denn das für ein Material? Das faßt sich unheimlich schön an."

„Fallschirmseide", sagte Lola. „Schade, daß wir noch keinen Spiegel aufgehängt haben. Wie seh' ich aus?"

Sie hatte den Trenchcoat so weit hochgerafft, daß ein Stück der Jeans noch zu sehen war. Ihre roten Haare fielen bis auf die Schultern. Dazu trug sie schwarze Ballerinas. Nicht gerade das richtige Schuhwerk für so einen Tag, fand Victor. Aber sie gab zu, daß es irgendwie toll aussah.

„Steht dir echt gut", sagte Victor.

„Also, dann probier du die Jacke an."

Geradezu ehrfürchtig schlüpfte Victor in das wattierte, seidenweiche Kleidungsstück. Dann stülpte sie sich die pelzgefütterte Kapuze über den Kopf.

„Wie ein Eskimo", sagte Lola grinsend. Ich wette, so erkennt dich keiner."

Einen Augenblick standen sie sich gegenüber und

schauten sich an. Beide hatten haargenau den gleichen Gedanken.

Victor redete als erste. „Verrückt", sagte sie kopfschüttelnd. „Eigentlich kennen wir uns überhaupt nicht …"

„… und trotzdem hab' ich das Gefühl, als wenn wir jahrelang befreundet wären", sagte Lola.

„Das wollte ich auch gerade sagen." Victor war ein bißchen verlegen.

„Ob so was gutgeht?" fragte Lola. „Ich meine, so eine Freundschaft auf den ersten Blick? Nachher stellst du plötzlich fest, was für eine blöde Kuh ich bin und wünschst dir, daß du mir nie begegnet wärst."

„Quatsch. Red keinen Blödsinn. Laß uns lieber das Rad holen. Ich nehm' dich auf den Gepäckträger. Ich bin das gewöhnt."

„Einen Gepäckträger gibt es nicht", sagte Lola. Sie nahm wie selbstverständlich Victors Arm, und so marschierten die beiden nach draußen. Es hatte aufgehört zu regnen. Die beiden Männer schleppten gerade ein hellbraunes Bettgestell vom Laster ins Haus. „Das ist mein Bett", rief Lola, „das kommt oben ins Eckzimmer."

„Okay. Hauptsache, irgendwann kommt ihr mit dem Kaffee rüber, ihr beiden Schnattergänse", sagte einer der Packer. „Wir verdursten langsam."

3 0052-24

„In zehn Minuten sind wir zurück!“ rief Victor.

Sie kletterten in den Laster. Man konnte nicht viel erkennen. Es war einer dieser Februartage, an denen es gar nicht richtig hell wurde.

„Die müßten hier eine Petroleumlampe aufhängen“, meinte Victor, als sie in dem Anhänger herumtapste.

„Hier ist das Rad, faß mal mit an.“

Lola hatte schon den Lenker in der Hand und zog das Rad zwischen den Kistenstapeln hervor.

Victor starrte sie verblüfft an. „Das ist ja ein Tandem!“

„Klar. Damit sind Dicki und ich schon einmal durch die ganze französische Provence geradelt. Na, ich sag' dir, das war eine Tour.“

„Was wolltet ihr denn in der Gegend?“

„Einen seltenen Schmetterling suchen, was sonst. Natürlich haben wir ihn nicht gefunden, weil plötzlich so ein blöder Kälteeinbruch kam. Und dann fliegen diese Falter nicht, sagt Dicki. Also, was ist? Darf ich dich zu einer Tandemtour einladen?“

Victor grinste. Sie stellte sich vor, wie sie mit Lola auf diesem komischen Fahrrad durch das Viertel radeln würde. Niemand in der Gegend fuhr ein Tandem. Wenn Victor es sich recht überlegte, kannte sie keinen einzigen Menschen, der je auf so einem doppelten Drahtesel gefahren war. Sie hatte Tandemfahrer immer für ziemlich verrückt gehalten. Typisch für Ehepaare, die tun, als wenn sie aneinandergeschweißt sind, hatte sie immer gesagt.

Aber das stimmte ja gar nicht. Lola und ihr Vater waren jedenfalls kein aneinandergeschweißtes Ehepaar. Im Tandem durch halb Frankreich auf der Suche nach einem seltenen Schmetterling ...

„Das ist das Verrückteste, was ich je gehört habe", sagte Victor, als sie das schwere Rad endlich vom Wagen gewuchtet hatten. Lola raffte ihre roten Lokken zusammen und stopfte sie in den Kragen des Trenchcoats. Dann stieg sie auf.

„Also, was ist!" rief sie Victor zu. „Fahren wir nun oder nicht?"

„Okay, bin schon oben. Und wer bestimmt das Tempo?"

„Das regelt sich von ganz alleine, das merkst du schon. Du mußt mir bloß den Weg zeigen. Aber schön rechtzeitig. Und paß auf, wenn du dich in die Kurve legst. Am Anfang verliert man leicht das Gleichgewicht."

„Ich geb' mir Mühe, versprechen kann ich nichts. Zum *Lindner* geht's die nächste Straße rechts und dann über die Kreuzung und dann links."

Während sie mit Victor auf dem Tandem durch die ihr vollkommen fremde Gegend fuhr, dachte Lola, was für ein unverschämtes Glück sie immer im Leben hatte: Jedesmal, wenn ihr seelisches Gleichgewicht umzukippen drohte, passierte irgend etwas richtig Tolles. An diesem Morgen zum Beispiel, als sie mit den beiden Männern plötzlich vor dem Haus gestanden hatten, war ihr hundeelend zumute gewesen. Sie hätte am liebsten losgeheult, so einsam, müde und deprimiert hatte sie sich gefühlt.

Aber sie wollte natürlich nicht, daß die beiden Männer von der Speditionsfirma das merkten. Deshalb war sie mit dem letzten Rest ihres Mutes auf das Haus zugegangen, hatte aus ihrer Tasche den Haustürschlüssel geholt und geöffnet.

Wer noch nie ein ganz leeres Haus betreten hat – und zwar ein Haus, das schon seit Monaten leersteht –, der kann sich nicht vorstellen, wie das ist. Lola war wie erschlagen von der Kahlheit, die sie hier antraf. Ihre Schritte hallten, als sie über die roten Fußbodenfliesen im Wohnzimmer ging, und als sie den Männern etwas zurief, kam es ihr vor, als gäbe es ein Echo: Sie hörte ihre Stimme immer zweimal.

Der erste Gang war zum Telefon. Sie hatte die Nummer ihres Daddys mit einem Kugelschreiber auf den Arm tätowiert, um sie keinesfalls zu vergessen. Ihr Vater hatte ihr eingeschärft, daß sie sofort anrufen sollte. Natürlich machte er sich Sorgen, wenn er seine Tochter allein mit dem ganzen Zeug ließ. Aber so große Sorgen machte er sich nun auch wieder nicht, weil er eigentlich gar nicht wußte, was alles schiefgehen konnte bei so einem Umzug …

Jedenfalls hatte Lola sich gerade noch die Zeit genommen, ihre Pilotenjacke auszuziehen, und schon nahm sie den Hörer ab. Sie hielt die Muschel ans Ohr, aber das bekannte Tuten ertönte nicht. Es ertönte gar nichts. Die Leitung war vollkommen tot. Fassungslos starrte sie den Hörer an.

„Was ist los?“ fragte einer der Umzugsmänner, der sich die Räume anschaute und dabei achtlos seine Zigarettenasche fallen ließ (das muß ich nachher alles wieder auffegen, dachte Lola).

„Da kommt kein Piep aus dem Apparat.“ Hilflos hielt Lola ihm den Hörer hin. „Können Sie mal probieren? Ich will meinen Daddy in Kanada anrufen.“

Während der ganzen Fahrt von Hamburg in Richtung Süden hatte Lola die beiden Männer mit Geschichten über ihren Daddy unterhalten. Die beiden stellten sich jetzt sicher so einen Typen vor, der in Kniebundhosen und Safarihut über die Felder lief und die Falter mit einem Kescher zu fangen versuchte … Aber es war Lola im Grunde vollkommen gleichgültig, was sie dachten. Schließlich bezahlten sie für den Umzug ein Vermögen.

„Zeig mal.“ Der Mann nahm den Hörer, lauschte, klopfte gegen die Muschel, hob den Apparat hoch, verfolgte die Schnur bis zur Steckdose, nahm den Stecker raus, steckte ihn wieder rein und stellte schließlich den Apparat neben Lolas Füße auf den Boden.

„Da ist kein Saft drin, Fräulein“, sagte er.

„Kein Saft? Was soll das heißen?“

„Das soll heißen, das Telefon ist nicht angemeldet. Da muß man einen Antrag bei der Post ausfüllen und ...“

„Weiß ich doch!“ rief Lola. Sie war den Tränen nahe, ihre Stimme zitterte, aber das konnte sie nun auch nicht ändern. „Das hat mein Daddy alles gemacht, bevor er losgeflogen ist. Alles schon bezahlt. Er hat mir sogar das Formular gezeigt.“

Der Mann kratzte sich am Kopf. „Vielleicht hat dein Daddy ein falsches Datum eingetragen. Paßt doch zu so einem zerstreuten Professor. Vielleicht 15. 3. statt 15. 2.“

Lola gab dem Telefon einen Fußtritt. „Verdammter Mist!“ fluchte sie. „Nicht mal telefonieren kann man!“ Sie rannte an dem Mann vorbei, raus zu dem Auto, kletterte in das Fahrerhäuschen und wickelte sich in die schöne kuschelige Decke, die sie für die Fahrt mitgenommen hatte. Wütend zog sie sich die Decke über den Kopf. Sie wollte nichts hören und niemanden sehen. Sie wollte einfach nicht mehr dasein.

Aber dann waren die beiden Männer unheimlich nett gewesen. Sie hatten ihr gut zugeredet und allerlei Blödsinn erzählt, und einer hatte ihr eine Tafel Schokolade geschenkt, die er immer als eiserne Ration mit sich führte.

Da hatte sie sich überreden lassen, wieder auszusteigen und ins Haus zu gehen. Und nachdem sie die halbe Tafel Schokolade verputzt hatte, ging es ihr komischerweise schon viel besser. Sie konnte schon mit den beiden Männern durch das Haus gehen und sagen, wo die Sachen hinkamen.

Zweimal war sie mit ihrem Daddy in dem Haus gewesen. Und dann hatten sie große Pläne gemacht und aufgezeichnet, wie sie das Haus einrichten wollten. Die Pläne hatte Lola alle sorgfältig aufbewahrt. Aber es war schon etwas anderes, ob man mit seinem Daddy ein neues Haus besichtigt oder ganz alleine mit all den Sachen ankommt, allein in einer fremden Stadt.

Sie drehte sich zu Victor um, die aufgerichtet wie eine französische Gouvernante auf dem Rennsattel saß. „Eigentlich komisch, daß ich dich früher nicht gesehen hab'."

„Warst du denn schon mal hier?" fragte Victor verblüfft.

„Klar, zweimal. Als wir auf Wohnungssuche waren, und dann noch einmal, als wir den Mietvertrag unterschrieben haben." Lola seufzte.

„Und wann war das?"

„Kurz vor Weihnachten."

Victor grinste. „Da war ich wahrscheinlich unterwegs. In der Weihnachtszeit hab' ich einen Superjob. Da bekomme ich immer einen Teilzeitjob als Nikolaus. Verdient man ziemlich gut. Die ganzen Weihnachtsgeschenke für die Family und die Freunde hab' ich alle von dem Geld gekauft."

„Irre." Lola schüttelte den Kopf. „Du als Weihnachtsmann. Kann ich mir überhaupt nicht vorstellen."

„Das meinst du! Ich bin so gut, daß sogar mein kleiner Bruder mich nicht erkannt hat. Als ich die Rute aus dem Sack gezogen habe, ist er zitternd hinter das Sofa gekrochen."

„Du hast einen Bruder?"

„Ja, aber nur einen kleinen. Der ist erst vier Jahre. Er heißt Gilbert, aber wir nennen ihn immer ‚kleiner Gipsy'. Keine Ahnung, wieso. Der nervt ziemlich, aber eigentlich ist er süß."

„Das soll normal sein bei kleinen Brüdern. Ich finde es toll, wenn man eine richtige Familie hat."

Victor starrte auf Lolas Rücken, das heißt, sie starrte eigentlich auf ihren eigenen Trenchcoat. Es gab so viele Dinge, die sie über Lola nicht wußte. Und die sie sich nicht zu fragen traute.

„Jetzt links!" schrie Victor. Beinahe hätten sie die Straße verpaßt. Das Café war hell erleuchtet. Dort konnte man schon morgens um sieben Uhr einkaufen. Der ganze Laden roch nach frischen, ofenwarmen Broten. Es gab auch ein paar kleine Tische, an denen manche Leute frühstückten. Und belegte Brote gab es auch.

Sie näherten sich mit ihrem Tandem vorsichtig ihrem Ziel. Victor spähte, ob sie Bekannte sah. Einerseits fand sie es toll, so durch die Stadt zu fahren und alle Leute gaffen zu sehen, aber andererseits sollte sie jetzt eigentlich in der Schule sein. Ausgerechnet heute, wo es Zeugnisse gab.

Dafür, daß sie zum ersten Mal zusammen gefahren waren, brachten sie das Tandem problemlos zum Stehen.

„Wenn es dir nichts ausmacht", sagte Victor, „könntest du alleine reingehen. Zufällig ist die Besitzerin nämlich eine Bekannte von meiner Mutter. Weißt du, ich möchte nicht ..."

„Alles klar, hab' schon verstanden." Lola zwinkerte ihr zu und verschwand im Laden.

Durch die Schaufensterscheibe konnte Victor sehen, wie Lola mit Frau Lindner verhandelte. Frau Lindner war eigentlich eine unheimlich nette Frau, aber schrecklich neugierig. Jedesmal, wenn Victor mit einem Jungen dort einen Cappuccino trank, stellte sie hinterher so peinliche Fragen. Victor haßte es, wenn man sich in ihre Angelegenheiten einmischte. Und sie haßte auch Leute, die immer gleich dachten, man hat etwas mit einem Jungen, nur weil man mit ihm einen Kaffee trinkt.

Lola kam mit einer riesigen Tüte wieder heraus. „Da gibt es ja tolle Sachen!“ rief sie fröhlich. „Mir läuft richtig das Wasser im Mund zusammen.“

„Was hast du gekauft?“

Lola stieg auf das Fahrrad und legte die Tüte in ein Körbchen, das vorn vor dem Lenker angebracht war.

„Das verrate ich nicht. Aber lauter tolle Sachen. Fahren wir jetzt zu dir?“

Lola sah Victor aufmerksam an.

„Ist doch klar. Wir fahren zu mir, kochen eine große Thermoskanne voll Kaffee und verschwinden wieder, bevor jemand uns überhaupt bemerkt ...“

„Na, da bin ich ja gespannt.“ Lola raffte den langen Trenchcoat, und schon ging die Fahrt im Gleichtakt wieder zurück.

„Hier wohnst du?“ Lola stieg vom Fahrrad und betrachtete neugierig das große alte Haus, das halb hinter einer hohen Blutbuche verborgen war. „Mann, das sieht ja echt vornehm aus! Wie eine Botschaft oder so was.“

Victor grinste. „Im Krieg, hat mein Vater erzählt,

soll hier der amerikanische Geheimdienst gewohnt haben. Unsere Wohnung ist im ersten Stock."

„Mit dem runden Balkon? Toll. Da habt ihr bestimmt so schöne hohe Zimmer und Stuck an den Decken und all so was, oder?"

„Komm rein. Guck es dir an. Müssen wir das Rad abschließen?"

„Unsinn, so ein Ding klaut keiner. Damit würde er auffallen wie ein bunter Hund. Aber die Tüte nehm' ich lieber mit rein."

„Wart mal eben. Ich glaube, in meinem Mantel sind die Hausschlüssel." Lola, die Victors Mantel trug, fingerte in den Taschen, die so tief wie Zuckersäcke waren. Schließlich hielt sie triumphierend den Schlüssel hoch.

Die Eingangstür sah auch beeindruckend aus. Sie war aus schwerer Eiche und mit gewundenen Jugendstilornamenten aus buntem Glas verziert. Victor drückte auf den Lichtschalter, und schon flammte im Windfang eine Art Kristallüster auf.

Sie schloß die schwere Tür auf. Lola pfiff leise durch die Zähne. „Alles Marmor! Ist ja Wahnsinn." Auf Zehenspitzen gingen sie die paar Stufen zu einer Schwingtür hoch, die ins Treppenhaus führte. Die Treppe war aus dunkel glänzendem Holz, mit einem Bastläufer belegt.

„Müßt ihr das alles selber saubermachen?" fragte

Lola flüsternd. Sie war beeindruckt.

Victor lachte. „Du brauchst nicht zu flüstern. Dies ist keine Kirche oder so was. Nee, saubermachen tut der Hausmeister."

Im ersten Stock blieb Victor einen Augenblick stehen. Sie preßte ihr Ohr an die Wohnungstür. Dann zwinkerte sie Lola zu. „Wie ich schon sagte: Mein Vater schläft noch. Der ist erst irgendwann morgens nach Hause gekommen. Von einer Geschäftsreise."

„Was macht dein Daddy?" fragte Lola flüsternd.

Victor hob die Schultern. „Er handelt mit Aktien und Wertpapieren und solchen Sachen. Ziemlich langweilig, stell' ich mir vor."

Sie traten in den Flur. Nur eine kleine Lampe über dem Garderobenspiegel brannte.

„Komm!" Victor ging auf Zehenspitzen voran. „Wir gehen gleich in die Küche."

Die Wohnung war ziemlich verschachtelt. Man mußte zweimal um die Ecke gehen, bis man in der Küche landete. Es war eine riesige, altmodische Küche mit einem großen Tisch in der Mitte, um den moderne Stahlstühle standen. Ein Platz am Ende des Tisches war gedeckt. „Mein Vater hat noch nicht gefrühstückt", flüsterte Victor und schloß leise die Küchentür. „Also los. Hier ist der Kaffee. Da die Maschine. Warte mal, wo ist noch mal die große Thermoskanne?" Sie öffnete wahllos alle Schränke, bis sie die Kanne schließlich entdeckt hatte.

„Besonders gut scheinst du dich in der Küche nicht auszukennen", meinte Lola. „Mußt du nicht helfen?"

„Nicht oft. Dreimal in der Woche kommt eine Putzfrau, die räumt den ganzen Krempel immer wieder auf."

„Du hast es gut!" Lola schüttelte verwundert den Kopf.

Sie setzten die Kaffeemaschine in Gang. Victor hatte inzwischen in der Speisekammer eine Dose Milch organisiert und ein Päckchen Zucker. Sie stellte alles in eine Plastiktüte.

Lola schaute sich immer noch neugierig in der Küche um.

„Willst du mein Zimmer sehen?" fragte Victor.

„Gerne."

„Aber leise!" Victor legte den Finger an den Mund. „Mein Vater schläft zwar wie ein Murmeltier, aber irgendwann wachen ja bekanntlich auch mal Murmeltiere auf."

Sie öffnete die Küchentür und prallte genau mit ihrem Vater zusammen, der, einen Bademantel über dem Schlafanzug, mit einem Packen Zeitungen unter dem Arm plötzlich vor ihr stand.

„Victor!!" Verblüfft starrte er sie an. „Ich denke, du bist in der Schule?"

Victor wurde feuerrot. Sie stotterte „Äh … weißt du, Papi …, es ist da …"

„Wieso bist du nicht in der Schule?" fragte ihr Vater unbeirrt.

Victor räusperte sich. Sie drehte sich um und deutete auf Lola, die vor Schreck hinter den Tisch zurückgewichen war.

„Darf ich dir Lola vorstellen? Lola zieht in die Akazienallee, gleich nebenan. Toll, nicht?

„Woher soll ich wissen, ob das toll ist?" Herr Dahms schenkte Lola nur einen flüchtigen Blick. Dann wandte er sich wieder an seine Tochter. „Ich warte immer noch auf eine Antwort."

Victor wand sich. „Also, Papi …, ich wollte dir gerade erklären …, ich meine … Eigentlich haben wir heute ja gar keinen richtigen Unterricht, aber ich wollte ja hingehen. Bloß unterwegs traf ich Lola … Weißt du, ihr Vater sammelt Schmetterlinge, dreitausend Stück oder so … Er ist ein bekannter Wissenschaftler …, er hält gerade einen unheimlich spannenden Vortrag in Toronto und …"

„Ich möchte", sagte ihr Vater seufzend, „daß du jetzt sofort in die Schule gehst, verstanden?"

Lola schlich an den beiden vorbei. Sie wollte am liebsten unbemerkt verschwinden, aber Victor hielt sie am Ärmel fest. Es war klar, daß Victors Vater unheimlich wütend war.

„Okay, Papi, ich gehe gleich in die Schule. Aber könntest du Lola nicht wenigstens guten Tag sagen? Ich meine, es ist unheimlich peinlich für mich, wenn ich sie zu einer Tasse Kaffee einlade und wenn du dann ..."

„Ich sage deinen Freundinnen sehr gerne guten Tag. Ich finde es auch sehr freundlich, wenn du sie zu einer Tasse Kaffee einlädst. Aber nicht während der Schulzeit!" Den letzten Satz hatte Victors Vater ziemlich laut gesprochen. Victor senkte den Kopf.

„Okay. Ich hab' verstanden. Ich geh' dann jetzt." Sie tat, als wolle sie die Küche verlassen, drehte sich aber noch einmal um.

„Papi, ich hab' noch eine winzige Bitte."

„Was denn noch?"

„Kann Lola sich unsere Thermoskanne für ein paar Stunden ausleihen? Sie hat nämlich die Umzugsleute da, und sie sind die ganze Nacht von Hamburg hierher gefahren und haben nicht gefrühstückt, und weil ja alles noch verpackt ist, Kanne und Geschirr und so, hab' ich gedacht ..." Sie stockte.

„Was hast du gedacht?" fragte ihr Vater zunehmend ungeduldig.

„Daß wir Lola mal eben unsere Kanne mit Kaffee ausleihen könnten und ein paar Becher, das können wir doch, oder? Ich meine, Lola denkt ja sonst, sie ist von lauter unfreundlichen Nachbarn umgeben."

Lola wagte einen scheuen Blick auf Victors Vater. Eigentlich, dachte sie, sieht er unheimlich freundlich aus. Es wäre ihr lieber gewesen, wenn sie sich in einem anderen Augenblick getroffen hätten. Aber manche Dinge passieren nun mal einfach nicht in der richtigen Reihenfolge.

Zum erstenmal schaute Victors Vater Lola genauer an. „Du bist heute hierhergezogen?" fragte er.

Lola nickte.

„Und deine Eltern?"

„Hab' ich dir doch gerade erklärt, Papi!" rief Victor aufgeregt dazwischen. „Ihr Daddy ist in Kanada und hält diesen wahnsinnig spannenden Vortrag über Schmetterlinge ..."

„Ich hab' gar nicht gewußt, daß du dich neuerdings dermaßen für Schmetterlinge interessierst!" Die Stimme ihres Vaters triefte vor Ironie. Aber er nickte Lola jetzt freundlich zu. „Okay, nehmt die Sachen, und dann nichts wie raus hier. Wenn du nicht innerhalb von zehn Minuten in der Schule bist, mache ich einen Riesenärger. Und wieso hast du heute eigentlich keinen richtigen Unterricht?"

Victor schloß die Augen. Auch das noch. Sie hatte verzweifelt gehofft, daß ihr Vater ausgerechnet diese Frage nicht stellen würde. „Wir kriegen doch heute Zeugnisse", sagte sie kleinlaut.

„Zeugnisse?" Herr Dahms schnappte nach Luft.

„Und dann sitzt du hier fröhlich mit deiner neuen Freundin und trinkst Kaffee?“

„Okay, du hast ja recht. Ich verschwinde schon.“

„Und komm mit dem Zeugnis bitte sofort nach Hause, ja? Keinen Umweg über irgendeine Eisdiele oder die Schmetterlingssammlung oder was weiß ich. Ich möchte wissen, ob du dich in diesem Halbjahr ein bißchen verbessert hast.“

Victor packte in aller Eile die Sachen zusammen und schob Lola aus der Tür. „Gebessert wohl nicht gerade, Papi. Eher ein ganz kleines bißchen verschlechtert. Aber das liegt total an der blöden Bunse. Die will einfach nicht einsehen, daß sie einen tierisch langweiligen Unterricht macht. Die ist eben ...“

„Victor ..., bitte!“ Die Stimme ihres Vaters hatte jetzt einen Tonfall, der nichts Gutes verhieß.

Victor zog es vor, den Rückzug anzutreten. Eilig ging sie zur Wohnungstür. Als die Tür ins Schloß fiel, atmete sie tief durch.

„Verdammter Mist“, sagte sie. „Genau das wollte ich vermeiden. Tut mir leid, wenn du jetzt so einen blöden Eindruck von meinem Vater hast. Im Grunde ist er nämlich total nett.“

„Glaub' ich dir. Ich hätte mich an seiner Stelle auch aufgeregt.“

„Normalerweise ist er immer ganz cool. Meine Mutter regt sich viel schneller auf. Du, kann ich heu-

4 0052-24

te deine Jacke anbehalten? Die ist so irre gemütlich. Wir können ja nachher tauschen."

„Und wann, nachher?" Lola balancierte die Bäkkertüte und die Thermoskanne die Treppen herunter. Victor trug den Plastikbeutel.

„Nachher. Gleich wenn die Schule zu Ende ist." Sie schaute auf die Uhr. „So gegen zwölf."

„Aber du sollst doch nach der Schule gleich nach Hause kommen."

Victor lächelte. Je größer die Entfernung, die sie zwischen ihren Vater und sich brachte, desto sicherer fühlte sie sich. „Das sieht er nicht so eng. Er weiß, daß ich noch niemals direkt von der Schule nach Hause gekommen bin. Ich schaff' das nicht. Ich muß immer irgendwie einen Abstecher machen."

„Was denn für Abstecher?"

„Na, irgendwohin. Stadtpark, Rathausmarkt, Fußgängerzone, Zoo, was weiß ich."

„Und was machst du da?"

Victor lachte. „Leute angucken. Die Welt angukken. In der Schule geht das richtige Leben ja glatt an einem vorbei."

Erst als Victor das Schulgebäude erreichte, spürte sie ein flaues Gefühl in der Magengegend. Die Schule wirkte wie ausgestorben, alle Fenster waren geschlossen, kein Laut drang nach draußen. Man sah die Neonlampen an den Decken und manchmal eine Gestalt am Fenster, aber es war kein Mensch auf dem Schulhof, niemand in den Fluren.

Victor traf gerne Leute unterwegs in der Schule, mit denen man Blödsinn reden konnte, nur um von der Schule abzulenken. Heute hätte sie das gerade besonders gebraucht. Aber niemand war zu sehen. Es war zehn Minuten vor elf. Victor vermutete, daß die Bande im Klassenzimmer sein würde. Sie versuchte sich vorzustellen, wie die Lehrerin dort auf sie warten würde. Wahrscheinlich hatte sie wieder ihren Kassettenrecorder mitgebracht und ein Tonband: Thomas Mann, der aus seinem Roman *Die Buddenbrooks* las. Vielleicht war es auch eine Kassette mit den Gedichten von Hermann Hesse.

Victor hatte nichts gegen Gedichte. Sie hatte, wenn sie ehrlich war, auch nichts gegen Thomas Mann. Die *Bekenntnisse des Hochstaplers Felix Krull* hatten ihr ziemlich gut gefallen. Aber ihr mißfiel die Ergriffenheit, die die Bunse immer überkam, wenn es um Literatur ging. Dann machte sie einen ganz spitzen Mund, nahm die Brille von der Nase und redete so feierlich wie ein Pastor während der Sonntagspredigt.

Während Victor die Treppen in den dritten Stock hinaufstieg, überlegte sie, ob sie die Pilotenjacke anbehalten oder lieber über den Arm nehmen sollte.

Keinesfalls würde sie sie draußen an den Haken hängen – nicht auszudenken, wenn die geklaut würde!

Ihre Schritte wurden immer langsamer, je mehr sie sich dem Klassenraum näherte. Es kam ihr vor, als hätte sie Blei in den Schuhen. Victor versuchte, sich das Zeugnis auszumalen. Sie hatte das in den letzten Nächten schon hundertmal getan. Und je nach Stimmung war es mal ganz rosig und dann nachtschwarz ausgefallen. Im Augenblick war sie wieder bei Nachtschwarz.

Ganz vorsichtig drückte sie die Klinke herunter und öffnete die Tür einen Spalt.

Alle Schüler saßen auf ihren Plätzen. Eine fremde Stimme sprach. Die Bunse stand mit spitzen Lippen am Fenster und drehte die zusammengeklappte Brille in der Hand. Es war also wieder einmal soweit: Literaturstunde. Die Zeugnisvergabe hatte offenbar noch nicht stattgefunden. So etwas hob die Bunse sich gern bis zum allerletzten Moment auf. Bis man so fertig mit den Nerven war, daß man schon zufrieden sein konnte, überhaupt ein Stück Papier in der Hand zu haben …

„Äh … Victoria! Welch eine Überraschung!"

Victor schlüpfte ins Klassenzimmer. Sie schob die Pelzkapuze vom Kopf und versuchte es mit einem Lächeln. „Entschuldigung … ich dachte …, war nicht abgemacht, daß wir heute erst zur dritten

Stunde kommen sollten?“ Sie schaute sich im Klassenzimmer um. Ein paar Schüler grinsten. Natürlich war überhaupt keine Rede davon gewesen, daß sie erst zur dritten Stunde kommen sollten.

Die Bunse setzte ihre Brille wieder auf und stieß sich vom Fensterbrett ab. Sie kam mit ihren schweren Bergwanderschuhen (die Bunse trug immer Bergwanderschuhe zu derben Kostümen) auf Victor zu. „Erstens war keineswegs abgemacht, zur dritten Stunde zu kommen“, sagte sie mit diesem süßen Ton, der nichts Gutes versprach, „und zweitens: Auch zur dritten Stunde wärst du nicht pünktlich gewesen, Victoria!“

Die Bunse war die einzige in der Schule, die einzige überhaupt, die immer Victoria sagte. Victor hatten den Namen von ihrer Großmutter geerbt, eine Sache, mit der sie lange nicht hatte fertig werden können. Victoria! Das klang nach Plüschsofa und Preußens Gloria. Einfach schrecklich.

„Ich dachte ...“, sagte Victor, während sie versuchte, den Reißverschluß der Pilotenjacke zu öffnen, „weil es heute Zeugnisse gibt und wir keinen Fachunterricht haben ...“

Die Bunse stellte den Kassettenrecorder ab. „Deutsch ist auch Fachunterricht, mein liebes Kind“, sagte sie betont kühl. „Auch wenn du das bis heute nicht einsehen willst.“

„Wir haben gerade eine sehr hübsche Geschichte von Erich Kästner."

„Ah, das doppelte Lottchen?" Victor lächelte. „Das kenn' ich. Das hat meine Großmutter mir einmal zum Geburtstag geschenkt."

„Victoria, bitte geh sofort an deinen Platz. Du hast uns allen gründlich die Stimmung verdorben."

„Entschuldigen Sie ... Das wollte ich nicht ..., ich hab' ehrlich gedacht, daß wir erst zur dritten ..."

„Victoria! Setz sich auf deinen Platz, und halte den Mund!" Die Bunse schrie jetzt fast.

Die Unruhe in der Klasse war von Minute zu Minute größer geworden. So war es immer. Man wartete nur auf eine Abwechslung oder eine Unterbrechung. Niemand hatte wahrscheinlich ernstlich zugehört, dachte Victor, als sie sich verstohlen umblickte. Sven, der schräg neben ihr saß, zwinkerte ihr zu. Sven war nett. Der hatte immer Verständnis. Victoria zwinkerte zurück.

Jemand schob ihr einen Zettel zu, der hundertmal zusammengefaltet war. Unter dem Tisch faltete Victor ihn auseinander. Sie las: „Deine Jacke ist ja super. Woher hast du die? Bea." Bea saß zwei Tische hinter ihr.

Victor drehte den Zettel um, schrieb auf die Rückseite: „Geheimnis!" und gab den Zettel wieder in Umlauf.

Die Bunse hatte inzwischen die Kassette herausgenommen und in die Hülle zurückgesteckt.

Die Bunse räusperte sich. „Da das Interesse an Kästner ohnehin nicht so groß zu sein scheint und wir nun ja auch vollzählig versammelt sind, können wir ja ebensogut mit der Verteilung der Zeugnisse beginnen."

Ein tiefer Seufzer ging durch die Klasse. Die Schüler ließen sich nach hinten fallen und streckten die Beine aus, als könnten sie die schlechte Nachricht nur in halb liegender Stellung ertragen.

Sven hatte eine Frage. „Geht es heute auch nach dem Alphabet oder nach der Durchschnittsnote?"

„Nach dem Alphabet", antwortete die Bunse.

„So ein Pech." Sven raufte sich die Haare. Er hieß mit Nachnamen Zobotta, und es machte ihn immer fertig, ganz bis zum Schluß warten zu müssen. Auch in der Theatergruppe, in der er ziemlich gute Rollen spielte, wurde sein Name immer als allerletzter genannt.

„Aber wenn es nach dem Notendurchschnitt ginge", sagte die Bunse, „wärst du auch nicht gerade unter den ersten fünf, Sven."

Sven senkte den Kopf. Die Nachricht genügte ihm schon.

Victor zog unter dem Tisch ihre Cowboystiefel aus. Seitdem sie mit den Stiefeln im Eis eingebrochen war, weil sie eine Ente hatte retten wollen, waren die Schuhe hart und unbequem geworden. Victor rechnete aus, wie oft sie noch Taschengeld bekommen mußte, um sich neue Stiefel leisten zu können.

Die ersten beiden im Alphabet wurden aufgerufen, dann der dritte. Und dann holte die Bunse sehr tief Luft und sagte: „Und nun zu dir, Victoria."

Victor zuckte zusammen. „Ja?" sagte sie so unbefangen wie möglich.

„Wenn es nach mir ginge", sagte die Bunse, „hätte ich dir überhaupt kein Zeugnis gegeben."

„Und wieso nicht?"

„Weil kein Zeugnis immer noch besser gewesen wäre als dieses." Die Bunse wedelte mit dem Zeugnis in der Luft herum. Es machte Victor rasend. Aber sie blieb ganz ruhig.

„Würdest du bitte aufstehen und nach vorne kommen, wenn ich mit dir rede?" sagte die Bunse streng.

Victor stand sofort auf. Auf Socken ging sie nach vorne. Es wäre eigentlich gar nicht aufgefallen, daß sie keine Schuhe trug, wenn ihr Gang nicht so lautlos gewesen wäre. Alle Schüler trampelten immer über den harten Fußboden. Sie dagegen bewegte sich wie auf Samtpfoten. Automatisch glitten die Augen der Bunse zu Victors Füßen.

Victor trug schwarze Wollsocken mit leuchtend roten Zehen. Es waren spezielle Socken, die man nach dem Skilaufen in der Hütte tragen sollte oder so. Aber Victor konnte nicht Ski laufen, und weit und breit gab es keine Skihütte. Aber die Socken gefielen ihr trotzdem.

Die Augen der Bunse saugten sich an den Socken fest.

„Victoria! Ich verlange, daß du sofort Schuhe anziehst!"

„Eben haben Sie gesagt, ich soll sofort nach vorne kommen."

„Und jetzt sage ich, du sollst erst deine Schuhe wieder anziehen, verdammt noch mal! Deine Füße dampfen ja!"

In der Klasse gab es ein paar unterdrückte und ein paar ziemlich laute Lacher. Victor haßte jeden, der lachte. Ihre Füße dampften nämlich überhaupt nicht. Ihre Füße dampften nie. Außerdem stand sie jeden Morgen mindestens eine Viertelstunde unter der Dusche und seifte sich von Kopf bis Fuß ein. Etwas, das die anderen Familienmitglieder verrückt machte.

„Meine Füße dampfen nicht, Frau Bunse", sagte Victor wütend.

„Widersprich mir nicht immer! Ich habe langsam genug davon, mich mit dir herumzuärgern. Es wird Zeit, daß sich andere Lehrer an dir die Zähne ausbeißen, Victoria! Na ja, wenn du diese Klasse wiederholen mußt, kommt das ja ganz automatisch."

Victors Herz machte einen Satz. Sie spürte es deutlich. Ihr Kopf wurde glühend heiß. Victor bückte sich, kramte die Stiefel unter dem Tisch hervor und schlüpfte hinein. Dann ging sie wieder nach vorne.

Die Bunse schien diesen Augenblick zu genießen. Victor hatte das vorher gewußt, kein Wunder, daß sie sich vor diesem Tag so gefürchtet hatte.

Die Bunse schaute immer abwechselnd auf das Zeugnis, dann auf Victor, und dann schüttelte sie den Kopf, als könne sie es selber nicht fassen, was sie da las. Dabei hatte sie bei allen Zensuren bestimmt ein Wörtchen mitgeredet.

„Dieses Zeugnis, Victoria", sagte die Lehrerin schließlich, und sie betonte jede Silbe, „ist das schlechteste in deiner Karriere als Schülerin des Schiller-Gymnasiums."

Es herrschte plötzlich im Klassenraum tiefstes Schweigen. Victor warf den Kopf in den Nacken. Sie verstand es selbst nicht, aber plötzlich fiel ihr Lola ein. Sie fragte sich, was Lola jetzt wohl machte. Ob die Küchenschränke endlich alle an ihrem Platz waren? Und alle Schmetterlingskästen im Zimmer von Lolas Daddy? Vielleicht frühstückten sie gerade zu dritt. Hockten gemütlich im Wohnzimmer auf dem Teppich, der bestimmt schon ausgerollt war, und gönnten dem Tag eine Pause.

Victor hingegen mußte diesen Streß hier aushalten. Mußte sich von der Bunse zum Gespött der Klasse machen lassen.

Die Lehrerin schaute immer noch auf das Zeugnis. „Die beste Note hast du in Biologie“, sagte sie. „Aber das ist wahrscheinlich auch nur ein Zufall.“

Wieder ein paar Lacher.

Aber dafür hatte Victor jetzt nur noch ein eisiges Lächeln übrig. „Biologie ist zufällig mein Lieblingsfach“, sagte sie, und sie spürte, wie ihr Selbstbewußtsein langsam wieder zurückkehrte. „In Bio hab' ich immer eine gute Note gehabt. Und in Geographie übrigens auch.“

„Geographie? Warte mal ...“ Die Bunse kräuselte ihre Lippen. Sie hatte ein ziemlich flaches großes Gesicht, aber ihr Mund war winzig. Egal, ob sie die Lippen spitzte oder kräuselte, immer war ihr Mund nur ein roter Punkt in ihrem großen Gesicht.

„Stimmt. In Geographie bist du nicht schlecht. Erstaunlich, na ja ...“ Sie gab Victor das Zeugnis. „Du weißt selbst, daß es eine Katastrophe ist. Wenn du nur ein Fünkchen Ehrgeiz hättest, könntest du zu den besten Schülern gehören. Du weißt, daß ich immer wieder versucht habe, deine Begeisterung zu entfachen für ...“

„Ich weiß, Frau Bunse, herzlichen Dank.“ Victor nahm das Blatt und rollte es zusammen, ohne einen

Blick darauf zu werfen. Sie wußte, es würde die Bunse ärgern, und nur deshalb tat sie es.

Aber die Bunse hatte schon das nächste Zeugnis hochgenommen.

„Dröscher, Elke“, las sie vor.

Elke Dröscher huschte nach vorn. Sie war der Liebling aller Lehrer, ein Musterkind, das nie die Schularbeiten vergaß und immer die besten Klassenarbeiten schrieb. Victor konnte es nicht über sich bringen, den Lobgesang der Bunse auf Elke Dröscher zu hören. Verstohlen rollte sie das Zeugnis auseinander und schaute als erstes unter „Schlußbemerkung“ nach.

Da stand nichts! Nichts! NICHTS!

Nicht ein winziges kleines: „Die Versetzung von Victoria Dahms ist gefährdet.“ Nicht einmal: „Wenn Victoria Dahms das Klassenziel am Ende des Schuljahres erreichen will, wird sie sich noch viel Mühe geben müssen.“ Es stand überhaupt nichts da! Und ihre Durchschnittsnote war 3,9.

Nicht einmal eine Vier! Das war doch FABELHAFT!

Victoria atmete ganz vorsichtig wieder durch. Sie konnte es selber kaum fassen: Es war noch einmal gutgegangen! Einen Augenblick dachte sie an ihre Mutter und was für einen Schreck sie ihr heute morgen eingejagt hatte. Sie mußte sich ein Lächeln verkneifen, als sie sich vorstellte, daß ihre Eltern wegen der positiven Überraschung bestimmt ganz aus dem Häuschen geraten würden.

Vielleicht, dachte sie, fahr' ich doch schnell nach der Schule nach Hause und zeig' Papi das Zeugnis. Damit er nicht mehr sauer auf mich ist, 3,9 ist nun wirklich nicht schlecht. Ich will schließlich nicht Einstein werden, sondern – viel später – ein nützliches Mitglied der Gesellschaft. So nennt man das wohl, wenn man erwachsen wird.

Victor stand an der Litfaßsäule, das Gesicht tief in der Fellkapuze vergraben, ein Bein auf dem Bürgersteig und ein Bein auf der Straße. Sie streckte den rechten Arm aus, den Daumen nach hinten gebogen – eine unmißverständliche Geste.

Sven bremste sein Fahrrad. „Willst du dich hinten auf den Gepäckträger setzen?“

Victor schüttelte den Kopf. „Danke, heute nicht. Heute möchte ich zur Feier des Tages in einem Benz heimfahren.“ Ein Lieferwagen hielt ein paar Meter weiter, der Fahrer setzte zurück und streckte seinen Kopf aus dem Wagenfenster. „Komm, ich nehm' dich mit. Wohin willst du?“

Victor winkte ab. „Danke, ich muß in eine andere Richtung.“ Der Fahrer tippte sich an die Stirn und gab Gas.

Victor hob bedauernd die Schultern. „Heute muß es einfach was Besseres sein als ein Lieferwagen. Du Sven, stell dir vor: Ich hab' keine Bemerkung im Zeugnis."

„Wahnsinn, wenn man bedenkt, daß du schon mit dem Schlimmsten gerechnet hast."

Sven gehörte zu den wenigen Typen in der Klasse, mit denen Victor sich richtig gut unterhalten konnte. Sven war etwas Besonderes. Freiwillig arbeitete er drei Tage in der Woche in einem Heim für mehrfach behinderte Kinder. Und wenn er davon erzählte, lachte er immer und tat, als wäre es in dem Heim immer nur lustig. Dabei hatte Victor ihn einmal besucht und gesehen, wie anstrengend die Arbeit war. Aber Sven fand es nicht anstrengend. „Mir macht es Spaß", sagte er nur.

Victor fand das irre. Manchmal wünschte sie, sie wäre so wie Sven. Dann hätte sie abends immer ein gutes Gefühl beim Einschlafen: daß der Tag einen Sinn gehabt hätte.

Es begann wieder zu regnen. Sven trat in die Pedale. „Also, viel Glück", rief er und war im nächsten Augenblick verschwunden.

Victor blinzelte unsicher in den Himmel. Sie hatte Angst, daß die schöne Jacke naß wurde. Andererseits – wenn sie jetzt zu Fuß nach Hause liefe, wäre die Jacke am Ende auch naß.

Sie streckte weiter den Daumen nach hinten.

Ein Opel hielt. Hinten eine Fahne von einem Fußballklub und ein besticktes Kissen, auf dem irgendein blöder Spruch stand. Victor haßte die Leute, die ihr Auto mit solchem Schrott zukleisterten.

Eine junge Frau im Monteuranzug öffnete die Tür. „Wohin willst du?“

Einen Augenblick zögerte Victor, dann entschied sie sich gegen den Opel. „Danke“, rief sie, „ich hab's mir gerade anders überlegt.“

Die Frau starrte sie an, als sei sie nicht bei Trost. Dann knallte sie die Tür zu.

Der dritte Wagen, der hielt, war ein weißer Cadillac, Baujahr 1950. Im Auto saßen zwei Mädchen, die Victoria irgendwie an Mickymausfiguren erinnerten. An Daisy Duck zum Beispiel.

Der Cadillac hatte rote Ledersitze und sah, wie Victor fand, richtig abgehoben aus.

Victor lächelte ihr süßestes Lächeln. „Ich muß bloß ein kleines Stück bis zur Kreuzung Ulmenstraße/Hauptstraße. Nehmt ihr mich mit?“

Die eine der beiden Daisys schob ihr Kaugummi von einem Mundwinkel in den anderen. „Und dafür hältst du einen an? Bist du krank, oder was? Das sind doch höchstens fünfhundert Meter!“

„Sechshundert“, erklärte Victor. Bevor die Frauen etwas sagen konnten, war sie auf den Rücksitz geklettert. Die Zeugnisrolle hielt sie auf den Knien.

„Ich hab' mir das Schulterblatt verrenkt", sagte sie, als die beiden Frauen keine Anstalten machten, loszufahren. Sie hatten sich beide umgedreht und starrten Victor an. Die eine hatte eine riesige schwarze Lackschleife im Haar. Die andere kaute immer noch Kaugummi.

„Schulterblatt verrenkt? Wobei denn?"

„Ich hab' ein Eichhörnchen im Stadtpark gerettet und bin dabei vom Baum gefallen. Gott sei Dank ist dem Eichhörnchen nichts passiert."

Die beiden Frauen starrten Victor immer noch an. Victor beugte sich vor und deutete auf den Ganghebel. „Ich hab' mir sagen lassen, wenn man den ersten Gang einlegt und Gas gibt, fährt das Auto los."

Die Frau mit dem Kaugummi schüttelte langsam den Kopf. „Nee Kleine, das läuft nicht. Steig schön wieder aus, ja? Ich glaube, irgendwie tickst du nicht richtig."

Victor starrte die Frau an. „Aber wieso denn? Sehen Sie", sie hielt die Zeugnisrolle hoch, „das ist ein wichtiges Dokument, das ich trocken nach Hause bringen muß. Wenn damit etwas passiert, wenn das naß wird oder so, krieg' ich einen Mordsärger."

„Und was für ein wichtiges Dokument soll das sein?" fragte die mit der schwarzen Schleife.

Victor rollte es feierlich auseinander. „Es ist mein

Zeugnis. Ohne Bemerkung. Es ist ein Zeugnis, das besagt, daß ich versetzt werde."

„Na toll." Die mit dem Kaugummi hob die Schultern. „Wir können hier nicht ewig stehen. Also Ecke Ulmenstraße/Hauptstraße?"

„Exakt." Victor lehnte sich zufrieden zurück. Das Auto glitt leise wie eine Katze vom Bordstein und fädelte sich in den Verkehr ein. Die Frau mit der Schleife drehte am Radio, bis sie einen Musiksender erwischt hatte. Dann trommelte sie im Rhythmus auf das Armaturenbrett aus rotbraun lackiertem Holz. Victor war noch nie in einem Auto gefahren, in dem das Armaturenbrett aus Holz war.

Plötzlich entdeckte sie Sven. Er hatte den Kopf zwischen die Schultern gezogen und strampelte, so schnell er konnte. Von den Autos, die dicht an ihm vorbeifuhren, wehte immer ein feiner Sprühregen auf ihn hernieder. Victor kurbelte das Fenster herunter. „He! Sven!" rief sie und winkte.

Sven schaute hoch. Als er merkte, daß Victor in dem schneeweißen Cadillac mit den roten Polstern saß, ließ er das Lenkrad los und fuhr freihändig, mit ausgebreiteten Armen weiter. Das fand Victor super.

Der Wagen hielt. Victor beeilte sich auszusteigen. „Das war wirklich unheimlich nett von Ihnen", sagte sie. „Falls Sie mal jemanden brauchen, der Ihnen das Auto billig repariert. – Ich kenn' da jemanden, der

5 0052-24

versteht unheimlich viel von alten Autos ..."

„Wahrscheinlich das Eichhörnchen, das du im Stadtpark gerettet hast", sagte die mit dem Kaugummi spitz. Sie wartete kaum, bis Victor ausgestiegen war, dann gab sie Gas und fuhr los.

Die Möbelpacker sammelten die Seile und Wolldekken ein, und dann kam der ältere der beiden zu Lola, mit einem Stapel von Papieren, auf die sie in wirrer Schrift irgendwelche Zahlen hingekritzelt hatten.

„Wir sind fertig. Eine Unterschrift bitte."

Lola, die gerade eine Kiste mit Küchengeräten auspackte, hob verwirrt den Kopf. „Fertig?" fragte sie. „Aber die ganzen Kisten sind doch nicht ausgepackt!"

„Das ist nicht unsere Arbeit."

„Und wer soll das denn machen, bitte schön?"

„Ich nehme an, du."

„Die ganzen Kisten?" rief Lola verzweifelt. „Ich alleine?"

Sie strich die Haare aus dem Gesicht und schaute sich um. Dann zeigte sie mit dramatischer Gebärde auf die nackte Glühbirne, die an der Decke hing. „Und die Lampen? Wer bringt die an?"

Der jüngere der beiden zündete sich eine Zigarette an und lehnte sich gegen den Kühlschrank. „Wir gewiß nicht. Wir haben jetzt nämlich Feierabend. Das ist von der Gewerkschaft vorgeschrieben. Außerdem ist der Preis für den Umzug und alle damit verbundenen Arbeiten vorher vereinbart."

Lola starrte den Mann an. „Machen Sie sofort die Zigarette aus! In meiner Küche wird nicht geraucht!"

Der Spediteur grinste und rauchte ruhig weiter. „Jetzt bist du wohl sauer, was? Hier." Er klopfte auf die gelben Zettel. „Deine Unterschrift."

Lola verschränkte die Arme vor der Brust. „Erst, wenn Sie die Lampen angebracht haben", sagte sie cool.

„Aber wir werden die Lampen nicht anbringen, junges Fräulein." Der Mann hielt die brennende Zigarette unter den Wasserstrahl, bis sie erlosch. Dann steckte er den Stummel oben in seine Hemdtasche. „Die Unterschrift", sagte er sanft.

Lola merkte, wie ihr die Tränen in die Augen schossen. „Aber Sie können mich doch nicht mit dem ganzen Krempel allein lassen!" schluchzte sie.

Der Ältere legte Lola eine Hand auf die Schulter. „Frag doch diesen schwarzen Maulwurf, ob er dir hilft."

„Was denn für einen schwarzen Maulwurf?"

„Na, deine Freundin. Die uns das Biertrinken verbieten wollte."

„Erstens ist das nicht meine Freundin, und zweitens ist die in der Schule. Und ich wette, die weiß auch nicht, wie man eine Lampe anschließt."

„Dann warte, bis dein Papi kommt."

Lola verdrehte die Augen. Zu dem Thema sagte sie lieber gar nichts.

Sie starrte auf das Papier. Sie hatte keine Ahnung, ob das alles seine Richtigkeit hatte, die Stunden und die Anzahl der Umzugskartons und das Kilometergeld und so. Aber es war ihr auch egal. Damit konnte ihr Daddy sich dann rumplagen. Sie hatte schließlich genug Streß. Ohne aufzusehen, streckte sie die Hand aus. „Einen Kuli."

„Bitte sehr, gnädiges Fräulein." Mit elegantem Schwung beförderte der Typ mit der Zigarette einen Kuli in Lolas Hand. Lola unterschrieb, ohne aufzusehen, dann drückte sie dem Mann die Papiere in die Hand und drehte sich um. Sie hatte keine Lust, denen auch noch ihre Tränen zu zeigen.

Der Ältere trennte sorgfältig die Kopie vom Original.

„Das ist für dich, zur Kontrolle, damit dein Papi sieht, daß wir ihn nicht übers Ohr gehauen haben. Heb's schön auf, ja?"

Lola nickte nur. Sie sagte kein Wort.

„Also, wir hauen ab."

„Okay", sagte Lola gepreßt.

Sie wartete, bis die beiden Männer die Seile zusammengerollt und die letzten Wolldecken aufgehoben hatten. Schließlich fiel die Türe hinter ihnen ins Schloß.

Durch das Küchenfenster sah Lola, wie sie zu dem Laster gingen, einstiegen und abfuhren. Nachdem das Dröhnen des Dieselmotors verklungen war, machte sich allmählich eine furchtbare Stille in dem Haus breit.

Lola hatte das Gefühl, sogar ihr Herz schlagen zu hören. Ganz langsam ging sie durch die Zimmer. Alle neu gestrichen, gelb und strahlend weiß, auch die Fenster frisch lackiert, es roch nach Farbe und auch ein bißchen nach Staub. Es roch schrecklich, überhaupt nicht nach Menschen.

Wenn ich wenigstens einen Hund hätte, dachte Lola in einem Anflug von Selbstmitleid. Aber Dicki sagt ja, ein Hund bringt noch mehr Chaos. Aber dann hätte ich wenigstens etwas, das ich liebhaben kann.

Bei der Vorstellung, so ein kleines seidenweiches, wolliges Hundebaby jetzt auf dem Arm zu haben, kamen Lola schon wieder die Tränen. Sie preßte ihr Gesicht gegen die Fensterscheibe im Wintergarten. Durch die Tränen sah alles aus wie hinter Schleiern. Alles trostlos und grau, die Bäume hatten keine Blätter, der kleine Teich hatte kein Wasser, der Schuppen hatte keine Tür. Es war zum Heulen.

Lola drehte sich wieder um. Mitten im Zimmer war ein Berg von Umzugskartons, alle säuberlich aufeinandergestapelt.

Auf einem stand „Geschirr“, auf dem anderen „Videobänder“, auf dem nächsten „Bücher“ oder „Akten“, und immer so weiter.

Es dauert hundert Jahre, bis ich das alles ausgepackt habe, dachte Lola. Sie ließ sich einfach irgendwo mitten zwischen diesen Türmen von Kartons auf den Boden nieder, zog die Knie an und versteckte ihren Kopf zwischen den Beinen. Sie preßte noch die Hände dagegen, damit sie diese verdammte Stille nicht mehr hören konnte.

Und die Tränen sprudelten nur so aus ihren Augen. Sie war müde. Hundemüde, aber sie wußte nicht, in welchem Karton die Bettwäsche und die Kissen und Daunendecken waren. Außerdem hätte sie gerne endlich eine heiße Dusche genommen, aber sie war zu erschöpft, um den Karton mit den Handtüchern zu suchen. Lola konnte sich nicht erinnern, wann sie sich je so elend und so verlassen gefühlt hatte. Ihre Schluchzer wurden immer lauter und immer verzweifelter.

Deshalb hörte sie zuerst das Klingeln des Telefons gar nicht. Erst als sie den Kopf hob und in ihrer Latzhosentasche nach einem Tempo grub, um die Nase zu schneuzen, drang das leise Summen des

Telefons an ihr Ohr. Lola brauchte einen Augenblick, bis sie kapierte, daß es das Telefon war.

„Aber ich denke, es geht gar nicht", murmelte sie, während sie auf allen vieren auf den Apparat zukroch, der in der Ecke auf dem Boden stand.

Der Apparat summte und summte. Schließlich nahm Lola den Hörer ab. Sie schniefte einmal kurz, bevor sie sagte: „Ja, hallo, hier ist Lola Könke."

„Hallo! This is Toronto speaking. Hold on, please. Professor Könke wants to talk to you, hold the line, please!"

Lola setzte sich auf den Boden und nahm den Apparat in den Schoß. Vor Aufregung fiel ihr kein einziges englisches Wort mehr ein. „Yes, yes", stammelte sie immer nur.

In der Leitung rauschte und klickte es. Auf einmal hörte Lola die Stimme ihres Vaters.

„Lola! Mein Mädchen! Bist du da? Hallo! Kannst du mich hören? Lola!"

Lola lächelte unter Tränen. Sie hielt den Hörer ganz weit von ihrem Ohr. Ihr Vater schrie immer, wenn er aus weiter Entfernung mit ihr telefonierte. Er hatte offenbar nicht aufgepaßt, als in Physik die drahtlose Kommunikation behandelt wurde.

„Dicki! Ja, ich bin es! Dicki! Ich höre! Schrei nicht so."

Lola hörte ein tiefes Seufzen, und dann wurde die

Stimme ihres Vaters tatsächlich ein bißchen leiser. „Gott sei Dank! Ich habe mir solche Sorgen gemacht. Ich versuche seit Stunden, dich anzurufen, aber diese Leute beim Telefonamt sagen immer: no connection."

„Das Telefon war noch nicht eingeschaltet. Ich habe auch schon versucht dich anzurufen, Dicki!" Lola schluchzte und lachte gleichzeitig. Sie war so froh, die Stimme ihres Vaters zu hören, so froh. Selbst wenn er Tausende von Meilen weit weg war.

„Ist alles in Ordnung, Mädchen? Hat alles geklappt?"

„Überhaupt nichts ist in Ordnung!" schrie Lola ins Telefon. Plötzlich fiel ihr das ganze Elend wieder ein. „Diese blöden Typen haben nicht einmal die Lampen angebracht!"

„Macht nichts, Mädchen, das besorg' ich schon, wenn ich komme."

„Du? Du weißt doch nicht einmal, wie ein Schraubenzieher funktioniert."

„Okay. Du hast ja recht. Ich geb' mich schon geschlagen."

„Außerdem ist es schaurig, bei nackten Glühbirnen allein in einem Haus zu sitzen. Hast du überhaupt eine Ahnung, wie ich mich fühle?"

„Okay, Schätzchen. Ruf einen Elektriker an. Such

dir irgendeine Nummer aus dem Branchenbuch heraus. Ruf an, und sag, er soll uns die Rechnung schicken."

„Hier stehen tausend unausgepackte Kisten, Dikki!"

„Ich weiß, Lola, ich weiß. Es ist schlimm. Aber du hast ja gesagt, ich soll mir keine Sorgen machen. Du hast gesagt, du kriegst das alles in den Griff. Weißt du das etwa nicht mehr? Mach mir jetzt ja kein schlechtes Gewissen."

Lola schloß die Augen. Sie zählte bis fünf. Dann fragte sie: „Wie war dein Vortrag?"

„Phantastisch, Mädchen! Fabelhaft. Professor Higgins ist auf das Podium gesprungen und hat mich umarmt! Und die Kollegen haben applaudiert. Heute abend gibt die Universität von Toronto ein Essen für mich."

Lola spürte eine gewisse Bitterkeit aufsteigen. Sie dachte daran, daß sie überhaupt nicht wußte, woher sie ihre nächste Mahlzeit bekommen sollte. Sie wußte nicht einmal, ob es in dieser Stadt ein McDonald's gab …

„Na toll", sagte Lola kühl. Sie gab einem der Umzugskartons einen Fußtritt. Dabei verstauchte sie sich den großen Zeh. „Au!" Sie fluchte und sprang auf einem Bein im Zimmer herum, das Telefon immer in der Hand.

„Was hast du gesagt? Die Verbindung ist so schlecht! Bist du sicher, daß alles okay ist?"

„Ja, ja, Dicki, es ist so okay wie in einem Flohzirkus."

„Was hast du gesagt? Die Verbindung ist katastrophal! Aber ich kenne ja meine Lolamaus, die macht alles mit links, alles mit einem Fingerschnippen. Ich bin mächtig stolz auf dich. Es gibt nicht viele Mädchen in deinem Alter, die so etwas alleine bewerkstelligen."

„Da hast du verdammt recht", knurrte Lola. „Wann kommst du endlich her?"

„Morgen um dreizehn Uhr geht mein Flugzeug. Aber dann gibt es ja die Zeitverschiebung ..."

„Was heißt das, Dicki? Wann kommst du endlich? Ich kenne mich in dieser blöden Stadt überhaupt nicht aus! Ich will, daß du herkommst, Dicki!"

„Ich komm' ja. Ich sag' doch: Übermorgen früh zum Frühstück bin ich da. Hast du noch genug Geld?"

Lola klopfte auf die Hosentasche. „Reichlich, Dicki. Darum geht es nicht. Ich will nur nicht alleine sein! Hörst du mich? Ich hab' keine Lust, den ganzen Mist alleine zu machen, und dann kommst du und ..."

Plötzlich klickte es in der Leitung, und dann kam nur so ein Rauschen, und Lola mußte an den riesigen, endlosen, grauen Ozean denken, der Europa und Amerika trennt, und an die hundert Millionen dicken grauen Regenwolken, die über den Ozean hinwegzogen, und ihr war schon wieder nach Heulen zumute. Sie ließ den Hörer einfach neben die Gabel sinken und legte sich bäuchlings auf den Fußboden.

In diesem Augenblick klingelte es an der Haustür. Lola war sofort auf den Beinen. Sie rannte in den Flur und schaute durch den Spion nach draußen. Das einzige, was sie sehen konnte, war ein Stückchen Fell und einen Zipfel ihrer Pilotenjacke.

Sie riß die Tür weit auf. „Gott sei Dank", sagte sie. „Ich dachte schon, du würdest nie mehr kommen."

Victor schob sich durch die Tür. Sie schaute sich um. „Mann, hier sieht es aber aus. Wo sind denn die beiden Rambos?"

„Abgehauen. Die hatten keine Lust mehr. Die haben irgendwas von der Gewerkschaft gefaselt."

„Schöne Schweinerei." Victor schüttelte die Kapuze ab und zog die Jacke aus. „Danke", sagte sie, als sie Lola die Jacke zurückgab. „War ein toller Auftritt in der Schule mit dem Ding. Den anderen sind vor Neid die Augen aus dem Kopf gefallen."

„Und dein Zeugnis?"

Victor hob den Daumen in die Luft. „Astrein. Keine Bemerkung von wegen Versetzung gefährdet." Sie spazierte im Flur herum und lugte in jedes Zimmer.

„Ich schätze, da stecken ungefähr noch hundert Jahre Arbeit drin."

„Sehr richtig. Ich bin eine alte Frau, wenn ich damit fertig bin."

Victor kicherte. „Ich schätze, silberne Löckchen stehen dir hervorragend. Übrigens, mein Vater hat mir Geld gegeben." Sie zog einen Zwanzigmarkschein aus der Tasche. „Ich darf dich zu einer Pizza einladen. Und er läßt sich noch mal entschuldigen, wegen heute morgen. Er hat es nicht so gemeint."

„Was?" fragte Lola.

„Na ja, er war ja ziemlich muffig. Aber bloß meinetwegen. Mit dir hat das nichts zu tun, sagt er. Und heute abend kannst du bei uns schlafen, wenn du dich alleine in dem Haus fürchtest."

Lola starrte Victor an. „Das ist nicht wahr", murmelte sie fassungslos.

„Was?"

„Daß deine Eltern so großzügig sind. Ich meine, die kennen mich doch gar nicht!"

„Dann werden sie dich eben kennenlernen. Los, zieh die Jacke an. Wo ist mein Mantel? Ich weiß eine tolle Pizzeria, gar nicht weit, ganz billig und supergroße Pizzen. Mit Schinken und Käse und so. Nehmen wir das Tandem?"

„Wenn du willst ...“

„Klar will ich!“ rief Victor strahlend. „Ich möchte, daß die Leute kopfstehen, wenn sie uns sehen!“

So begann die Freundschaft zwischen Victor und Lola.

Beide fanden es einfach toll, daß es zwischen ihnen sofort gefunkt hatte. „Wir haben die gleiche Wellenlänge“, meinte Victor nur, als sie gefragt wurde, warum sie so schnell Freundschaft geschlossen hatten.

Aber sie hatten nicht nur die gleiche Wellenlänge, sondern auch ein Motto, nach dem sie leben wollten: „Das Leben ist zu kurz, um sich auch nur einen einzigen Tag zu langweilen.“

Diesen Satz schrieben beide mit einem dicken grünen Filzstift auf einen weißen Pappkarton und hängten ihn in ihren Zimmern auf.

Wenn Victor morgens aufwachte, fiel ihr erster Blick auf diesen Satz. Und sie überlegte schon, was sie anstellen konnte, damit der Tag keineswegs langweilig würde.

Aber mit Lola konnte man sich gar nicht langweilen. Lola hatte da, wo andere ihr Gehirn hatten, einen Ideenautomaten (das behauptete jedenfalls Lolas Vater).

Lola konnte singen, steppen, Pantomime, sie

konnte kläffen wie ein giftiger Yorkshire-Terrier und jaulen wie ein mondsüchtiger Kater, sie konnte wunderbar Mundharmonika spielen und mitten in der Fußgängerzone plötzlich eine Art Pirouette drehen, die Hände in den Magen pressen und, wie von einer Gangsterkugel getroffen, langsam zusammensacken. Es gab einfach nichts, was Lola nicht konnte. Sich mit so einer Freundin langweilen? Unmöglich!

Es dauerte nicht lange, da waren sie stadtbekannt. Wenn sie mit dem Tandem herumkurvten, sagten die Leute bloß: „Da kommen wieder die Clowns."

Lola lachte, als sie das zum ersten Mal hörte. „Weißt du, daß das eigentlich ein Kompliment ist? Ich wollte als kleines Mädchen immer wahnsinnig gern zum Zirkus gehen und Clown werden."

„Aber jetzt bist du kein Kind mehr", meinte Victor. „Und ich kann mir nicht vorstellen, daß dein Berufswunsch immer noch Clown ist."

Lola zog die Nase kraus. „Du hast recht. Heute möchte ich ein nützliches Mitglied der Gesellschaft werden. So was wie Straßenmusikant oder Lokführer in der Geisterbahn." Irgendwie schaffte es Lola immer, aus einer ernsthaften Unterhaltung eine Blödelei zu machen. Victor war begeistert.

Es kostete die beiden Freundinnen einige Mühe, bis sie es geschafft hatten, daß Lola auch ins Schiller-

Gymnasium gehen konnte. Wegen ihrer besonderen Fächerkombination hätte sie eigentlich in die Gesamtschule gemußt, aber schließlich schaltete sich auch Lolas Vater ein, als er merkte, daß es geradezu unmenschlich wäre, die beiden Freundinnen zu trennen.

Die beiden fuhren mit dem Tandem zur Schule und wieder nach Hause. Sie hockten gemeinsam über den Schularbeiten, und es gab einigen Ärger, als Victors Mutter herausfand, daß Victor Lola immer bei der Hausarbeit half, obwohl sie zu Hause nie einen Finger krumm machte.

Um dem Ärger aus dem Weg zu gehen, räumte Victor jetzt jeden Morgen vor der Schule ihr Zimmer auf und half abends beim Abspülen. Aber dann hing sie schon wieder am Telefon, um mit Lola die Ereignisse durchzuhecheln – auch wenn es gar keine neuen Ereignisse gab.

Das brachte Victors Vater jedesmal aus der Fassung.

„Könnt ihr eigentlich auch mal was tun, ohne es brühwarm der anderen mitzuteilen?“

„Nee“, antwortete Victor grinsend, „völlig ausgeschlossen.“

„Und könntest du mal zur Abwechslung deine Zeit mit deinen früheren Freunden verbringen?“

„Kann ich nicht“, meinte Victor unbekümmert.

„Lola und ich können doch das Tandem nicht durchsägen. Außerdem hatte ich noch nie so eine Freundschaft wie mit Lola."

Victor war fasziniert von Lolas Leben. Lola hatte ihr erzählt, daß ihre Mutter eines Tages einfach weggefahren war. Sie hatte bloß einen Zettel auf den Küchentisch gelegt, auf dem stand: „Tut mir leid, aber ich muß nach New York. Macht's gut."

„Und was wollte deine Mama in New York?" fragte Victor.

„Die Schauspielschule besuchen. Theater spielen. Sie hat immer nur vom Theater geträumt. Die ganze Ehe war ein Mißverständnis, hat sie zu Dicki gesagt." Lola verzog ihr Gesicht. „Und ich war wohl auch ein Mißverständnis."

„Und jetzt?" fragte Victor. „Was hast du jetzt für ein Verhältnis zu deiner Mutter?"

„Gar keines. Manchmal kriege ich eine Postkarte zum Geburtstag, aber manchmal auch nicht." Sie zuckte mit den Schultern. „Es ist auch egal. Es würde ja nichts bringen. Dicki und ich kommen prima ohne sie zurecht."

„Wie alt warst du denn, als deine Mutter weggegangen ist?"

„Elf", sagte Lola. Sie sagte es in einem Ton, daß Victor nichts mehr zu fragen wagte.

Lolas Vater redete auch nie darüber. Die beiden

taten immer, als wäre es vollkommen normal, daß sie nur zu zweit lebten. Und irgendwie war es das ja auch.

Lolas Vater war ein sehr freundlicher, immer etwas verwirrt wirkender Mensch. Meist hörte er gar nicht richtig zu, wenn Lola und Victor ihm etwas erzählten. Er war mit seinen Gedanken immer bei den Schmetterlingen. Aber außer den Schmetterlingen hatte er noch eine zweite Leidenschaft: Er konnte wunderbar chinesisch kochen. Er hatte als Student in Hongkong gelebt und war so begeistert von der Idee, mit Stäbchen zu essen, daß er fortan immer ein paar elfenbeinerne Stäbchen in der Jackentasche trug. Selbst bei McDonald's aß er die Pommes frites mit Stäbchen aus der Tüte, und morgens schnitt er sein Honigbrötchen in kleine Würfel, um sie mit Stäbchen zum Mund zu führen. „Da werden die Hände nicht klebrig", war seine Erklärung. Victor fand das eigentlich ganz vernünftig.

Jeden Sonntagabend lud Professor Könke Victor zum chinesischen Essen ein. Dann stand er, eine große Schürze vor dem Bauch, in der Küche und schnipselte und brutzelte, während die beiden Mädchen verdünnten Weißwein tranken und ihn mit Schulklatsch unterhielten.

Und Victor mußte das Essen mit Stäbchen üben. Unverdrossen versuchte sie immer wieder, ein

6 0052-24

Stückchen Fleisch und einen Gemüsestreifen zwischen die Enden der Stäbchen zu klemmen und zum Mund zu führen. Am Anfang rutschten sie immer wieder weg, und Victor bekam fast einen Krampf in den Fingern.

An einem jener Sonntagabende, als Victor es endlich schaffte, sogar die Reiskörner mit den Stäbchen vom Tellerrand zu picken, sagte Professor Könke auf einmal: „Was machst du eigentlich in den Sommerferien?"

„Ich? Wieso?"

„Nur so eine Frage. Hast du schon konkrete Pläne?"

„Nee, eigentlich nicht. Meine Eltern mieten immer ein Ferienhaus in Dänemark, den ganzen Juli über. Letztes Jahr hat es fast immer geregnet, und ich hab' alle Karl-May-Bände noch einmal gelesen. Es war rasend langweilig. Gipsy hat mir lauter blaue Flekken verpaßt, weil er dauernd mit mir raufen wollte, und an unserem Strand sind in der Zeit drei tote Robben angetrieben. Wenn ich ehrlich sein soll, war es ziemlich trostlos. Mein Vater hatte schlechte Laune, weil er nicht zum Fischen gehen konnte, und meine Mutter hat immer nur gesagt: ‚Aber es ist doch herrlich, ihr Lieben. Dann können wir uns endlich mal auf uns selbst besinnen!' Ich weiß bloß nicht genau, was sie damit gemeint hat. Soviel Besinnung hält nämlich kein Mensch aus.“

Lola lachte. „Klingt ziemlich scheußlich. Und da wollt ihr dieses Jahr wieder hin?“

Victor schüttelte den Kopf. „Ohne mich. Ich hab’ gesagt: Nie wieder! Lieber bleib’ ich alleine zu Hause und füttere die Goldfische oder nehm’ einen Job zum Zeitungsaustragen an.“

Lolas Vater eilte in die Küche, um die gebackenen Shrimps zu holen. Als er die dampfende Schüssel auf den Tisch stellte, sagte er: „Lola hat nämlich auch noch keine Pläne.“

„Stimmt doch gar nicht!“ rief Lola empört. „Wir hatten ganz genaue Pläne, aber dann hast du auf einmal wieder einen Rückzieher gemacht.“

„Was waren das denn für Pläne?“ fragte Victor.

„Ach.“ Lola zog einen Schmollmund. „Wir wollten mit einem französischen Club nach Korsika, an einen ganz tollen Strand. Dicki hatte schon alles gebucht …“

„Gebucht nicht, nur vorgemerkt!“ korrigierte der Professor. „Wie findet ihr die Shrimps? Ihr müßt sie mit Sojasoße beträufeln.“

„Sie sind köstlich“, sagte Victor höflich.

Lolas Vater lächelte sie an. „Danke. Du lobst mich immer. Lola tut das nie.“

„Ich bin auch sauer“, knurrte Lola. „Ich finde es unmöglich, wenn man sich monatelang auf einen Urlaub freut – und dann heißt es plötzlich: Ätsch, April, April!"

„Du weißt genau, daß ich auch so gerne in Urlaub fahren würde wie du."

„Müssen Sie wieder zu einem Kongreß", fragte Victor.

„Nein, nein. Diesmal ist es etwas anderes."

„Er schreibt ein verdammtes Buch über diese verdammten Schmetterlinge", schimpfte Lola, während sie sich einen Berg Reis auf den Teller schaufelte. „Und ich soll mal wieder drunter leiden."

Lolas Vater lächelte nachsichtig. Er setzte die Brille ab und legte sie behutsam auf den Tisch. Dann rieb er seine Augen, bis sie ganz rot aussahen. Das tat er ununterbrochen. Victor fragte sich, warum er keine Augentropfen nahm.

„Erstens ist es kein verdammtes Buch, und zweitens sind es keine verdammten Schmetterlinge. Ich würde mir sehr wünschen, meine liebe Tochter, daß du dir allmählich einen etwas differenzierteren Wortschatz zulegst. Du weißt genau, daß es sich um die sehr seltene Falterfamilie der Ameozo ..."

Lola hielt sich die Ohren zu. „Hör auf! Es interessiert mich überhaupt kein bißchen! Ich weiß nur, daß ich alleine hier in der Stadt hocke, alle sind weg, und du schließt dich in deinem Zimmer ein, von morgens um sechs bis abends um zehn, und ich darf noch nicht mal laute Musik spielen."

„Aber einmal in der Woche", sagte Victor, um die Wogen der Erregung zu dämpfen, „gibt es ein tolles chinesisches Essen."

Lola fauchte. „Wag ja nicht, dich auf die Seite von Dicki zu schlagen! Das fehlt mir gerade noch!"

Professor Könke setzte die Brille wieder auf. Er sah von einer zur anderen. „Und warum", fragte er plötzlich, „fahrt ihr nicht alleine? Ihr beiden Mädchen seid doch alt genug!"

„In den Club?" fragte Lola fassungslos. „Das kostet doch ein Vermögen!"

„Muß ja nicht der Club sein. Ihr könnt euch ja auch ein anderes Ziel aussuchen. Eine Radtour oder mit den Pfadfindern, was weiß ich."

„Mit den Pfadfindern!" Lola tippte sich an die Stirn. „Das fehlt gerade noch." Sie schob ihren Teller zurück und begann, sehr nachdenklich mit dem Stuhl zu wippen. Etwas, das ihren Vater nervös machte, aber darauf konnte sie im Augenblick keine Rücksicht nehmen.

„Wenn Victor und ich zusammen verreisen, dann machen wir etwas Ausgeflipptes."

„Etwas Ausgeflipptes?" fragte der Professor erschrocken. „Warum, um Gottes willen, muß es bei euch immer etwas Ausgeflipptes ein?"

Lola überhörte den Einwand. „Wir könnten zum

Beispiel mit Interrail verreisen. Einmal quer durch Europa, bis an den äußersten Zipfel.“ Sie wippte immer stärker mit dem Stuhl, und Victor schaute schon etwas ängstlich auf den Hi-Fi-Turm in ihrem Rükken.

„Interrail? Was ist das denn?“ fragte der Professor.

„Das ist ein Ticket der Bundesbahn, das überall in Europa gilt. Spottbillig.“ Lola räusperte sich. „Na ja, jedenfalls nicht besonders teuer.“

„Und was ist nicht besonders teuer?“ Victor überschlug im Geiste schon ihre Ersparnisse. Von der Großmutter hatte sie zu Weihnachten zweihundert Mark bekommen, und dann war da noch etwas auf der Sparkasse, von der Konfirmation. Aber sie war nicht sicher, ob ihre Eltern erlauben würden, das Geld einfach abzuheben. Sie war im Grunde nicht sicher, ob die Eltern so eine Reise überhaupt erlauben würden.

„Keine Ahnung. Hundertfünfzig Mark oder so.“

„Und die gilt wirklich in ganz Europa?“

„Klar, bis nach Griechenland oder Portugal. Die Algarve? Warst du da schon mal?“

„Ich? Ich war doch immer bloß in Dänemark“, sagte Victor.

Lola sprang wortlos auf. Sie stürmte in ihr Zimmer und kam mit einer Postkarte zurück. „Hier, hat mir eine Cousine geschickt. Die war letztes Jahr dort. Muß wahnsinnig schön sein. Oder hast du je einen schöneren Strand gesehen?"

Victor starrte auf das Foto. Steilklippen aus weißem Sandstein, mit Höhlen und Brücken und Rundungen, und dazwischen weißschäumend das Meer und ein endlos blauer Himmel.

„Sieht ja wahnsinnig toll aus", schwärmte Victor. „Wenn man sich vorstellt, wie das in Dänemark immerzu geregnet hat! Und eiskalt war es. Man ist die ganze Zeit aus dem Regenzeug überhaupt nicht rausgekommen. Und immer nur dicke Norwegerpullis. Und nachts eine Wärmflasche im Bett. Brrrr!" Sie schüttelte sich.

Der Professor lachte. „Klingt ja wirklich schrecklich. Ich wette, du übertreibst ganz furchtbar."

„Fragen Sie meine Eltern!" rief Victor. „Als wir aus dem Urlaub zurückkamen, sagte meine Mutter auch: Nie wieder Dänemark. Aber inzwischen haben sie vergessen, wie scheußlich es war, und natürlich dieses Haus schon wieder gemietet. Und jetzt kenn' ich sogar die Karl-May-Bände schon auswendig!"

„Dann könntest du ja zur Abwechslung mal was anderes lesen", schlug Lola vor.

„Geht nicht. In dem Haus gibt es nur solche Bücher. Das Haus muß einem Fan von Karl May gehören."

Der Professor lachte. „Soll ich den jungen Damen

zur Feier des Tages noch einen Kamillentee kochen?"

„O ja, bitte", sagte Lola. „Wir können dann noch ein bißchen von Portugal träumen. Du, Victor, da muß es unheimlich süße Fischerdörfer und ganz gemütliche kleine Kneipen geben, wo man unheimlich billig ganz tollen Fisch essen kann. Und es gibt Campingplätze an den schönsten Plätzen, und das Wetter ist immer schön. Man braucht überhaupt kein Zelt. Ein Schlafsack reicht, hat meine Cousine gesagt."

Victor schwieg. Sie war überwältigt von der Idee. Aber sie stellte sich vor, wie ihre Eltern reagieren würden.

„Bloß einen Schlafsack?" fragte der Professor. „Glaubt ihr wirklich, das funktioniert?"

„Aber logo! Wenn es irgendwann zufälligerweise doch mal ein paar Tropfen regnen sollte, was ganz ausgeschlossen ist, kann man sich ja unterstellen und warten, bis der Regen vorbei ist."

„Zum Besipiel in dieser gemütlichen Fischerkneipe", meinte Victor.

Lola sprang auf. Sie lief um den Tisch herum und umarmte Victor. „Wäre das nicht einfach super-super-super?"

Victor nickte. „Zu schön, um wahr zu sein."

Der Professor schaute Victor an. „Du denkst, deine Eltern werden es nicht erlauben?"

Victor seufzte. „Ich trau' mich, ehrlich gesagt, nicht einmal zu fragen."

„Aber deine Eltern sind doch okay! Wieso willst du sie nicht fragen? Sie reißen dir doch nicht gleich den Kopf ab", sagte Lola.

„Fragen kostet nichts." Der Professor schaute über den Tisch. „Ist es zuviel verlangt, wenn ich die jungen Damen bitte, sich um den Abwasch zu kümmern?"

„Es ist zwar viel verlangt", antwortete Lola huldvoll, „aber wir machen es trotzdem."

Als sie die Teller in die Küche trugen, flüsterte Lola Victor zu: „Du fragst bestimmt, ja?"

Victor nickte.

„Ist es dir lieber, daß ich dabei bin?"

Victor schaute ihre Freundin an. „Ich glaube, das würde helfen. Meine Eltern sind von dir ja total begeistert. Alle drei Minuten, wenn ich wieder mal irgendeinen Mist gebaut habe, sagt Mami: ‚Wenn ich da an Lola denke …'" Sie kicherte. „Wenn du nicht meine Freundin wärst, müßte ich glatt eifersüchtig sein. Ich glaube, von einer Tochter wie dir hat meine Mutter immer geträumt. Statt dessen hat sie so was wie mich gekriegt, die Arme."

Lola schüttelte den Kopf. „Deine Mami liebt dich doch. Die findet es nur toll, daß ich den Haushalt schmeiße und so selbständig bin. Also gut. Morgen starten wir das Unternehmen. Wir werden deine Eltern dann überzeugen, daß wir beide in diesen Sommerferien ganz dringend nach Portugal müssen. An die Küste mit dem vielversprechenden Namen ‚Algarve'."

Victor schloß die Augen. Sie wiederholte das Wort ganz langsam. „Algarve – klingt wirklich ganz toll. Irgendwie nach Abenteuer! Oder?"

Lola grinste. „Und wie!"

Zwei Wochen lang boten die Freundinnen alle Überredungskünste auf, um Victors Eltern nachgiebig zu stimmen. Zuerst hieß es nur: „Ihr allein nach Portugal? Kommt überhaupt nicht in Frage."

Fünf Tage später: „Das ist für zwei Mädchen in eurem Alter viel zu gefährlich."

Drei weitere Tage danach: „Und wer soll das überhaupt bezahlen?"

Endlich, am übernächsten Tag: „Also, wir haben uns informiert. Diese Interrail-Reisen scheinen bei Jugendlichen ja wirklich sehr beliebt zu sein."

Lola und Victor führten anschließend Freudentänze in Victors Zimmer auf. Aber sie waren noch ein bißchen verfrüht, denn am nächsten Morgen sagte Frau Dahms: „Dein Vater und ich, Victor, finden, daß ihr diese Reise um ein Jahr verschieben solltet. Dann seid ihr siebzehn. Das klingt schon ganz anders.“ Victor stand wortlos vom Frühstückstisch auf.

Eines Tages schaltete Professor Könke sich persönlich ein. Er rief Victors Vater an und verabredete sich mit ihm zum Mittagessen in der Stadt. „So ein Problem“, sagte er, „kann man den Mädchen nicht allein überlassen.“

Und tatsächlich schaffte Lolas Vater das Unmögliche: Am Abend, nach der Tagesschau, in der auch ein Bericht über den Beitritt Portugals zur EG gesendet wurde, sagte Victors Vater ganz beiläufig: „Also, ich habe mich breitschlagen lassen – von uns aus könnt ihr starten. Aufhalten kann man euch beide wahrscheinlich sowieso nicht.“

Mit einem Freudenschrei warf Victor sich erst ihrem Vater und dann ihrer Mutter in die Arme, um in der nächsten Sekunde zum Telefon zu stürzen: „Lola! Wir haben es geschafft! Wir dürfen zusammen verreisen!“

Am ersten Tag der Sommerferien brachte Frau Dahms Victor und Lola mitsamt ihrem Gepäck frühmorgens zum Bahnhof. „Kinder, Kinder“, sagte sie immer wieder. „Ich hab' so ein flaues Gefühl im Magen. Hoffentlich machen wir uns später nicht bittere Vorwürfe.“

„Unsinn, Mami! Wir werden uns wie die Engel benehmen! Das weißt du doch!"

Frau Dahms lachte gutmütig. „Ihr und Engel! Das paßt nun wirklich nicht zusammen."

Sie begleitete die beiden Mädchen bis zum Bahnsteig und wartete, bis der Zug einrollte. Trauben von jungen Leuten hingen an den Fenstern.

„Mein Gott!" rief Frau Dahms. „Der Zug ist ja jetzt schon überfüllt! Habt ihr denn Platzkarten?"

„So was brauchen wir nicht. Wir finden schon ein Plätzchen. Tschüs Mami, macht's gut. Und viel Spaß in Dänemark!" Victor konnte es gar nicht erwarten, bis der Zug endlich abfuhr.

„Danke für's Bringen", sagte Lola.

Frau Dahms schaute die beiden Mädchen kopfschüttelnd an. „Seid ihr sicher, daß ihr für die Fahrt richtig ausgerüstet seid?"

„Wieso nicht?" fragte Victor vergnügt.

Natürlich hatten Victor und Lola seit Tagen nichts anderes im Kopf gehabt als die Planung der Reise. Ganz genau hatten sie sich überlegt, was alles in ihre Rucksäcke gehörte. An mehreren Abenden spielten sie „Generalprobe". Dann wurde alles sorgsam in den Rucksack geschichtet. Aber meist fand nur die Hälfte der Sachen, die sie gerne mitnehmen wollten, Platz.

Schließlich hatten sie sich geeinigt, soviel wie möglich am Leib zu tragen. „Im Zug ist es bestimmt kalt", hatte Victor gemeint und sich drei Pullover zurechtgelegt.

„Solange wir in Deutschland sind, brauchen wir Klamotten, die wärmen", pflichtete ihr Lola bei. „In Portugal können wir ja alles auf dem Campingplatz verstauen." Wo genau, wußten sie allerdings auch nicht.

So trugen sie schließlich über hautengen, geringelten Rennradhosen einen weißen Spitzenunterrock und darüber einen weitschwingenden Blümchenrock. (Frau Dahms hatte die Röcke für die Mädchen selber genäht.) Dazu ein weißes T-Shirt, darüber eine weiße Bluse. („Wir müssen ganz viele weiße Sachen mitnehmen", hatte Victor gemeint, „das sieht toll aus, wenn man dann braun ist!")

Über der weißen Bluse trug Victor noch eine Weste aus dunkelrotem Jacquardstoff (Lola eine Lederweste), und um die Taille hatten sie einen dikken Schlechtwetterpulli gebunden.

Frau Dahms schüttelte unentwegt den Kopf. „Ich habe in meinem ganzen Leben noch keine Mädchen gesehen, die sich so viele Sachen übereinanderziehen."

„Du weißt eben nicht, was gerade Mode ist", antwortete Victor lachend.

Die Mädchen schleppten jeder einen prall gefüllten Rucksack und einen zusammengerollten, fest verschnürten Schlafsack, auf der Suche nach einem Abteil, das vielleicht nicht ganz so voll war.

Aus allen Fenstern grölten die Jungen ihnen etwas zu. Sie schwenkten rot-weiße Fähnchen und hielten Bierdosen in der Hand. Ein paar Jungen versuchten, sich ganz weit aus dem Abteilfenster zu beugen, um den Mädchen die Strohhüte vom Kopf zu reißen.

Als Victor das merkte, schleuderte sie ihren Rucksack auf den Boden, den Schlafsack dazu und stemmte die Hände in die Taille. „Sagt mal, seid ihr bescheuert? Was soll der Blödsinn?"

„Wir wollen bloß fragen, ob ihr zum Pferderennen nach Ascot fahrt! Ihr seht umwerfend aus!" rief einer. Ein anderer reichte ihnen die halbvolle Flasche hin. „Hier. Trinkt was mit uns. Wir haben noch genug Platz für euch im Abteil."

Lola tippte sich an die Stirn. „Bei euch piept's wohl. Biertrinken könnt ihr alleine."

„Okay! Wir hören auf!" Eine leere Bierdose flog auf den Bahnsteig.

„O Gott", flüsterte Frau Dahms. „Was sind das denn nur für Kerle? Hoffentlich findet ihr irgendwo ein besseres Abteil. Da habe ich ja keine ruhige Minute, wenn ich mir vorstelle, daß ihr mit diesen Jungs zusammen fahrt."

„Tun wir bestimmt nicht, Mami", sagte Victor. Ihre Stimme klang aber schon etwas kleinlauter. So weit sie an dem endlos langen Zug entlangblickte, sah sie nur rot-weiße Fähnchen und rote Jungengesichter.

„Ich schätze, die fahren zu irgendeinem Fußballspiel“, meinte Lola.

„Wollt ihr nicht lieber den Nachmittagszug nehmen?“ schlug Frau Dahms vor. „Auf einen halben Tag kommt es doch nun wirklich nicht an.“

Das war das Stichwort für Victor. „Ein halber Tag ist rasend wichtig, Mami! Das Leben ist zu kurz, um sich einen halben Tag zu langweilen. Was meinst du, Lola?“

„Da vorn“, sagte Lola, mit dem Kopf an den Anfang des Zuges deutend, „da sieht es irgendwie leerer aus. Da stehen auch nicht so viele Leute auf dem Bahnsteig herum.“

„Okay. Nichts wie hin.“ Victor schulterte wieder ihre Sachen. Die Jungen schrien ihnen immer noch etwas zu, aber Victor reagierte nicht mehr darauf.

Sie gab ihrer Mutter einen Kuß. „Also, heute in vier Wochen sind wir wieder da, Mami! Macht's gut! Wir müssen laufen, sonst fährt der Zug ohne uns ab!“

Frau Dahms schossen die Tränen in die Augen. „Hoffentlich geht alles gut, Kinder!“ rief sie.

Victor schob sich durch die Menschenmenge. Lola winkte Frau Dahms noch einmal fröhlich zu, aber im nächsten Augenblick war sie schon in der Menge untergetaucht.

„Schnell!" Victor warf einen Blick auf die Bahnsteiguhr. „In einer Minute fährt der Zug ab!"

Sie hasteten weiter mit ihrem schweren Gepäck. Einmal versuchten sie, in einen der Waggons einzusteigen, aber es war hoffnungslos. Im Eingang drängelten sich die Leute.

„Macht doch mal Platz!" rief Victor wütend. „Wir wollen auch noch mit!"

„Wegen Überfüllung geschlossen!" krähte ein friedlicher Junge. „Hier paßt keine Briefmarke mehr rein! Wir sitzen schon gestapelt!"

Victor hastete weiter. Hilfesuchend schaute sie Lola an. „Hast du dir das so vorgestellt?"

Lola grinste schwach. „Dicki sagt immer: Das Leben ist ein Abenteuer."

„Dicki hat recht", antwortete Victor keuchend. „Also weiter."

Plötzlich hörte sie eine laute Stimme. „Einsteigen! Der Zug fährt sofort ab!"

Victor und Lola rasten immer noch über den Bahnsteig, das Gepäck schlug ihnen gegen die Beine, aber sie merkten es gar nicht.

Aus dem allerletzten Waggon schaute ein Mann mit einer blauen Dienstmütze heraus. „Beeilt euch, Mädchen!" rief er.

„Ist da noch frei?“ fragte Victor außer Atem. Der Rucksack kam ihr so schwer vor wie ein Sack Zement.

„Hier nicht. Hier ist der Postwaggon!“ antwortete der Mann mit der Mütze.

Die Mädchen blieben stehen. Entsetzt schauten sie den Bahnsteig zurück. Er war inzwischen fast leer. Nicht einmal Victors Mutter war mehr zu erkennen.

Das Signal schaltete auf Grün.

„Was sollen wir tun?“ schrie Victor verzweifelt, sie war jetzt wirklich den Tränen nahe.

Der Schaffner seufzte. „Also gut. Kommt rein. Schnell, schnell, ich helf' euch.“

Die Mädchen schleppten sich noch ein paar Meter weiter. Dann öffnete sich wie durch ein Wunder die Waggontür, und zwei starke Arme griffen nach ihren Rucksäcken.

Victor sprang auf das Trittbrett und streckte Lola die Hand entgegen. Als sie beide durch die Waggontür fielen, ging ein Rucken durch den Zug, und die Räder setzten sich in Bewegung.

„Oh, Mann! Das war aber knapp!“ stöhnte Victor.

Lola sagte gar nichts. Stumm zählte sie die Gepäckstücke. „Eins, zwei, drei, vier, fünf, sechs.“ Sie seufzte erleichtert. „Alles da. Gott sei Dank!“ Sie setzte den Strohhut auf ihre roten Locken und

7 0052-24

schenkte dem Schaffner dieses entwaffnende Lächeln, für das sie berühmt war. „Sie sind unheimlich nett. Beinahe wäre der Zug ohne uns abgefahren."

„Das hätte ich nicht überlebt!" rief Victor. Sie schaute sich neugierig in dem Waggon um. Es gab einen Tisch und einen Stuhl, die auf dem Boden angeschweißt waren, und ringsum lauter Regale. An den Wänden standen riesige Kästen mit Briefen und daneben zahlreiche Postsäcke, die mit dicken Kordeln zugebunden und plombiert waren.

„Toll ist das hier", sagte Victor begeistert. „Können wir vielleicht irgendwie helfen?"

Der Beamte lachte gutmütig. „Das glaube ich nicht. Räumt lieber eure Sachen irgendwo in eine Ecke, wo sie nicht stören. Aber ich hab' keine Ahnung, wo ihr euch hinsetzen könnt. Der Boden ist bestimmt etwas schmutzig."

„Ach, darüber machen Sie sich mal keine Sorgen", erklärte Victor unbekümmert. „Wir fahren bis nach Lissabon. Hinsetzen können wir uns später noch."

Sie ging neugierig an den Regalen entlang.

„Faßt bloß nichts an, Mädchen!" sagte der Beamte warnend. „Das sind alles wichtige Sendungen. Eigentlich hätte ich euch gar nicht hier hereinlassen dürfen. Für Unbefugte verboten, heißt es in der Dienstvorschrift."

„Keine Angst, wir bringen Ihnen schon nichts durcheinander", meinte Lola freundlich. Sie deutete auf einen Stapel zusammengefalteter Postsäcke. „Und was ist mit denen?"

„Das sind Reservesäcke. Aber die werden wir auf dieser Fahrt wohl nicht brauchen."

„Können wir uns nicht vielleicht auf die Säcke setzen?"

Der Mann in der blauen Uniform sah die Mädchen an. „Ihr seht wirklich so verflixt fein aus. Alles gewaschen und frisch gebügelt, was? Wär' wirklich ein Jammer, wenn ihr euch schmutzig machen würdet."

Er teilte den Stapel und gab jedem der beiden Mädchen ein paar Säcke. „Da, sucht euch ein gemütliches Plätzchen."

Lola und Victor breiteten die Säcke säuberlich in einer Ecke aus. So konnten sie sich im Schneidersitz auf den Boden hocken und den Rücken an die Regale lehnen.

„Gar nicht so unbequem", meinte Victor, „wenn man sich erst mal daran gewöhnt hat."

„Jedenfalls besser als bei diesen Typen."

„Bei was für Typen?" fragte der Bahnpostbeamte.

„Der Zug ist ja voller Schweden", erklärte Lola. „Die sehen aus, als hätten sie schon eine Menge Bier getrunken."

„Da kann man es ja richtig mit der Angst bekommen“, sagte Victor.

Der Schaffner lachte. „Das ist in jedem Sommer bei Ferienbeginn so. In Schweden ist Alkohol teuer. Was tun viele Reisende also, wenn der Zug über die Grenze rollt? Gleich in Flensburg kaufen sie einen Kasten Bier.“

Victor verzog ihr Gesicht. „Schaurig.“

„Wenn ich mit denen bis Lissabon fahren müßte, wäre mir speiübel“, sagte Lola.

Der Schaffner schaute die Mädchen neugierig an. „Eure erste Reise?“

Victor und Lola nickten.

„Das merkt man.“

„Wieso?“ Victor schaute ihn empört an. „Woran merkt man das?“

„Weiß nicht. Man merkt es irgendwie. Erfahrene Interrailgäste würden schließlich nicht im Postwaggon landen. Der ist doch für Reisende überhaupt nicht geeignet. Hier gibt es ja nicht mal Fenster!“

„Stimmt.“ Victor schaute sich verblüfft um. „Das fällt mir jetzt erst auf. Was meinst du, Lola? Ist das schlimm?“

„Für das erste Stück nicht“, meinte Lola nach einer Weile. „Da kennt man die Landschaft sowieso. Aber wenn wir erst mal weiter nach Süden kommen...“

„Das dauert noch eine ganze Weile“, erklärte der

Beamte. Er schien sich darüber zu freuen, Gesellschaft zu haben.

„Da können wir vorher noch gemütlich zusammen frühstücken. Was ist, darf ich euch zu einem zünftigen Frühstück im *Hotel zur Post* einladen?"

„Wie wollen Sie das denn machen?" fragte Victor verblüfft.

Der Schaffner nahm ein tragbares Funksprechgerät vom Schreibtisch. Er zog die Antenne aus. „Hallo, Zugrestaurant. Bist du es, Toni? Ich hab' hier zwei Gäste. Gibt deinem Herzen einen Stoß und bring mir dreimal Frühstück in meine fahrende Post. Geht alles auf meine Rechnung. Alles klar?" Er lauschte, dann sagte er: „In Ordnung." Als er die Antenne wieder zurückschob, nickte er den Mädchen zu. „Kommt in zehn Minuten."

„Wahnsinn!" Lola boxte Victor in die Seite. „Was sagst du?"

Victor sagte gar nichts. Sie kramte ihre Kamera aus dem Rucksack. „Das wird unser erstes Ferienfoto", sagte sie. „Hoffentlich funktioniert das Blitzlicht."

Plötzlich wurde die schwere Verbindungstür zwischen den Waggons aufgeschoben, und der kalte Fahrtwind fegte herein. Der Schaffner warf sich über die Zettel auf seinem Schreibtisch, die alle davonzuflattern drohten. Victor sprang auf, um dem Zugkellner zu helfen, der einen Teewagen hereinrollte. Auf dem Teewagen standen drei komplette Frühstückstabletts, zugedeckt mit weißen Stoffservietten. Der Zugkellner trug einen rote Jacke und schwarze Hosen und erinnerte Victor an irgendeinen Fernsehstar. Er hatte unwahrscheinlich blaue Augen und die blondeste Mähne, die sie je an einem Jungen gesehen hatte.

„Hallo, Toni“, rief der Postler. „Mach schnell die Tür wieder zu, sonst gehen die Briefe als Luftpost ab!“

Toni gehorchte. Dann schob er den Wagen mitten in den Raum. Mit einem eleganten Schwung zog er die weißen Servietten weg. „Dreimal Frühstück vom Allerfeinsten!“ sagte er stolz. „Ich hab' auch Spiegeleier mitgebracht.“

„Ist ja irre!“ rief Victor. „Bestimmt haben Sie gehört, wie unser Magen knurrt!“

„Klar, das kann man durch den ganzen Zug hören!“ sagte der Kellner fröhlich. „Also.“ Er tippte mit dem Finger auf die einzelnen Sachen, während er sie aufzählte. „Brötchen, Butter, dreimal Marmelade, Honig, Leberwurst, Kaffee, Milch, Besteck, Tassen. Alles da. Ich hoffe, es ist alles recht?“

„Wie im Grandhotel“, antwortete Lola strahlend.

Der Kellner wollte sich gerade zurückziehen, da rief Victor: „Moment! Ich muß noch ein Foto machen. Lola, hock dich bitte wieder auf die Säcke. Aber so, daß es aussieht wie auf einem Diwan. Wo ist dein Hut?"

„Werden das Modefotos?" fragte der Schaffner verblüfft, als er sah, wie Lola sich herrichtete.

„Kein bißchen. Nur Spaßfotos", sagte Victor. „Und Sie müssen leider auch wieder in die Knie, und wenn der Kellner dann bitte den Kaffee einschenkt. Und dann muß nur noch das Blitzlicht funktionieren."

„Halt! Wenn das so ist, muß ich erst meine Frisur richten!" Der Kellner zog einen Kamm aus der Tasche. Dann zupfte er seine Jacke zurecht und zog den Bauch ein. „Alles in Ordnung? Sitzt meine Fliege?"

„Perfekt", sagte Victor zufrieden. Sie drückte auf den Auslöser, als Lola gerade in die Kamera strahlte und der Kellner sich steif herunterbeugte, um ihr Kaffee einzuschenken.

Dann machte sie das gleiche Foto noch einmal aus einem anderen Winkel. Der Kellner machte jeden Spaß mit.

„Wie heißt die berühmte Fotografin denn eigentlich?"

„Victor", sagte Lola.

„Victor? Noch nie gehört, daß ein Mädchen so heißt."

„Brave Mädchen heißen ja auch Victoria. Aber ich bin nicht brav genug gewesen, deshalb heiße ich bloß Victor."

Der Schaffner lachte. Das macht mir Spaß mit euch", sagte er. „Wie weit geht die Reise denn?"

„Lissabon."

„Lissabon? Schöne Stadt. Ihr habt's gut. Also, viel Spaß beim Frühstück!" Er zwinkerte den dreien zu und verschwand.

Der Mann in der Uniform ließ sich etwas schwerfällig auf den Postsäcken nieder. Er versuchte die Schneidersitzstellung, aber seine Beine waren zu kurz oder sein Bauch zu dick – er kriegte es einfach nicht hin.

„Hat keinen Zweck, Mädchen", sagte er, „ich muß mich hinknien."

Victor fotografierte. „Wenn ihr wüßtet, wie irre das aussieht!" rief sie immer wieder. „Ich bin total begeistert!"

„Deine Spiegeleier werden kalt. Und hör auf, den ganzen Film zu verknipsen! Nachher haben wir nichts mehr für Lissabon."

„Wer weiß, vielleicht ist dies das einzige Abenteuer, das wir erleben." Victor knipste immer weiter.

Der Bahnbeamte schlürfte lächelnd seinen Kaffee. „Das kann ich mir nicht vorstellen, zwei Mädchen wie ihr..."

„Wieso?" Victor schaufelte die Spiegeleier in sich hinein, als hätte sie seit Tagen nichts gegessen. „Was ist mit uns?"

„Ihr seht einfach so aus, als wenn es Spaß machen müßte, mit euch unterwegs zu sein." Der Mann lächelte, und seine Stimme klang beinah ein bißchen wehmütig. „Schade, daß ich nicht mehr jung bin..."

Victor verstaute die Kamera wieder im Rucksack. „Wir schicken Ihnen eine Postkarte", sagte sie. „Nachher müssen Sie Ihre Adresse in mein rotes Büchlein eintragen. Aber nicht vergessen!"

„Ich vergesse nie etwas, aber in eurem Alter, da ist man noch ziemlich vergeßlich."

Nach dem Frühstück spielten sie mit dem Beamten eine Runde Rommé und dann eine Runde Canasta, und dann mußte er Briefe sortieren und Eintragungen in eine dicke Kladde machen.

Als der Kellner kam, um das Frühstücksgeschirr abzuholen, sagte er: „Im zweiten Waggon wird bei der nächsten Station ein ganzes Abteil frei. Ich hab' mal meine Beziehungen spielen lassen. Mein Kumpel hat ‚Reserviert'-Schilder rausgehängt, damit sich da keine angeheiterten Leute breitmachen. Wir setzen noch ein paar andere nette Mädchen zu euch rein, die auch keinesfalls mit den Jungen in einem Abteil sitzen wollen." Er zwinkerte Lola und Victor zu. „Abteil 12, nicht vergessen. Nächste Station."

Er hatte die Verbindungstür zum nächsten Waggon schon geöffnet, da fiel ihm noch etwas ein. Er deutete auf Victor. „In welcher Zeitung erscheint denn das Foto?"

Victor grinste. „In überhaupt keiner Zeitung. Bloß in meinem Familienalbum."

„Oh, schade. Ich dachte, ich werde berühmt!"

„Das bist du doch schon!" rief der Bahnbeamte ihm nach. Aber bei dem lauten Rattern der Räder hatte Toni das sicherlich nicht mehr verstanden.

In Köln verabschiedeten sich Lola und Victor von dem netten Beamten im Postwagen.

„War richtig schön bei Ihnen", sagte Victor bedauernd.

„Fand ich auch." Der Mann trug ihnen die Rucksäcke auf den Bahnsteig und dann in den nächsten Waggon. Das mit dem „Reserviert-Schild" hatte wirklich geklappt. Ein Abteil war noch ganz leer.

Victor riß sofort das Fenster auf und begann, die Abfälle einzusammeln. „Die haben hier gehaust wie die Vandalen!" sagte sie entsetzt. „Wir nehmen natürlich die Fensterplätze."

„Was denn sonst?" Lola wuchtete gerade ihren Rucksack ins Gepäcknetz, als die Abteiltür aufgeschoben wurde und ein Mädchen den Kopf hereinsteckte. „C'est bien ici?" fragte sie.

„Was?" Victor schaute das Mädchen an. „Kannst

du auch Deutsch? In Französisch muß ich passen."

Das Mädchen hob hilflos die Schultern. „Nur ein ganz kleines bißchen", sagte sie ganz langsam. „Isch bin Französin, isch komme aus Lyon. Isch eiße Veronique. Bonjour."

„Bonjour", antwortete Lola. Sie strahlte die Französin an. „Das finde ich toll", sagte sie, „daß jemand aus Lyon bei uns im Abteil sitzt. Bringt sofort so was Internationales hier rein, oder?" Sie deutete auf sich und sagte: „Lola." Und dann deutete sie auf Victor und sagte: „Victor."

Die Französin lächelte. Sie war ungefähr achtzehn und sah eigentlich eher wie eine Spanierin aus. Sie hatte dunkle wellige Haare, braune Augen und einen olivfarbenen Teint. Lola fand, daß sie sehr hübsch war, aber Victor meinte später, sie sei ein bißchen zu pummelig, um wirklich schön zu sein.

Kaum hatte Veronique sich einen Platz ausgesucht, erschien der Kellner. Er schob zwei Mädchen ins Abteil. „Das sind Susan und Esther", sagte er. „Sie kommen aus Irland und sprechen kein Wort Deutsch. Aber ihr könnt ja wohl alle Englisch, was? Vertragt euch schön."

Er zwinkerte Lola zu.

„Na, wie hab' ich das organisiert?"

„Einfach super!" rief Lola begeistert. „Wie können wir uns bloß bedanken?"

Der Kellner lachte. „Wenn ich nicht verheiratet wäre, dann würde ich sagen, von jedem Mädchen einen Kuß. Aber meine Frau kann Gedanken lesen. Das ist zu gefährlich!“ Schon war er wieder weg.

Susan und Esther hatten den ersten Teil ihrer Ferien in Ungarn verbracht und wollten nun nach Paris. Sie waren eigentlich zu viert unterwegs, hatten die anderen beiden Mädchen aber in Frankfurt im Getümmel auf dem Bahnsteig aus den Augen verloren. Das schien die beiden aber nicht sonderlich zu kümmern.

Als der Zug den Kölner Hauptbahnhof verließ, waren die fünf Mädchen schon in ein intensives Kauderwelsch verwickelt. Sie redeten mit Händen und Füßen und lachten sich halbtot, wenn es Mißverständnisse gab.

Esther strickte unentwegt an einem Pullirückenteil mit einem ganz komplizierten Zählmuster, aber weil man nicht gleichzeitig zählen und zuhören kann, fielen ihr ständig Maschen herunter, und die Wollknäuel verhedderten sich.

„Das wird dein Chaos-Pulli“, sagte Victor, nachdem sie Esther eine Weile zugeschaut hatte. „Ich liebe solche Pullis. Du darfst das keinesfalls auftrennen, das muß so bleiben. Das wird eine Erinnerung an diese Fahrt ins Ungewisse.“

„Oh, ja!“ schrie Lola. „Wir stricken alle unser

Monogramm in den Pulli."

Gutmütig reichte Esther die Stricknadeln sofort weiter. „Wer will anfangen?"

Lola nahm das Strickzeug unsicher in die Hand. „Also, versuchen kann ich's ja mal. Es ist mindestens zwei Jahre her, daß ich zuletzt so was in der Hand gehabt habe. Ich weiß gar nicht mehr, wie das geht. Kann ich auch einfach nur rechts stricken?"

„Nee. Vorwärts rechts und rückwärts links", sagte Esther streng, „sonst kann man dein Monogramm nachher nicht lesen."

Veronique wechselte mit Susan den Platz. „Isch kann elfen", sagte sie mit ihrem originellen französischen Akzent. „Darf isch?"

Victor zog die Schuhe aus und stellte sich auf den Sitz, um an ihren Rucksack zu gelangen. „Zu blöd, daß ich die Kamera so gut weggepackt habe. Das wird ein Superfoto", sagte sie. Das Sonnenlicht fiel schräg ins Abteil.

Lola und Veronique hatten ihre Köpfe zusammengesteckt und strickten vierhändig an dem Pulli. „Herschauen!" rief Victor. Gleichzeitig hoben die beiden Mädchen lachend ihren Kopf, und Victor drückte auf den Auslöser. „Ich nenne das Bild *Deutsch-Französische Freundschaft*", erklärte sie.

„Was machst du mit den Fotos?" fragte Susan.

„Nichts. Ich klebe sie in ein Album."

„Aber man müßte etwas damit machen! Kannst du gut fotografieren?"

„Ganz super!" antwortete Lola anstelle der Freundin. „Ich hab' Fotos von ihr gesehen, die sind wirklich ausstellungsreif." Lola sprach so gut englisch, daß Victor fast neidisch wurde. Daß Lola beispielsweise so einen Spezialausdruck wie „Ausstellung" im Englischen kannte!

Susan schien genau den gleichen Gedanken zu haben. „Wieso sprichst du so gut Englisch?" fragte sie.

Lola lächelte. „Ich bin mit meinem Daddy ziemlich viel gereist", antwortete sie. „Und da mußte ich mich immer um alles kümmern."

„Ihr Daddy ist nämlich Professor für Schmetterlingswissenschaft", erklärte Victor. Sie sagte „butterfly-science", und alle im Abteil brachen in schallendes Gelächter aus.

„Das ist kein Witz", sagte Lola, „mein Daddy ist wirklich Spezialist für Schmetterlingsforschung."

Esther, die Victor mit der Kamera hantieren sah, meinte: „Wenn du wirklich gut fotografieren kannst, wäre es doch schade, wenn die Bilder nur in ein Album geklebt werden. Vielleicht könntest du Geld damit verdienen."

„Aber wie denn?" fragte Victor.

„Keine Ahnung. Gibt es eine Lokalzeitung in eurer Stadt?"

„Klar, den *Anzeiger*, ein ziemliches Käseblatt."

„Um so besser. Schickt denen doch einfach immer mal Fotos von der Reise und so eine Art Tagebuch. Wenn ihr Glück habt und in der Stadt gerade nicht viel passiert, dann drucken sie das."

Victor starrte sie an. „Glaubst du das im Ernst?"

Esther hob die Schultern. „Bei mir hatte das jedenfalls geklappt. Ich wohne in einer kleinen Stadt in der Nähe von Manchester, und denen hab' ich von einer Polenreise immer Berichte geschickt. Und an dem Tag, als ich zurückkam, stand meine Geschichte in der Zeitung. Ich war vielleicht stolz!" Sie lachte. „Seitdem will ich Journalistin werden."

Victor schaute Esther nachdenklich an. „Du hast mich da auf eine ziemlich gute Idee gebracht", sagte sie.

„Das erste, was ich mir in Lissabon kaufe, ist ein Schreibheft."

Veronique kramte in ihrer Umhängetasche. „Ich kann dir ein paar Zettel geben, damit du schon Notizen von der Bahnfahrt machen kannst", sagte sie hilfsbereit.

Bald darauf war Victor nicht mehr ansprechbar. Sie hatte sich ganz in die Abteilecke verkrümelt und schrieb und schrieb, bis Lola ihr leise auf die Schulter tippte und sagte: „Du, ich glaube nicht, daß der *Anzeiger* einen Fortsetzungsroman druckt."

Victor wurde feuerrot. Schnell faltete sie die Zettel zusammen und verstaute sie in ihrer Tasche.

„Was hast du geschrieben?“ fragte Susan neugierig. „Lies doch vor!“

Victor winkte verlegen ab. „Das ist geheim“, sagte sie.

„Okay, wir werden es eben lesen, wenn es gedruckt ist.“ Lola reichte Victor das Strickzeug. „Mein ‚L‘ ist fertig. Jetzt bist du dran.“

Abends um zehn kamen sie am Pariser *Gare du Nord* an. Es gab einen tränenreichen Abschied unter den Mädchen, die alle mit anderen Zügen weiterfuhren.

Victor und Lola hatten für die Fahrt von Paris nach Lissabon Liegewagenkarten gekauft. Das war ihr Glück, denn wiederum waren alle Plätze längst belegt, als sie an dem endlos langen Zug vorbei über den Bahnsteig ihre Sachen schleppten.

„Ich bin todmüde!“ stöhnte Victor. „Meine Füße brennen wie auf glühenden Kohlen.“

„Und mir fallen bald die Augen zu“, meinte Lola, „ich kann überhaupt nichts mehr erkennen. Zu welchem Liegewagen müssen wir?“

„Zweiundfünfzig.“ Victor deutete zum Ende des Bahnsteiges. „Wie ich uns kenne, ist es wieder mal das letzte Abteil.“

Für sie waren die beiden oberen Betten reserviert.

Als sie das Abteil betraten, war das Rollo schon heruntergezogen, und unter den Wolldecken auf den unteren Liegen konnten sie nur irgendwelche Personen vermuten. So leise wie möglich verstauten Victor und Lola ihr Gepäck in den Netzen und erklommen ihre Betten. Es gab ein Kopfkissen und eine Wolldecke.

„Ziemlich gemütlich", flüsterte Victor. „Ob man auch Licht machen kann?"

„Das kleine Licht neben deinem Kopf", gab Lola leise zurück. Sie tasteten ziemlich lange, bis sie den Lichtschalter gefunden hatten. Aus dem unteren Bett schaute ein bärtiger Typ hervor. In unbeholfenem Englisch sagte er: „Macht bloß keinen Krach. Unsere Kinder sind gerade eingeschlafen." Er deutete auf die mittleren Betten. Victor beugte sich herunter. Unter der Decke lugte ein blonder Wuschelkopf hervor. Langsam wurde die Decke vom Gesicht gezogen, und Victor blickte in zwei große, weit geöffnete Augen. „He du", sagte Victor freundlich, „fährst du auch in die Ferien?"

Das Kind starrte Victor immer nur an. Nach einer Weile schüttelte es langsam den Kopf und zog die Decke wieder über das Gesicht.

Jetzt erst entdeckte Victor am Fußende noch einen Blondschopf. Offenbar lagen immer zwei Kinder in einem Bett.

8 0052-24

Als Victor erneut dem argwöhnischen Blick des bärtigen Mannes begegnete, lächelte sie. „Sind das alles Ihre?"

„Natürlich", sagte der Mann. „Seh' ich aus wie ein Kidnapper?"

Victor schüttelte lachend den Kopf. „Ich hab' ja bloß gefragt. Die sind süß." Die Decke von dem Gesicht des Blondschopfs wurde wieder ein bißchen heruntergezogen. Victor zwinkerte dem Kind zu, das immer noch die Augen ängstlich weit aufgerissen hatte. „Sag mal, bist du ein Junge oder ein Mädchen? Wie heißt du?"

Das Kind sagte nichts.

„Versteht es mich nicht?" fragte Victor den Vater. „Bestimmt ist mein Französisch so schlecht."

Der Vater knurrte nur. „Sie reden nicht mit Fremden. Ich will das nicht."

Lola warf Victor einen vielsagenden Blick zu. Sie verdrehte die Augen, als wollte sie sagen, warum redest du mit dem Typ überhaupt, merkst du nicht, daß der schlechte Laune hat?

Victor nickte. Sie kroch unter ihre Wolldecke zurück, holte das Notizbuch heraus und vervollständigte ihre Notizen:

> Abends neun Uhr Ankunft auf dem *Gare du Nord* in Paris. Mein Gott, was für ein Chaos!

So viele Menschen! So viele Sprachen, alles durcheinander. Keiner versteht irgend etwas. Immerzu wird man angerempelt. Ich hatte ein komisches Gefühl. Manchmal dachte ich schon, da sind Taschendiebe am Werk, die einem in dem Gedränge das Geld klauen wollen. Gut, daß wir alles wohl verwahrt haben. Das Geld im Brustbeutel, an einer Schnur um den Hals, Paß und Fahrkarte in einer Klarsichtfolie, am Gürtel befestigt. Das gibt einem ein einigermaßen sicheres Gefühl.

Wir mußten auf einen anderen Bahnsteig, hatten aber viel Zeit. Mitten in der Halle standen zwei Schwarze und machten Musik. Klarinette und Posaune. Dixieland-Jazz. Normalerweise steh' ich nicht auf diese altmodische Musik, aber auf so einem Bahnhof macht das irgendwie gute Laune.

Die jungen Leute lagerten im großen Kreis um die Musiker herum, manche hatten schon ihren Schlafsack ausgerollt, einige lagen nur auf der Isomatte. Lola und ich kauften uns ein Stück Pizza und zwei Becher Cola. Ich bin über ein Mädchen gestolpert, das auf dem Boden schlief, mit einem Stoffelefanten im Arm. Das Mädchen war bestimmt älter als ich. Die ist nicht einmal aufgewacht. Der Elefant hat ihren Schlaf eben so gut bewacht. Ich finde das toll, wenn jemand sich noch in dem Alter zu seinem Stofftier bekennt. Manche lachen darüber, ich überhaupt nicht.

Ein Afrikaner rannte immer neben uns her und wollte uns Elfenbeinringe und so häßliche Uhren andrehen, die angeblich echt Gold waren. Wir konnten ihn überhaupt nicht loswerden. Er war schrecklich aufdringlich. Nachher hat Lola ihn richtig angeschrien, und da wurde er noch pampiger. Aber als ein Polizist uns entgegenkam, war er plötzlich weg. Lola und ich haben richtig aufgeatmet.

Dann wimmelte es von kleinen Jungen, die einem eine Pension für die Nacht empfehlen wollten. Sie sagten: „Meine Eltern vermieten Zimmer. Ganz billig. Ganz schön. Mit Wasser und Toilette.“ Ich glaub' nicht dran. Ich glaube, das ist nur ein Trick, um einen aus dem Bahnhofsgelände wegzulocken.

Auf so einem Bahnhof, spät am Abend, hat man schon ein mulmiges Gefühl. Ich bin froh, daß wir im Zug sind. Und todmüde. Ach ja, wir haben jeder noch eine kitschige Postkarte gekauft und an die Eltern geschickt, mit einem Blödeltext. Aber nun wissen sie, daß wir gut angekommen sind.

Gerade als Victor und Lola die Leselampen ausgeknipst hatten, wurde die Abteiltür aufgerissen, und ein Schaffner erschien.

„Billets! Passeports!“ rief er. Der Strahl seiner Taschenlampe irrte über die sechs Betten.

Der Bärtige fuhr sofort hoch. Auf französisch schnauzte er den Schaffner an. „Die Kinder schlafen! Machen Sie das Licht aus! Was suchen Sie denn?“

„Billets et Passeports“, wiederholte der Schaffner ungerührt. Er trat an die Kinderbetten heran. Durch die halb geschlossenen Augen sah Victor, daß er die Wolldecke hochzog. „Ah!“ rief er. „Ce sont deux!“ Und dann ging er zu dem anderen Bett und wiederholte da: „Encore deux! Sie haben vier Kinder, aber nur drei Fahrscheine.“

Plötzlich wurde der Bärtige ziemlich kleinlaut. Victor konnte ganz schlecht verstehen, was er sagte. Eines der Kinder begann zu weinen, und sofort rief der Vater: „Sei still“, und das Weinen hörte im gleichen Augenblick auf.

Die armen Kinder, dachte Victor. Der Schaffner drehte immer noch die Fahrkarten in der Hand. Unschlüssig schaute er den bärtigen Mann an. „Votre passeport!“

Wieder dauerte es endlos, bis der Mann seinen Paß hervorgeholt hatte. Der Schaffner blätterte umständlich darin herum. Er schaute sich jeden Stempel und jede Eintragung an. Und dann sagte er, sehr betont den Kopf schüttelnd: „Aber die Kinder sind nicht in dem Paß eingetragen. Wie alt sind die Kinder? Quelle age ont les enfants?"

„Drei, fünf, sieben und acht Jahre."

„Haben Sie Kinderpässe für Ihre Kinder?"

Der Bärtige begann wieder, hastig irgendwelche Erklärungen zu murmeln.

„Woher kommen Sie?" fragte der Schaffner ungerührt.

„Aus Paris."

„Und wohin wollen Sie?"

„Nach Lissabon. Ich habe nur Ferien in Paris gemacht."

Der Schaffner ließ den Lichtstrahl der Taschenlampe über das Gesicht des Mannes gleiten. „Irgendwo", sagte er gedehnt, „habe ich Sie gesehen, irgendwo."

Wieder begann ein Kind zu weinen. Victor und Lola beobachteten atemlos die merkwürdige Szene. Sie wagten nicht, sich zu bewegen. Es kam ihnen so vor, als hätte der Schaffner sie noch gar nicht bemerkt.

Plötzlich erinnerte sich der Schaffner. „Mais oui!" rief er, sich gegen die Stirn schlagend. „Mais naturellement! Ich habe Sie vor ein paar Tagen im Fernsehen gesehen, dans la télévision. Wenn ich mich nur erinnern könnte. Warten Sie, was war das nur für eine Geschichte..." Er schloß die Augen, um sich besser konzentrieren zu können.

In diesem Augenblick begann der Mann zu schreien. Wie verrückt brüllte er den Schaffner an. „Was wollen Sie eigentlich? Sie haben meinen Paß, sagen Sie mir, wieviel ich nachbezahlen muß, ich gebe Ihnen sofort das Geld!" Er holte einen Hundert-Franc-Schein aus der Brieftasche. Dann nahm er einen zweiten Schein und steckte ihn dem Schaffner in die Jackentasche.

„Das ist für Sie", sagte er, „aber lassen Sie mich bitte in Ruhe, ja! Sie sehen ja, die Kinder, sie sind so müde – sie wollen schlafen."

Der Schaffner nahm ganz langsam den Geldschein aus der Jackentasche. Er ließ den Mann nicht aus den Augen.

„Einen Moment", murmelte er, „ich bin gleich wieder da. Warten Sie hier."

Kaum war der Schaffner verschwunden, zerrte der Vater die Kinder aus den Betten.

„Vite! Allez donc! Anziehen!" rief er. „Schnell, so macht schon!"

Victor konnte nicht richtig verstehen, was er sagte, er redete halb französisch, halb portugiesisch. Aber es war klar, daß er die Kinder zur Eile antreiben wollte. Der Kleinste begann zu weinen. Schlaftrunken rieb er sich die Augen und versuchte dann, sich allein die Hose anzuziehen.

Victor war so gerührt, daß sie sofort aus dem Bett stieg. „Ich helf' dir, Kleiner", sagte sie sanft. Der Junge hatte riesengroße schwarze Kulleraugen, mit denen er Victor anstarrte. Stumm ließ er sich anziehen.

„Thank you", murmelte der Mann.

Lola half nun auch. Sie band dem kleinen Mädchen die Schuhe zu und schob die Ärmchen in die Jackenärmel. Dann sammelte sie die Spielsachen ein und stopfte sie in den roten Mickymauskoffer.

„Fertig?" Der Mann sah die Kinder an, die blaß und müde waren.

„Attention!" Er öffnete die Abteiltür und spähte argwöhnisch hinaus. Schnell schob er sie wieder zu. Er schien immer mehr in Panik zu geraten. Er lief zum Fenster und zog das Fensterrollo hoch. Als er das Fenster öffnete, strich kühler Fahrtwind herein.

Der Zug verlangsamte seine Fahrt. Die ersten Lichter eines Städtchens tauchten auf. Der Zug fuhr quietschend über eine Weiche, es gab immer mehr Lichter. Dann ein grellerleuchteter Bahnsteig, und schließlich hielt der Zug.

Der Mann, der die ganze Zeit den Kopf aus dem Fenster gehalten hatte, wirbelte herum. Er schaute Victor und Lola an. „Werden Sie mir helfen? Can you help me?“ fragte er in seinem rauhen Englisch.

Victor hob unschlüssig die Schultern, aber Lola fragte: „Wobei denn? What kind of help?“

„Ich klettere aus dem Fenster“, sagte der Mann, „und Sie reichen mir dann die Kinder raus.“

„Und warum nehmen Sie nicht die Tür?“ fragte Victor argwöhnisch.

Der Mann lächelte. „Es dauert zu lange, es ...“ Er zog wieder seine Geldbörse heraus und schob Victor einen Geldschein zu. In ihrer Verwunderung konnte sie nicht einmal erkennen, was für ein Schein das war. „Helfen Sie mir! Ich flehe Sie an!“ flüsterte der Mann. „Es geht um Leben und Tod!“ Seine Augen waren so eindringlich, daß Victor eine Gänsehaut über den Körper lief.

„Ich weiß nicht ...“, murmelte sie.

„Papa!“ Das Mädchen klammerte sich schluchzend an das Bein des Vaters. Ungeduldig schob er sie aber zurück.

„Ja oder nein?“ fragte er Lola.

„Ja“, sagte Lola.

„Nein“, sagte Victor. Sie gab das Geld zurück. Aber der Mann kümmerte sich nicht darum. Er kletterte durch das Fenster, hielt sich eine Sekunde auf der schmalen Kante und sprang dann an der anderen Seite herunter.

Einen Augenblick war es vollkommen still.

„Papa", schrie das Mädchen.

Aber da tauchte der Kopf des Vaters am Fenster auf. Er streckte die Arme hoch. „Please!" flehte er, „zuerst der Kleine!"

Lola hob den Kleinen hoch und trug ihn zum Fenster.

„Hilf mir, Victor!" rief sie.

Aber Victor war wie gelähmt. Ihr Herz schlug, und sie hatte immer das Gefühl einer Gefahr, sie konnte es nur nicht erklären. Sie öffnete die Abteiltür. Menschen hasteten vorbei. Und da sah sie den Schaffner, er versuchte gegen die Aussteigenden anzukämpfen. Hinter ihm gingen zwei Polizisten. Sie schrien etwas. Victor konnte nichts verstehen.

Sie drehte sich um. Lola hatte die kleinen Kinder schon auf den Bahnsteig hinuntergelassen.

„Victor", schrie Lola, „mach die Tür zu!"

Victor schüttelte den Kopf. „Die Polizei", sagte sie, „da kommt die Polizei...!"

Im gleichen Augenblick stürmten die Polizisten ins Abteil.

„Wo ist er?" schrie der Schaffner. „Wo ist er?"

Victor deutete auf den Bahnsteig. Man sah das angstverzerrte Gesicht des Mannes. Die beiden großen Kinder waren noch im Abteil. Sie sagten keinen Ton. Sie waren vor Schreck wie gelähmt.

„Auf den Bahnsteig!" schrie der Schaffner. Einer

der Polizisten stürzte wieder hinaus.

„Papa!" rief der große Junge. Aber der Polizist hielt ihn fest. Victor und Lola sahen, wie der Vater immer noch hilflose Gesten zu den Kindern machte, dann legte ihm plötzlich der Polizist eine Hand auf die Schulter, und im gleichen Augenblick sackte der Mann zusammen.

Es war schrecklich. Victor schloß die Augen. Sie spürte, wie ihr die Tränen kamen. Das Gesicht wurde ganz naß.

„Ich verstehe das nicht...", murmelte sie.

Der Polizist sah sie an. „Tu parle français?"

„Oui, un peu", sagte Victor zögernd. Der Polizist hatte ein nettes, freundliches Gesicht. Er streichelte den Kopf des großen Jungen, der ganz bleich und gefaßt war.

„Dieser Mann wollte seine Kinder nach Portugal entführen. Er hat sie der Mutter einfach weggenommen. Er wird im ganzen Land gesucht. Der Mann probiert es schon zum dritten Mal. Er muß verrückt sein."

Lola hörte zu. Ihre Lippen zitterten ganz leicht. „Aber er liebt seine Kinder", sagte sie.

Der Polizist hob die Schultern. „Die Mutter liebt die Kinder auch, und das Gericht hat entschieden, daß die Kinder bei der Mutter bleiben sollen. Der Vater hat keine feste Wohnung, kein Geld, keinen

Beruf, nichts. Wovon will er die Kinder ernähren?“

Er beugte sich vor und schaute den Jungen an. „Möchtest du zu deiner Mutter?“

Der Junge fuhr sich zögernd mit der Zunge über die Lippen. Er schluckte mehrfach. Schließlich nickte er.

Der Polizist nahm ihn in die Arme. „Hab keine Angst. Wir werden uns um euch kümmern. Wann habt ihr zuletzt etwas gegessen?“

„Ich weiß nicht“, murmelte der Junge.

„Hast du Hunger?“

Der Junge nickte. Mit hängendem Kopf nahm er die Hand seiner Schwester und folgte dem Polizisten aus dem Abteil.

Als die Freundinnen auf einmal allein waren, merkte Victor, wie ihre Beine plötzlich nachgaben.

„War das schrecklich“, flüsterte sie, „mir ist ganz schlecht.“

Lola kletterte wieder auf ihr Bett und verschränkte die Arme hinter dem Kopf. Wortlos starrte sie an die Abteildecke.

Irgendwann setzte der Zug sich wieder in Bewegung, und der Lärm und die Schritte vor der Abteiltür wurden weniger.

Dann erschien der Schaffner. Er strahlte, machte einen richtig glücklichen Eindruck. „Stellen Sie sich vor! Ich habe diesen Mann vom Fernsehen erkannt!“

„Sie sollten Privatdetektiv werden“, sagte Victor trocken. Stumm reichte sie ihm die Pässe und Fahrkarten hin. Der Schaffner warf einen Blick auf die Dokumente, knipste das Deckenlicht aus und sagte: „Bonne nuit. Schlafen Sie gut. Soll ich Sie vor Lissabon wecken? Sie sind ja jetzt die ganze Zeit allein im Abteil.“

„Okay, danke“, murmelte Victor. Sie war nicht in der Stimmung, mit dem Schaffner zu schwatzen.

Lola hatte überhaupt noch kein Wort gesagt.

Victor fragte sich, ob Lola plötzlich an ihre eigene Kindheit dachte, an den Tag, als die Mutter mit den zwei Koffern einfach davongefahren war...

„Lola?“ flüsterte Victor.

„Mhmmm.“

„Bist du traurig?“

„Mhmmm.“

Victor kletterte aus ihrem Bett und stieg die kleine Leiter zu Lolas Bett hoch. Sie legte ihre Arme um Lola und küßte sie. „Ich weiß, was du denkst. Es tut mir so leid. Ich möchte dir so gerne helfen ...“

„Das geht schon vorbei“, murmelte Lola. „Das geht immer vorbei. Ich kenn’ das schon. Ich hab’ manchmal solche Anfälle.“

Victor nickte. Eine komische Reise, dachte sie, als sie sich schließlich in ihre Wolldecke wickelte und sich das Kissen auf die Ohren preßte. Ich hab’ mir das alles ganz anders vorgestellt.

Das gleichmäßige Rattern der Räder, das Pfeifen der Lokomotive und die Dunkelheit ringsum ließen die beiden Mädchen allmählich in einen tiefen Schlaf sinken.

„Noch zehn Minuten bis Lissabon!"

Es war der Schaffner, der die Abteiltür aufgerissen hatte.

Victor war sofort hellwach. Sie zog die Rollos hoch, die Lola irgendwann nachts heruntergezogen hatte.

„Lola! Blauer Himmel! Total schönes Wetter!" rief Victor begeistert.

Sie rüttelte an Lolas Schultern. „Wach auf! Wir sind in Portugal!"

Lola wischte sich den Schlaf aus den Augen. „Ich hab' geträumt wie ein Weltmeister. Die wildesten Sachen. Ich bin ganz durcheinander. Wo sind wir?"

„In zehn Minuten in Lissabon!"

„Himmel!" Lola sprang aus der Koje. „Wo ist mein Waschzeug?" Hoffentlich ist da nicht so eine Schlange vor dem Waschraum." Sie schlüpfte in ihre Jeans, zog das T-Shirt glatt und war schon draußen.

Der Zug fuhr durch die Vororte von Lissabon. Victor saß am Fenster und blickte wie gebannt auf die fremde Welt. Niedrige, eng beieinanderstehende

Häuser, ein Wald von Fernsehantennen, manchmal ein kleiner baumloser Platz, auf dem es ein paar Bänke gab. Streunende Hunde, eine Kneipe. Dann breite Alleen, von Autos verstopft, und dann plötzlich ein Blick auf den Hafen und das glitzernde Meer.

„Juchu!" schrie Victor. „Der Atlantik! Wahnsinn!"

In fliegender Eile kramte sie ihr Waschzeug aus dem Rucksack. Als Lola zurückkam, rief sie nur: „Wir haben es geschafft, das Meer!" und schlüpfte an ihr vorbei.

Der Zug hatte noch keine Einfahrt. Mitten in dem endlosen Gewirr der Gleise blieb er stehen. Lola und Victor hatten ihre Sachen schon in den Gang geschleppt, der vollgestopft mit Leuten und Taschen war.

„Hallo", sagte jemand hinter Lola, „ausgeschlafen?"

Lola drehte sich um und sah in die blitzenden fröhlichen Augen eines Jungen. „Ich sitz' schon seit Köln mit euch im Zug", sagte er, „aber ihr habt mich natürlich nicht bemerkt."

Lola schüttelte den Kopf. „Bei so vielen Leuten! Was hätten wir denn bemerken sollen?"

„Keine Ahnung." Der Junge grinste. „Vielleicht mein blödes Gesicht oder meine tolle Sonnenbrille, schau mal." Er nahm eine Sonnenbrille aus seiner Jackentasche und setzte sie auf. Es war so eine kalifornische Spiegelsonnenbrille, mit der er aussah wie eine Mischung aus James Dean und Don Johnson.

Lola mußte lachen. „Damit wärst du mir auch nicht aufgefallen. Ich finde Jungen mit Sonnenbrillen bescheuert."

„Okay, du hast schon gewonnen." Der Junge steckte die Sonnenbrille zurück. „Aber ihr wart nicht zu übersehen. Die Hüte – einfach Spitze! Und der dicke Rucksack. Wollt ihr auswandern, oder was?"

„Quatsch." Hoheitsvoll drehte Victor sich zu ihm um. „Als Mädchen braucht man einfach ein paar Sachen."

Sie betrachtete den Jungen und stellte fest, daß er sympathisch aussah. Er hatte braune lockige Haare. War ziemlich klein und machte einen Eindruck, als fürchtete er sich vor gar nichts.

„Wohin fährst du? Bleibst du in Lissabon?"

Der Junge hob die Schultern. „Ich hab' kein Ziel. Ich laß mich einfach treiben. Mal sehen, wohin die Flut des Lebens mich spült." Er zwinkerte Victor zu. „Klingt toll, nicht? Ist auch von mir. Vielleicht werde ich später mal Philosoph."

„Herzlichen Glückwunsch", sagte Lola amüsiert.

„Und ihr? Was habt ihr für Pläne?"

„Ach, auch nichts Bestimmtes. Ein paar Tage Lissabon, und dann wollten wir uns durchschlagen an die

Mittelmeerküste, an die Algarve. Da muß es total schön sein."

„Stimmt."

Victor starrte ihn an. „Sag bloß, du warst da schon mal?"

Der Junge nickte. „Vor zwei Jahren. War astrein, die Gegend, wirklich. Wird euch gefallen."

Der Zug fuhr weiter. Schließlich hielt er auf dem Bahnsteig. Die Mädchen stiegen aus und schleppten ihr Gepäck zum Ausgang. Eine Weile ging der Junge neben ihnen her. Sein Rucksack war nur halb so groß, und einen Schlafsack schien er auch nicht zu besitzen. Er winkte ihnen lässig zu. „Schöne Ferien", rief er. „Vielleicht sieht man sich ja mal an der Küste." Und dann lief er zwischen den parkenden, leuchtend gelben kleinen Taxis auf die Straße, winkte einem Autobus, der gerade abfahren wollte und sprang auf das Trittbrett.

„Der scheint sich auszukennen", sagte Lola neidisch, während sie in das gleißende Tageslicht blinzelte. „Und wir?"

„Wir haben natürlich keinen blassen Schimmer." Victor lachte unbekümmert. „Alles beginnt damit, daß wir uns einen Stadtplan besorgen. In jedem anständigen Bahnhof ist eine Buchhandlung. Die steuern wir jetzt an."

„Und dann steuern wir aber sofort ein Café an, wo

9 0052-24

man frühstücken kann!" rief Lola, die hinter Victor hertrottete. „Ich brauch' unbedingt einen heißen Kaffee und was zum Beißen."

Lola und Victor saßen auf dem Paca Mayour im Café *Aragon*. Der Himmel über ihnen war azurblau, die Sonne schien ihnen ins Gesicht. Sie saßen auf kleinen weißen Plastikstühlchen und hielten ihre nackten bleichen Beine in die Sonne. Vor ihnen auf dem Tisch stand ein Blechkännchen mit teuflisch schwarzem Kaffee, ein weiteres Kännchen mit heißer Milch und ein geflochtenes Körbchen, in dem Rosinenkuchen und Vanilleschnitten sehr verführerisch angerichtet waren. Sie hatten sich außerdem zur Feier des Tages jeder ein riesiges Glas frisch gepreßen Orangensaft bestellt und genußvoll heruntergespült.

„Aaah!" Wohlig streckte Victor sich auf ihrem Stuhl aus, während sie ihre Augen über den schönen schwarz-weiß gepflasterten Platz schweifen ließ. „Das ist das Leben, von dem ich immer geträumt habe!"

„Schau mal, da drüben!" Lola deutete auf einen Brunnen, der im Schatten eines riesigen Baumes stand. Kinder planschten in dem Wasser, und am Brunnenrand saß eine Frau und stillte ganz seelenruhig ihr Baby.

„Shoes? Calcones? Chaussures?" Ein kleiner Junge

mit glühenden schwarzen Augen stand plötzlich wie aus dem Erdboden gestampft vor ihnen. In der Hand hielt er einen kleinen Hocker und einen Schuhputzkarton. Flehend deutete er auf Victors Cowboystiefel, die allerdings aussahen, als hätten sie eine Politur bitter nötig. Aber Victor lehnte hastig ab. „No! No!“ sagte sie.

„Si! Prego! Per favor! Bitteschön!“

Lola lachte. „Der Kleine ist ja richtig sprachbegabt.“ Sie warf einen Blick auf ihre Ballerinas. Dann nickte sie dem Jungen zu. „Okay, wieviel?“

„Zwanzig!“ sagte der Junge auf englisch.

„Zwanzig? Das sind ja zwei Mark! Kommt überhaupt nicht in Frage. Fünf“, sagte Lola.

Der Junge machte ein Gesicht, als habe man ihm soeben gesagt, daß seine ganze Familie bei einem Schiffsunglück ums Leben gekommen ist. „Zehn!“ rief er flehend.

Aber Lola schüttelte den Kopf. „Fünf.“

„Okay.“ Der Junge schmollte, aber er setzte sich auf den Hocker, klopfte mit der Bürste darauf, um Lola zu zeigen, daß sie ihren Fuß dort hinstellen sollte, und schon ging es los. Victor schaute fasziniert zu. Sie hatte noch nie jemanden so schnell und so toll Schuhe putzen sehen. Nach zwei Minuten glänzten die Schuhe wie neu. Der Junge klappte seinen Schuhputzkarton zu und streckte die Hand aus.

„Moment.“ Lola knöpfte ihre Lederweste auf und dann die Bluse und fingerte nach der Schnur, an der ihr Brustbeutel hing.

Plötzlich wurde sie ganz blaß. Ihre Bewegungen wurden immer hektischer. Sie sprang auf, schnürte den Rucksack auf und grub mit ihren Händen darin herum, unentwegt etwas vor sich hin murmelnd. Der kleine Junge stand ungerührt, die Hand ausgestreckt, und wartete. Wahrscheinlich kannte er den Trick seiner Kunden, die plötzlich nicht zahlen wollten und so taten, als hätten sie ihre Geldbörse verloren.

Victor, die anfangs amüsiert zugeschaut hatte, fand das Spektakel langsam peinlich. Zwei Männer am Nebentisch schauten interessiert herüber, und in der Tür zum Café stand der Kellner, die Arme über der Brust verschränkt und beobachtete aufmerksam die Szene.

„Lola! Laß doch die Faxen! Das ist peinlich. Komm, gib dem Kleinen seine Escudos, die hat er sich verdient.“

Lola schaute hoch. Ihre Augen waren vor Schreck weit aufgerissen. „Mein Geld ist weg“, flüsterte sie.

Victor schluckte. „Mach bloß keine Witze!“

„Das ist verdammt ernst. Schau!“ Lola beugte sich vor. „Der Brustbeutel ist weg. Im Bahnhof hab' ich ihn noch gehabt! Oh, verdammt, verdammt!“

„Ganz ruhig. Warte ab. Reg dich nicht auf, ja?

Warte schön ab." Victor hockte sich neben Lolas Rucksack und half, die Sachen auszupacken. „Ganz systematisch. Wir breiten jetzt alles hier auf dem Boden aus. Bestimmt hast du die Börse irgendwo zwischen die Sachen geschoben."

Lola begann hastig in ihren Sachen zu kramen.

„Please. Per favor. S'il vous plaît!" sagte der kleine Junge.

„Ja, ja, gleich!" rief Lola ungeduldig. „Ich suche mein Geld!"

Einer der Männer am Nebentisch setzte sein Glas ab, stand auf und schlenderte zu ihnen hinüber. „Deutsche?" fragte er in gebrochenem Deutsch.

Victor nickte.

„Geben Sie dem Jungen lieber sein Geld. Er ist kein Bettler. Er ist ein Kaufmann. Ich habe gehört, daß Sie ihm fünf geboten haben."

„Ich zahle ja auch", rief Lola verzweifelt, „aber mein Geld ist weg! Ich verstehe das gar nicht!" Die Tränen schossen ihr in die Augen. „Eben hab' ich es noch gehabt!"

Victor war vollkommen durcheinander. Eben noch hatte sie gedacht, daß sie zwei Sonntagskinder wären, und jetzt brach schon alles zusammen. Sie nahm einige Münzen aus ihrem Portemonnaie und gab sie dem Jungen.

Schweigend schloß sich seine kleine Hand um das

Geld. Dann lief der Junge über den Platz.

Der Mann nickte. Zufrieden kehrte er zu seinem Tisch zurück, der Kellner holte tief Luft und verschwand in der Kneipe. Aber Lola kniete über ihren Sachen und heulte.

„Mein ganzes Geld! Vierhundert Mark! Oh, Himmel, was soll ich bloß tun?"

„Jedenfalls nicht weinen! Bitte, Lola, das macht mich vollkommen fertig, wenn ich dich so sehe. Hier, nimm mein Taschentuch, hör auf zu weinen."

Lola schneuzte sich ins Taschentuch. Stumm räumte sie die Sachen in den Rucksack zurück. Dann ließ sie sich auf den Stuhl fallen. „Irgendwann muß mir jemand das Geld geklaut haben. Die ganze Börse, und ich hab' das nicht gemerkt!"

„Bestimmt auf dem Bahnhof", meinte Victor. „Du weißt doch, was die Leute erzählen. Auf dem Bahnhof ist es immer am gefährlichsten."

Lola schloß die Augen. „So ein verfluchter Mist", stöhnte sie. „Noch nie in meinem Leben ist mir so etwas passiert! Und ausgerechnet jetzt. Was soll ich jetzt machen? Nach Hause fahren?"

Empört tippte Victor sich an die Stirn. „Du spinnst. Erstens hab' ich noch mein ganzes Geld, das teilen wir ab sofort durch zwei, und zweitens müssen wir uns eben etwas einfallen lassen."

Sie winkte dem Kellner. „Wir bestellen uns einfach noch zwei Glas Orangensaft. Um unsere Nerven zu beruhigen. Darauf kommt es jetzt auch nicht mehr an. Und dann wird nachgedacht."

Lola schlug die Hände vor das Gesicht. „Himmel, daß ich so ein Idiot bin! Daß mir so etwas passiert, ausgerechnet mir!"

„So etwas, meine Liebe", sagte Victor mit einem tapferen Lächeln, „kommt in den besten Familien vor. Den Freunden meiner Eltern haben sie mal in Italien das ganze Auto ausgeräumt. Koffer, Kamera, Surfanzüge, Autoradio – alles weg. Also reg dich doch nicht auf."

Mit zitternden Fingern nestelte Lola an ihrem Gürtel herum und zog die Klarsichtfolie heraus. „Gott sei Dank, daß wir beschlossen haben, Paß und Interrailkarte getrennt aufzubewahren."

Victor schlug sich an die Brust. „Das war meine Idee", sagte sie stolz.

Eine Stunde später hatte Lola ihre gute Laune schon wieder. Als Victor dem Kellner winkte, um zu zahlen, sagte der: „Die Rechung ist schon bezahlt."

„Wie bitte?" fragte Victor verwirrt. Sie hatte geglaubt, sich verhört zu haben. Das Englisch des Kellners klang wie Kauderwelsch.

Der Kellner deutete auf den Tisch, an dem die beiden Männer gesessen hatten. „Der Mann hat bezahlt", sagte er nur und ging wieder.

Fassungslos starrten Victor und Lola auf den Tisch, der inzwischen verlassen war. Plötzlich brachen sie beide in ein befreiendes Lachen aus. „Es gibt eben auch unheimlich nette Menschen, wie du siehst", meinte Victor. „Der Mann wollte nicht mal, daß wir uns bedanken. Einfach irre. In Deutschland ist mir so was noch nie passiert."

Lola stand auf und schulterte ihren Rucksack. „Ich schlage vor, wir nehmen jetzt erst mal den Bus und fahren zur Jugendherberge, und da besprechen wir die Aktion ‚Geldverdienen' in allen Einzelheiten."

Am nächsten Tag um elf Uhr standen zwei Mädchen auf dem Platz vor der Basilica da Estrela. Sie hatten ihre Gesichter kalkweiß geschminkt und sich Clownaugen und riesige Herzmünder gemalt. Von dem Garten, der an die Kirche grenzt, hatten sie zwei Stühle mitgebracht. Auf diesen Stühlen nahmen sie jetzt Rücken an Rücken Platz und begannen ihr Schauspiel. Es war eine Pantomime, ein Schauspiel ohne Worte, und es handelte von zwei Freundinnen, die sich stritten und wieder versöhnten.

Zuerst spielten die beiden Mädchen die Szene ohne Zuschauer. Aber dann kam ein älteres Ehepaar vorbei, blieb stehen und schaute zu. Eine junge Frau trat aus der Kirche und blieb auch stehen. Drei Jugendliche, die mit ihrem Eis aus dem Park kamen, schauten zu. Und dann kamen zwei alte Männer, ein Kindermädchen (mit weißer Schürze und Häubchen), das ein Zwillingspärchen ausführte, eine Frau mit vier Dalmatinern an der Leine, schließlich eine ganze Schulklasse, Kinder in blauen Uniformen.

Lola und Victor taten, als achteten sie überhaupt nicht auf die Zuschauer. Stumm und konzentriert spielten sie ihre Geschichte zu Ende.

Natürlich gab es ein Happy-End. Die beiden versöhnten sich, fielen sich in die Arme und stolperten dabei über ihre eigenen Füße. Die Kinder lachten und klatschten.

Schnell nahmen Victor und Lola ihre Hüte und gingen unter den Zuschauern herum, bevor die sich zerstreuen konnten. Manche taten kein Geld hinein, aber die meisten schon. Die Frau mit den Dalmatinern rollte sogar einen Geldschein zusammen und steckte ihn in Lolas Jackentasche. „Bravo!" rief sie begeistert.

Lola senkte den Kopf. Sie hatten sich vorgenommen, kein Wort zu sagen, um nicht zu verraten, welcher Nationalität sie angehörten.

Als die Zuschauer sich entfernt hatten und Lola und Victor ihr Geld zählten, sagte auf einmal jemand auf Deutsch: „Na, hat es sich gelohnt?" Verwirrt schauten die Mädchen auf.

Vor ihnen stand der Junge aus dem Zug. Er grinste. „Das war ein schönes Spektakel. Seid ihr Schauspielerinnen?“

„Nee. Wir sind bloß arm“, meinte Lola lachend. „Mir haben sie gestern die Geldbörse geklaut.“

Der Junge schaute Lola fassungslos an. „Und jetzt macht ihr Straßentheater? War das gar nicht abgemacht?“

„Reine Improvisation. Unsere Schminke besteht nur aus ein paar Kreidestücken, die wir in der Jugendherberge ergattert haben. Waren wir gut?“

„Ihr wart super“, sagte der Junge. „Ich hab' euch zuerst überhaupt nicht erkannt. Ich dachte, ihr seid richtige Schauspieler.“

„Not macht eben erfinderisch.“ Lola schaute den Jungen an. „Und was treibst du hier?“

„Ich wollte einen Freund besuchen“, sagte der Junge. „Aber der ist nicht zu Hause.“ Er blinzelte in die Sonne. „Und mehr Pläne hab' ich nicht. Vielleicht gehe ich ein bißchen in die Alfama.“

„Was ist das denn?“

„Die Altstadt natürlich.“ Der Junge grinste. „Habt ihr etwa keinen Stadtführer?“

„Doch, wir hatten bloß noch keine Zeit, den zu lesen. Wir mußten schließlich Geld verdienen.“

„Die Alfama ist unheimlich schön. Ein Stadtteil aus dem 17. Jahrhundert. Lauter kleine enge Gassen. Ein echtes Labyrinth, wo man sich immerzu verläuft.

Aber toll. Für ein paar Escudos bekommt man ein komplettes Mittagessen."

Victor riß die Augen auf. „Ehrlich? Nimmst du uns mit?"

„Klar." Der Junge hob lässig die Schultern. „Wieso nicht? Ich hab eh nichts Besonderes vor." Er zögerte, dann streckte er Victor die Hand hin. „Ich heiße übrigens Winnie. Eigentlich natürlich Winfried. Aber Winfried klingt doof."

„Ich heiße Victor, und das ist Lola."

„Toll." Winnie grinste. „Dann kann's ja losgehen."

Winnie entpuppte sich als perfekter Reiseführer. Er kannte Lissabon wie seine Westentasche. Als er in einer winzigen Kneipe dann für alle auf portugiesisch das Mittagessen bestellte, platzte Victor heraus: „Sag mal, wer bist du eigentlich?"

„Hab' ich doch gesagt. Ich bin der Winnie aus Berlin."

„Nee, das meine ich nicht. Wieso kannst du perfekt Portugiesisch? Ich hab' noch nie jemanden getroffen, der diese Sprache beherrscht."

„Dann hast du eben noch nie jemanden getroffen, der mal in Brasilien gelebt hat. Da spricht man nämlich Portugiesisch, und da hab' ich mit meinen Eltern neun Jahre lang gewohnt."

„Wahnsinn!" Lola riß ihre Augen auf. „In Brasilien? Das muß ja super sein!"

„Auf jeden Fall superheiß“, sagte Winnie lässig. „Aber in Deutschland gefällt es mir besser. Da gibt es nicht solche Armut. Die Armut kann einen ganz schön deprimieren.“

Der Kellner stellte eine Flasche Rotwein auf den Tisch und ein warmes Brot, das Winnie sofort auseinanderbrach und verteilte. Dann kam eine Schüssel mit Oliven und kleinen Salamistückchen.

„Mann, sieht das toll aus!“ rief Victor begeistert. „Ich kann es überhaupt nicht fassen, daß wir so ein Glück haben!“ Aus einem kleinen, karg eingerichteten Raum sahen sie durch die offene Tür in die blendend helle Gasse. Ein barfüßiges Mädchen schaute herein und verschwand gleich wieder. Ein alter Mann kam und setzte sich an einen Tisch. Der Wirt stellte sofort ein Glas Wein vor ihn hin.

Dann kam noch eine Gruppe lärmender junger Leute, die ein paar Tische in der Mitte des Raumes zusammenschoben und sofort eine hitzige Diskussion begannen.

„Studenten“, sagte Winnie. „Die reden über die Regierung. In Portugal redet man den ganzen Tag über Politik.“

Der Kellner stellte eine dampfende Schüssel vor sie hin. Lola schnupperte. „Mhmmm, riecht toll. Was ist das?“

„Eine portugiesische Spezialität. Fischeintopf mit

Kartoffeln. Hier lebt man schließlich am Meer. Es heißt übrigens Caldereida."

Victor stieß ihr Weinglas an Winnies Glas. „Wahrscheinlich bin ich gleich beschwipst", sagte sie fröhlich, „deshalb muß ich dir jetzt schon sagen, wie toll es ist, daß wir dich kennengelernt haben."

„Ich find's auch toll", sagte Lola.

Winnie winkte ab. „Ich freue mich, euch getroffen zu haben. Wäre doch super, mit den zwei schönsten Mädchen von Deutschland quer durch Portugal zu reisen!"

„Meinst du das ernst?" fragte Victor. „Wollen wir zusammenbleiben? Jemand, der perfekt Portugiesisch spricht, das wäre doch ideal."

„Für unser Theater könnten wir einen Mann gut gebrauchen", meinte Victor. „Dann können wir eine schöne Romanze aufführen, mit Liebe und Eifersucht und so. Was meinst du, wie viele Zuschauer wir kriegen!"

„Hättest du dazu Lust?" fragte Lola.

Winnie nickte. Ihm schien der Plan immer besser zu gefallen. „Aber klar doch! Ich bin für jeden Quatsch zu haben. Wenn ihr findet, daß mir die Rolle als Liebhaber steht..."

Die drei prosteten sich vergnügt zu.

„Wartet!" rief Victor. „Ein Foto!" Sie kramte die Kamera aus ihrer Umhängetasche. „Könntest du nicht einen von den Studenten fragen, ob er ein Foto von uns dreien macht?" bat sie Winnie.

„Kein Problem." Winnie sprang sofort auf.

Während er mit den Studenten sprach, meinte Lola: „Weißt du, ich finde es schon gar nicht mehr so schlimm, daß mein Geld weg ist. Alles wird dadurch bloß noch ein bißchen spannender."

„Sag das bloß nicht. Nachher klaut auch noch jemand mein Geld, und das wäre dann wirklich ein bißchen zu spannend!"

Winnie kam zurück, gefolgt von einem portugiesischen Jungen.

„Dies", sagte er fröhlich, „ist Jaime, Portugals hoffnungsvollster Nachwuchsfotograf. Wenn ihr euch bitte in Position begeben würdet."

Als der Kellner sah, daß Fotos gemacht wurden, kam er grinsend an den Tisch und tauschte die Weinflasche gegen eine Wasserkaraffe. Zu Winnie sagte er: „Sonst schimpfen die Eltern in Deutschland, wenn sie das sehen. Ich weiß, daß junge Leute in Deutschland keinen Wein trinken dürfen."

„Er hat recht", meinte Victor lachend, als Winnie übersetzt hatte. „Wir geben den Kids bloß ein schlechtes Beispiel. Stell dir mal vor, dieses Foto würde in der Zeitung erscheinen!"

„Die Victor hat immer Rosinen im Kopf", meinte Lola lachend. „Keine Zeile werden die über uns schreiben. Warum auch?“

Victor hob die Schultern. „Abwarten. Auf jeden Fall machen wir morgen auch ein Bild von unserem Straßentheater. Das ist doch wirklich lustig.“

„Victor hat recht.“ Winnie setzte sich begeistert vor die Kamera. „Ich würde so eine Geschichte über zwei ausgeflippte Mädchen gerne in meiner Heimatzeitung lesen statt der Berichte über Kaninchenzuchtvereine und den Ball vom Tennisclub.“

Am nächsten Tag, als Victor und Lola gerade in den Speiseraum der Jugendherberge gehen wollten, um zu frühstücken, erschien Winnie. Im Arm hielt er eine prall gefüllte, braune Papiertüte.

„Ihr wollt doch nicht in diesem muffigen Raum frühstücken!“ rief er entsetzt, während er sich umschaute. „Das ist doch nicht Lissabon! So einen Raum findet ihr bei jedem CVJM der Welt! Ich schlage einen exklusiveren Platz vor.“ Er ließ Victor und Lola einen Blick in die Tüte werfen.

„Hmm! Das riecht nach Hefeteilchen!“ Lola verdrehte verzückt die Augen. „So was gibt es hier natürlich nicht.“

„Und auch keine Orangen und keine Melonenscheiben, was?“ Winnie strahlte. „Das ist alles hier drin. Auch eine Tüte Milch und was man sonst so braucht. Bloß kein heißer Kaffee, aber den gibt es dann später in einem Café.“

„Und welchen exklusiven Platz schlägst du für das Frühstück vor?“ fragte Victor. Sie hatte sich schon in die Schlange an der Essensausgabe eingereiht und war nur schwer dazu zu bewegen, den heiß erkämpften Platz wieder aufzugeben. In dem Speisesaal war es laut und stickig, und fast alle Tische waren schon besetzt.

Lola zog Victor am Arm aus der Schlange heraus. „Ist doch egal, was Winnie ausgesucht hat. Bestimmt ist es viel besser als hier.“

„Ihr habt mich schon überzeugt.“ Victor lächelte das Mädchen an, das hinter ihr stand. Es war eine Japanerin. „You can take my place“, sagte sie. „Wir frühstücken woanders.“

Die drei rannten nach draußen. Winnie führte sie zur U-Bahn-Station. Er löste drei Schülerkarten. „Alles spottbillig, wenn man sich auskennt“, meinte er, während er die Karten verteilte.

Sie fuhren ein paar Stationen, dann gelangten sie über ein Gewirr von Treppen und Gassen immer höher hinauf, bis sie plötzlich auf einer Aussichtsterrasse standen, die von einer dicken Mauer umgeben war.

„Voilà!“ rief Winnie, während er wie ein Reiseführer die Arme ausbreitete und auf Lissabon deutete, das ihnen zu Füßen lag. „So muß man frühstücken! Wie ein König! Wie ein Eroberer! Schaut, da ist das

Meer und da die Mündung des Tejo! Und da der Hafen!"

Die Mädchen hockten sich auf die warmen Quadersteine der Mauer und ließen die Beine baumeln, während Winnie sich wieder als Stadtführer nützlich machte.

Es war wirklich ein unglaublich schöner Platz. Sie saßen unter Mimosenbäumen in einem ruhigen, von leuchtenden Oleanderbüschen bewachsenen Garten und hörten weit unter sich das Brausen der Großstadt.

„Winnie! Du bist der Wahnsinn!" rief Lola. Sie umarmte ihn stürmisch. „Ich glaube, in einen Jungen wie dich könnte ich mich glatt verlieben."

„Geht leider nicht", lachte Winnie mit einem Seitenblick auf Victor. „Das wäre ungerecht. Entweder werde ich von euch beiden geliebt oder von keiner."

„Also, dann von uns beiden", meinte Victor großzügig. „Schon deshalb, weil du heute mit dieser Wundertüte angekommen bist." Sie deutete auf das Frühstückspaket. „Wie wär's, wenn du den Schatz endlich vor uns ausbreitest?"

Aber Winnie verschränkte die Arme. „Nicht, bevor ich von euch beiden einen Kuß bekommen habe."

Victor grinste. „Du benimmst dich schon wie ein Pascha." Dennoch kletterte sie von der Mauer und

10 0052-24

gab Winnie einen kleinen zarten Kuß auf die Wange.

„Das war alles?“ fragte Winnie mit gespielter Enttäuschung.

„Nach dem Frühstück küsse ich besser.“ Victor kletterte lachend auf die Mauer zurück. Sie machte es sich im Schneidersitz bequem. „Ich kann über Küssen gar nicht nachdenken, wenn ich so einen Bärenhunger habe.“

„Okay, okay. Ich bin überzeugt. Also dann, das Frühstück.“ Winnie packte die Tüte aus und verteilte Plastikteller und Plastikbesteck.

„Hast du das alles besorgt?“ fragte Lola fassungslos.

„Klar. Ist doch ganz einfach, wenn man weiß, wo der nächste Tante-Emma-Laden ist.“

„Victor, mach ein Foto.“ Lola holte die Kamera aus Victors Tasche und drückte sie ihr in die Hand. „Das muß mein Daddy mal sehen. Ich glaube, er käme in seinem ganzen Leben nicht darauf, so etwas zu organisieren. Mein Daddy denkt immer, das ist alles Frauensache.“

„Er gehört eben noch zur älteren Generation“, meinte Winnie mit einem sympathischen Lächeln. „Die Männer in unserer Generation haben sich von den Frauen unabhängig gemacht. Hier ist auch Schinken. Luftgetrocknet. Mit Melone einfach ein Traum. Und hier ist frisches Brot.“

Sie hockten auf der sonnenwarmen Mauer, schauten auf das glitzernde Meer und die Stadt, die, von oben betrachtet, wie ein weißes Juwel leuchtete, und waren fast stumm, weil der Augenblick so schön war.

Victor dachte für ein paar Sekunden an zu Hause. Sie stellte sich sofort einen tristen Regentag vor, an dem es gar nicht richtig hell wurde und die Familie bei Neonlicht in der Küche um den Frühstückstisch saß. Ihr Vater Zeitung lesend, die Mutter die Fingernägel lackierend, der kleine Gilbert mit irgendeiner Dummheit beschäftigt, wegen der es danach garantiert wieder Ärger geben würde.

Victor sah sich tief atmend um. „Ich schätze, das ist der schönste Urlaub, den ich je gemacht habe."

Lola lachte. „Daran hab' ich auch gerade gedacht. Ich hab' mir eben überlegt, daß wir drei total verrückte Frühstücke hatten: einmal im Postwaggon mit dem Schaffner, einmal auf dem Platz, wo der kleine Junge mir die Schuhe geputzt hat..."

„... und du auf einmal gemerkt hast, daß dein Geld futsch war..."

„Genau. Und jetzt hier." Lola atmete tief durch. „Das war das, was ich immer gemeint habe."

„Was hast du immer gemeint?" fragte Winnie neugierig. Er zerteilte gerade eine Apfelsine mit dem Taschenmesser.

„Ich hab' ein Motto", erklärte Lola. „Das Leben ist zu kurz, um sich zu langweilen."

Winnie grinste, während er Lola eine Apfelsinenscheibe auf der Spitze des Taschenmessers reichte. „Das Motto ist so gut, das könnte von mir sein."

An diesem Tag eröffneten sie ihr Straßentheater an dem meistbesuchten Platz von ganz Lissabon. Hier ging es zu wie in einer Einkaufsstraße beim Sommerschlußverkauf. Die Leute drängten und schoben sich. Es war heiß und laut, aber das spielte keine Rolle.

Ungerührt packten Lola und Victor und Winnie die Requisiten aus, die sie für ihre Pantomime brauchten. Schon blieben die ersten Leute neugierig stehen. Alle drei hatten wieder weißgeschminkte Gesichter und schwarz umrandete Augen. Victor fand, sie sahen sehr dramatisch aus. Das Stück, das sie sich ausgedacht hatten, hieß: *Der Taschendieb.*

Die Geschichte war so einfach, daß man gut ohne Worte auskam. Lola spielte die Bestohlene. Sie machte es wunderbar. Beinahe genauso gut wie am Vortag in dem Café, als sie gemerkt hatte, daß ihr Geld weg war.

Victor war die Diebin, und Winnie war Lolas verzweifelter Ehemann.

Die Leute amüsierten sich über die akrobatischen

Verrenkungen, die die drei machten, um ihre Geschichte zu erklären.

Winnie konnte wunderbar ohnmächtig werden vor Schreck, und Lola schrie, aber lautlos, mit weit aufgerissenem Mund und zum Himmel gereckten Händen. Die Leute klatschten. Victor mußte Taschendiebtricks nachahmen. Das war nicht einfach; sie benahm sich ein bißchen wie der Kasper im Kasperltheater, aber es gefiel den Leuten. Als Winnie nachher mit Victors Hut herumging, klimperten die Geldstücke.

Winnie dankte dem Publikum mit überschwenglichen portugiesischen Lobeshymnen. Lola und Victor verstanden nicht, was er erzählte, aber es klang wunderbar.

Genau in dem Augenblick, als der Hut schon richtig schwer war, teilte sich die Menge, und ein Polizist erschien.

Winnie grinste und machte eine Verbeugung. Aber der Polizist schaute ihn nur streng an und begann ihn auszufragen. Das Gespräch wurde anscheinend immer unerfreulicher. Die Leute hörten neugierig zu und bildeten einen immer dichteren Kreis um Winnie, bis Victor und Lola ihn gar nicht mehr sehen konnten.

„Winnie! Was ist los?“ schrie Victor besorgt. „Was will der Polizist?“

Winnie antwortete nicht. Kurz entschlossen schob Victor die Leute zur Seite und stellte sich vor den Polizisten. „Hallo“, sagte sie auf englisch. „Was gibt es für ein Problem?“

„Halt du dich da lieber raus, Victor“, meinte Winnie verlegen.

„Ich will aber wissen, was los ist.“

„Nur eine Kleinigkeit, ich regle das schon.“ Winnie wollte abwiegeln.

„Okay“, murmelte Victor. Sie zog sich zurück.

Aber da hatte der Polizist sie schon festgehalten. „Passaporte“, sagte er streng.

„Meinen Paß?“ fragte Victor entsetzt. „Den hab' ich nicht hier, den hab' ich in der Jugendherberge.“

Winnie verdrehte die Augen. „Ich hab's ja gewußt. Du machst alles nur noch schlimmer.“

Der Polizist winkte jetzt Lola heran. „Passaporte“, wiederholte er im Befehlston.

Auch Lola hatte ihren Paß in der Jugendherberge. Irgendwie machte der Polizist den Eindruck, als wenn er ihnen nicht glaubte.

„Wieso sollen wir denn überhaupt unseren Paß vorzeigen?“ fragte Victor. „Was haben wir denn gemacht?“

„Der Polizist sagt, man darf hier nicht Straßentheater spielen. Das ist verboten. Man muß das bei der Polizei anmelden.“

„Ob das stimmt?“ flüsterte Lola entsetzt.

„Keine Ahnung.“ Winnie hob die Schultern. „Vielleicht macht er sich bloß wichtig. Aber er ist Polizist. Er hat die Macht.“

„Und was will er?“

„Ich werde ihn fragen“, sagte Winnie. Er sprach mit dem Polizisten, der ihm eine knappe Antwort gab. Winnie seufzte.

„Wir müssen mit ihm aufs Revier“, sagte er. „Das ist natürlich ein ziemlicher Mist. O Mann!“ Er drehte verlegen den Hut mit den vielen Geldmünzen in der Hand. „Wie sollen wir das denen erklären?“

Lola warf einen Blick auf den Polizisten, der sich gerade mit einer Gruppe von Passanten unterhielt. Schnell nahm sie Winnie den Hut aus der Hand, öffnete ihre Umhängetasche und ließ die Münzen hineinfallen. Dann stülpte sie sich den Hut wieder auf ihre roten Locken, und als der Polizist sich argwöhnisch umdrehte, lächelte sie bereits wie ein Unschuldsengel.

Der Polizist hatte das Gefühl, daß er irgendeinen wichtigen Augenblick verpaßt hatte. Er betrachtete die drei eine ganze Weile nachdenklich, dann raunzte er Winnie an.

„Was will er?“ riefen Lola und Victor wie aus einem Mund.

„Er will, daß wir mitkommen“, sagte Winnie. „Der

Streifenwagen steht irgendwo in einer Seitenstraße."

Es stellte sich aber schnell heraus, daß es nicht ein einfacher Streifenwagen war, wie die drei vermuteten, sondern ein richtiges Polizeiauto mit vergitterten Fenstern und Bänken rechts und links. Der Polizist schob sie in den Wagen, schloß ab und setzte sich ans Steuer.

Fassungslos starrten die drei sich an, als der Wagen losfuhr.

Victor streckte Winnie den Arm hin. „Kneif mich mal."

„Und wieso?" Winnie kniff trotzdem.

„Damit ich weiß, daß das kein Traum ist."

Victor starrte durch das vergitterte Fenster. Draußen flogen Häuserpassagen, Plätze und Kirchen vorbei, ohne daß sie etwas erkennen konnte. „Das ist der totale Wahnsinn!" rief Victor plötzlich. „Das ist echtes Kino! So was seh' ich sonst nur in amerikanischen Krimis!"

„Ich wette, du wolltest immer schon mal in einem amerikanischen Krimi mitspielen", meinte Lola trocken. „Irgendwie kann ich mir dein fassungsloses Gesicht ganz gut vorstellen. Du bist die geborene Schauspielerin. Du solltest öfter Rollen spielen, in denen du in einem Polizeiwagen abtransportiert wirst."

Die drei schauten sich an. Dann brachen sie wie

auf Kommando in schallendes Gelächter aus.

„Wenn wir das zu Hause erzählen, glaubt es uns kein Mensch!“ keuchte Victor.

Winnie wurde als erster wieder ernst. „Die Frage ist bloß“, sagte er mit einem Blick durch das Fenster, „wann wir es zu Hause erzählen können. Wir biegen soeben in einen Gefängnishof ein.“

Die Autotür wurde aufgerissen, und jemand rief ihnen auf portugiesisch etwas zu. Es klang ziemlich barsch.

„Es bleibt uns nichts anderes übrig“, meinte Winnie kleinlaut, „wir müssen in die Höhle des Löwen.“

Lola folgte ihm. Sie warf allen Polizisten, denen sie auf dem Weg zum Verhör begegneten, einen strahlenden, unschuldigen Blick zu. Dieser Blick schien seine Wirkung nicht zu verfehlen: Manche Polizisten erwiderten sogar das Lächeln, wenn auch nicht ganz so strahlend.

Lola wandte sich zu Victor um, die mit gesenktem Kopf folgte. „Mach bloß nicht so eine Trauermiene, Victor. Ich sage dir, es ist alles nur ein großes Mißverständnis. In einer Stunde atmen wir schon wieder die Luft der Freiheit.“

Victor warf Lola einen vorwurfsvollen Blick zu. „Du sprichst wie eine Schauspielerin in einem schlechten Film. Die Luft der Freiheit! Wenn ich das schon höre!“

„Psst!“ Winnie boxte sie in die Seite. „Redet nicht soviel. Wir sind da.“

Der Polizist, der sie hergefahren hatte, stieß eine Tür auf und bedeutete ihnen einzutreten.

Der Raum war hoch und kahl, an der Wand hing ein riesiges Foto von einem Mann, der Victor irgendwie bekannt vorkam. Wahrscheinlich der Staatspräsident. Ihr wurde plötzlich klar, daß sie von der portugiesischen Politik keine Ahnung hatte. Sie kannte nicht einmal den Namen des Präsidenten.

In dem großen Raum standen zwei riesige alte Schreibtische aus dunklem Holz, an der Decke drehte sich ein Ventilator, vor den Fenstern waren Fliegengitter angebracht. Eine Frau saß hinter dem Schreibtisch. Sie hatte ihre dunklen Haare zu einem Nackenknoten zusammengerollt. Ihr gegenüber saß ein schmächtiger bleicher Mann, der mit zwei Fingern auf der Schreibmaschine tippte.

„Guten Tag“, sagte Winnie auf portugiesisch. Die Frau schaute ihn mit neuem Interesse an. „Du sprichst Portugiesisch?“

Winnie nickte höflich.

Die Frau schaute die Mädchen an. „Sprecht ihr auch Portugiesisch?“

Victor konnte ihre Frage nur erraten. Sie schüttelte den Kopf und sagte: „We are German. We speak English and French.“

Die Beamtin deutete auf die Stühle, die an der Wand aufgereiht waren. Gehorsam setzten die drei sich hin. Lola räusperte sich. Sie nahm ihren Hut ab und legte ihn auf den Schoß. Dann schüttelte sie ihre roten Locken und lachte. „Es ist ein Irrtum", sagte sie auf englisch, „ich bin ganz sicher, daß es ein Irrtum ist. Wir haben nichts Verbotenes getan."

„Sei still", zischte Winnie. „Hier redet man nur, wenn man gefragt wird."

Lola lächelte weiter, als habe sie nichts gehört. Die Beamtin schaute sie neugierig an.

„Sie glauben also, es ist ein Irrtum", sagte sie in einem sehr rauhen unbeholfenen Englisch.

Lola lächelte. „Ganz genau. Wir sind Schüler. Wir wollen an die Küste, an die Algarve. Man hat mir das Geld auf dem Bahnhof in Lissabon gestohlen, und so haben wir ein bißchen Theater gespielt, auf der Straße. Wir haben keinen Eintritt verlangt. Aber die Leute haben uns trotzdem ein paar Escudos geschenkt." Sie lachte. „Es war eine schöne Vorstellung."

Victor beobachtete die Beamtin genau. Sie spürte, daß die Frau allmählich milder wurde. Die strengen Gesichtszüge weichten ein bißchen auf. Sie nickte, während sie zuhörte. Dann sagte sie zu Winnie: „Und die Pässe?"

„In der Jugendherberge." Winnie deutete auf Victor und Lola. „Die beiden wohnen in der Jugendherberge."

„Und du?"

„Ich wohne bei Freunden. In der Rua Gomes Freire. Rufen Sie da doch an. Und erkundigen Sie sich nach mir. Ich gebe Ihnen die Telefonnummer." Winnie schrieb die Nummer auf einen Zettel.

„Und du hast deinen Paß auch nicht bei dir?" fragte die Beamtin.

Winnie schüttelte den Kopf. Er lächelte verlegen. „Ich hab' immer Angst, ihn zu verlieren."

Lola unterbrach das Gespräch. „Ich habe nicht genau verstanden, worüber Sie sich unterhalten haben", sagte sie auf englisch. „Aber ich mache einen Vorschlag: Ein Polizist kann uns doch zur Jugendherberge begleiten, und wir zeigen unsere Pässe und die Fahrkarten und alles."

Die Beamtin schüttelte den Kopf. „So einfach ist das nicht. Der Polizist, der euch festgenommen hat, sagt, daß ihr Rauschgift verkaufen wolltet."

„Was?" Empört sprang Victor auf. Sie rannte zum Schreibtisch und beugte sich über die Akten, um der Beamtin in die Augen zu schauen. „Ich habe in meinem ganzen Leben noch nicht so ein Zeug in der Hand gehabt."

Die Beamtin lächelte kühl. „Das sagen alle." Sie sagte etwas zu dem anderen Beamten, der sofort aufstand und im Nebenzimmer verschwand. Nach einer Weile kam er mit einer Polizistin zurück, die die Mädchen kritisch musterte.

Sie deutete mit dem Finger auf Victor und sagte auf portugiesisch:

„Die zuerst."

„Was soll das?" rief Victor, als die Polizistin sie anfaßte. „Was wollen Sie von mir?"

„Leibesvisitation", erklärte Winnie mit belegter Stimme. „Mein Gott, ist das gräßlich. Aber bleib ganz cool, ja? Du hast ja nichts zu befürchten."

Victor warf der Polizistin einen flammenden Blick zu. Sie breitete die Arme aus. „Bitte", sagte sie.

Die Beamtin aber deutete auf das andere Zimmer. Dann sagte sie zu Lola: „Du kannst gleich mitkommen."

„Und du kommst mit mir", sagte der Beamte zu Winnie. Er schob ihn in den Flur.

„Winnie!" rief Victor. „Warte auf uns, ja? Lauf bitte nicht weg! Ich sterbe vor Angst!"

„Ich warte auf euch. Ist doch klar!" rief Winnie ihnen zu.

Victor hatte sich schon immer gefragt, wie so eine Leibesvisitation wohl ist. Jetzt wußte sie es. „Das gehört zu den Sachen", sagte sie, als sie sich hinter dem Wandschirm wieder anzog, „die ich im Leben auch nicht zweimal haben möchte. Schaurig!"

Lola sagte gar nichts. Stumm zog sie sich an. Stumm folgte sie der Polizistin wieder ins Nebenzimmer.

Die Beamtin hob den Kopf. Sie stellte der Polizistin eine Frage, und die schüttelte den Kopf.

„Okay." Die Beamtin stand auf. Sie ging auf Victor und Lola zu. Sie lächelte Lola an. „Sie haben recht. Es ist wohl doch alles ein Irrtum. In der letzten Zeit haben wir viele Beschwerden von den Einwohnern, daß zu viele Jugendliche auf offener Straße Drogen nehmen. Wir müssen das bekämpfen. Wir wollen nicht, daß durch die Touristen andere Bürger in Versuchung geraten."

Victor sagte gar nichts. Was sollte sie auch sagen? Sie mußte daran denken, wie die Polizistin jeden Zentimeter ihres Körpers untersucht hatte. Nadeleinstiche hatte sie gesucht und verborgene Stellen, in denen man kleine Dosen von Heroin in Plastikbeutelchen aufbewahren kann. Jedes Kleidungsstück wurde untersucht, ohne auf Victors Proteste zu reagieren.

Lola schaute die Beamtin an. „Und jetzt?" fragte sie. Die Beamtin lächelte. „Jetzt können Sie gehen, wohin Sie wollen."

„Und unsere Pässe? Wollen Sie die nicht sehen?"

„Nicht mehr nötig", sagte die Beamtin. „Wir glauben Ihnen."

„Sie glauben uns?" rief Lola verwundert. „So plötzlich? Das kapier' ich nicht."

Die Beamtin warf Lola einen langen Blick zu. „Wir haben unsere Vorschriften. Und zufällig paßt eure Beschreibung auf zwei junge Mädchen, die von der Interpol gesucht werden."

„Zwei junge Mädchen? Von der Interpol gesucht?" Victor mußte sich zusammennehmen, um nicht wütend zu werden. „Und das sollen ausgerechnet wir sein?"

Ihr wurde plötzlich bewußt, daß sie immer noch mit der weißen Theaterschminke herumliefen. „Haben die auch so weiße Gesichter wie wir?" fragte sie.

Die Beamtin tat, als hätte sie die Ironie nicht gemerkt. „Wir müssen jedem Verdacht nachgehen", sagte sie.

In diesem Augenblick ging die Tür auf. Winnie kam herein. Er hatte inzwischen im Waschraum die Schminke abgewaschen. Er war ganz grün im Gesicht. Stumm ließ er sich auf einen Stuhl fallen.

„Was ist los?" rief Lola ängstlich. „Was ist passiert?"

Winnie atmete zweimal tief durch. „Dieser Tpy hat mich untersucht, das war wirklich das Scheußlichste, was mir bis jetzt im Leben passiert ist. Der war echt sauer, daß er nichts finden konnte, das hat man gemerkt."

Die Beamtin lächelte zum ersten Mal. „Es tut mir leid", sagte sie. „Es war ein Mißverständnis. Sie können gehen."

Sie erhob sich hinter ihrem Schreibtisch und ging auf Winnie zu. „Warum haben Sie nicht gleich gesagt, daß Sie bei dem brasilianischen Botschafter wohnen? Es hätte Ihnen und uns viel Ärger erspart."

Winnie zuckte die Achseln. „Ich hab' Ihnen doch die Telefonnummer gegeben. Außerdem sind das Freunde von meinen Eltern, und die finden es nicht gerade komisch, wenn die einen Anruf von der Polizei bekommen und hinterher hören, daß alles nur ein Irrtum war."

Die Beamtin nickte. „Ich verstehe." Sie gab auch Victor und Lola die Hand. „Ich hoffe, daß Ihnen unser schönes Land trotzdem gefällt. Wie lange bleiben Sie?"

„Drei Wochen", sagte Lola. „Aber bestimmt nicht in Lissabon. Können wir jetzt gehen? Können wir uns vielleicht irgendwo die Schminke abwaschen?"

Die Beamtin brachte die Mädchen in den Flur und deutete auf die letzte Tür.

Dann ging sie in ihr Zimmer zurück, um sich mit dem nächsten Fall zu beschäftigen.

Zehn Minuten später rannten sie die breiten Steintreppen hinunter, die zum Portal führten. Draußen war gleißendes Sonnenlicht. Lola atmete tief durch.

„Das glaubt uns kein Mensch, wenn wir das zu Hause erzählen." Sie schaute an der Fassade des alten Gemäuers empor. Über dem Portal war eine Marmorplatte, in der etwas eingemeißelt war.

„Was heißt das?" fragte sie Winnie.

„Das heißt *Polizeipräsidium der Stadt Lissabon.*"

Victor hatte schon ihre Kamera gezückt.

„Kinder! Gruppenfoto vor Polizeipräsidium! Das brauchen wir unbedingt. Macht mal ein Arme- Sünder-Gesicht, und stellt euch richtig in die Sonne. Lola, nimm den verdammten Hut ab. Und Winnie, streck bitte nicht die Zunge raus. Da denkt man ja, du hast überhaupt keinen Respekt vor Portugals Polizei."

Winnie blinzelte in den Himmel. „Kein Wölkchen. Das richtige Strandwetter. Sagt mal, warum nehmen wir nicht den nächsten Zug an die Küste? Von dieser Stadt hab' ich, ehrlich gesagt, die Nase voll."

„Warte!" Victor schob Lola und Winnie unter das Schild, auf dem *Gefängnis der Stadt Lissabon* stand. „Erst noch ein Erinnerungsfoto."

„Und dann sollten wir zählen, wieviel Geld uns unser Theaterstück eigentlich eingebracht hat."

„Genau, damit wir wissen, ob sich die ganze Aufregung wenigstens gelohnt hat."

„Gelohnt hat sie sich in jedem Fall", sagte Victor,

11 0052-24

während sie ein paar Schritte zurückging, um ein besseres Bild zu bekommen. „Später werden wir unseren Enkelkindern wunderschöne Geschichten erzählen können."

Lola lachte. Sie setzte ihren Sonnenhut unternehmungslustig in die Stirn. „Nun macht schon! Knips endlich, bevor die auf die Idee kommen, uns noch mal zurückzuholen!"

„Winnie, warum hast du uns nicht erzählt, daß du beim brasilianischen Botschafter wohnst?" fragte Victor.

„Da gibt es nichts zu erzählen", sagte Winnie achselzuckend. „Das sind Leute wie alle anderen auch. Bloß, daß sie in einem etwas größeren Haus mit etwas mehr Dienstboten wohnen als andere. Ach ja, und einen Swimmingpool haben sie auch."

„Ach ja", echoten Victor und Lola.

Sie überquerten den großen, von Autos vollgeparkten Platz. „Und wieso liegst du nicht an dem schönen Swimmingpool?"

Winnie grinste. „Weil es mit euch lustiger ist. Ist doch ganz einfach, oder?" Er deutete mit dem Kopf die Straße hinunter.

„Da kommt unser Bus! Beeilt euch!"

Victor saß auf dem Etagenbett im Schlafraum der Jugendherberge und schrieb, während Lola bei der

Heimleitung die Rechnung bezahlte. Winnie war zum brasilianischen Botschafter zurückgefahren, um seine wenigen Habseligkeiten abzuholen. Der Treffpunkt auf dem Bahnhof von Lissabon war schon verabredet. Um 16.18 Uhr ging der Zug in Richtung Süden, zum südlichsten Zipfel Europas, endlich ans Meer.

„Was schreibst du eigentlich die ganze Zeit?“ Lola war zurückgekommen. Sie versuchte, einen Blick auf die Zettel zu werfen, die Victor bis zum Rand mit ihrer großen krakeligen Schrift gefüllt hatte.

„Unseren Reisebericht. Was sonst?“ gab Victor zurück.

„Ich bin gerade bei der spannenden Szene, als wir im Polizeiauto saßen.“

„Das schreibst du?“ schrie Lola. „Bist du verrückt? So etwas drucken die nie! Die denken doch, die haben es mit total ausgeflippten Mädchen zu tun.“

„Keine Panik. Fünf Sätze weiter wird doch alles klargestellt. Wir sind unschuldig wie die Lämmer und werden in Ehren vom Polizeipräsidenten selbst verabschiedet.“

„Das stimmt doch gar nicht!“

Victor grinste. „Aber es klingt gut, oder?“

„Du mußt bei der Wahrheit bleiben, Victor!“

Victor verzog ihr Gesicht. „Findest du nicht, daß man ein ganz kleines bißchen schummeln kann?“

„Nein, das finde ich überhaupt nicht! Die Dinge, die wir erlebt haben, sind doch schon spannend genug. Und wer interessiert sich schließlich für den Polizeipräsidenten? Das glaubt uns keiner."

Victor hörte gar nicht mehr richtig zu. Der Kuli flog über das Papier.

„Dreh schon mal den Film aus der Kamera", sagte sie.

Lola kramte in dem Rucksack nach der Kamera. „Und was willst du mit dem Film machen?"

„Abschicken natürlich. Per Expreß. An die Zeitung. Die können den Film entwickeln und entscheiden, ob sie das drucken wollen."

„Und wenn ihnen das alles nicht gefällt? Dann schmeißen sie unsere Fotos womöglich weg, und wir haben keine Erinnerungsbilder!"

Victor faltete die beschriebenen Seiten sorgfältig zusammen. „Das ist alles Risiko", meinte sie ungerührt. „Kennst du nicht das Sprichwort: ‚Wer wagt, gewinnt'?"

Lola verdrehte die Augen. „An Sprichwörter hab' ich geglaubt, als ich noch in den Kindergarten ging." Sie reichte Victor den Film. „Und wie willst du das Zeug verpacken?"

Victor zog grinsend eine braune gefütterte Papiertüte aus der Tasche.

„Die hab' ich beim Heimleiter abgestaubt. Laß

mich eben noch ein paar Zeilen an die Leute von der Zeitung schreiben, ja? Dann adressieren wir den Kram und bringen ihn zur Post. Hast du das Geld inzwischen gezählt, das uns die Leute in den Hut geworfen haben?“

„Klar, über dreihundert Escudos.“

Victor riß die Augen auf. Sie sprang vom Bett auf und umarmte Lola. „Ist ja irre, das muß unbedingt noch in den Text! Dreihundert Escudos! Was glaubst du, wie oft man dafür in einer Kneipe essen kann?“

„Keine Ahnung. Ich schätze, wir werden es herausfinden.“

Zwei Mädchen erschienen im Schlafsaal und blickten sich um. Sie trugen Wolldecken und Bettzeug über dem Arm.

Lola winkte ihnen. „Hier“, rief sie auf englisch. „Diese Betten werden frei. Wir verschwinden gleich.“

Die Mädchen kamen, wie sich herausstellte, aus Schweden. Sie waren soeben erst in Lissabon angekommen und hatten noch nichts von der Stadt gesehen. Victor und Lola gaben ihnen Tips und schrieben die Namen der Kneipen auf, in denen sie mit Winnie so toll und so billig gegessen hatten.

„Und wo kommt ihr her?“ fragte Lola.

„Von der Algarve.“

„Toll!" Lolas Augen leuchteten. „Da könnt ihr uns bestimmt sagen, welches der schönste Campingplatz ist."

Adressen und Stadtpläne wurden getauscht, zum Schluß mahnte Lola die beiden Schwedinnen noch, gut auf ihr Geld aufzupassen. Dann schleppten sie ihre Sachen und das benutzte Bettzeug nach unten.

Als sie sich in das große Gästebuch der Jugendherberge eintrugen, meinte Victor plötzlich: „Einmal möchte ich ein ganzes Jahr so unterwegs sein. Von einer Stadt in die andere, von einem Land ins andere."

Lola, die gerade mit einem hübschen Schnörkel ihre Initialen in das Gästebuch malte, hob grinsend den Kopf. „Was meinst du mit einmal, jetzt gleich?"

Victor holte tief Luft. „Ich glaube, das können wir unseren Eltern nicht antun. Irgendwie erwarten die, daß wir erst die Schule zu Ende machen."

„Und mein Dicki erwartet, daß ich mich um ihn kümmere", sagte Lola. „Aber wenn er eines Tages eine neue Frau findet, die Schmetterlinge ebenso spannend findet wie er, dann mache ich mich aus dem Staub, das verspreche ich dir."

Victor küßte sie. „Aber du verabschiedest dich nicht, ohne mir Bescheid zu sagen! Versprochen?"

„Heiliges Ehrenwort!" Lachend fielen sie sich in die Arme

Die Algarve war schöner, als Victor und Lola sie sich erträumt hatten. Der Himmel immer seidig blau, das Wasser warm, die Luft frisch und köstlich. Die Mädchen rollten ihre Schlafsäcke jeden Abend an einer anderen Stelle aus. Sie hatten eine Petroleumlampe gekauft, die sie nachts brennen ließen, und schliefen ein bei dem gleichmäßigen Rauschen des Meeres, dem Tuten der Schiffe und erwachten morgens vom Schrei der hungrigen Möwen.

Jeden Morgen frühstückten sie an den Holztischen der kleinen Strandkneipe, es gab einen dünnen, heißen Kaffee, dicke Scheiben frisches Brot und eine sehr würzige Salami. Vor dem Frühstück schwammen sie im Meer.

Sie wanderten tagsüber am Strand entlang, sammelten Muscheln und ließen sich übersetzen, was Winnie mit den Fischern beredete, die mit ihren Booten zurückkamen. Manchmal nahmen sie einen der alten Autobusse und fuhren ins Land, machten ein Picknick unter alten Olivenbäumen und schlichen heimlich in schöne Orangengärten, wo Lola hingerissen die bunten Schmetterlinge beobachtete.

„Ich war in meinem ganzen Leben noch nie so glücklich“, sagte Victor seufzend, wenn sie gegen Abend zu ihrem Schlafsack zurückkehrten und sich im Waschraum das Salz aus den Haaren wuschen. Jeden Abend zogen sie ihre weißen Kleider an, setzten die großen Strohhüte auf, schminkten sich die Lippen und liefen, die Schuhe in der Hand, am Strand entlang bis in die Altstadt.

Dort hatte Winnie ein Lokal entdeckt, in dem man ganz billig ganz ausgezeichnet essen konnte. Portugiesische Fischsuppe und Fleischeintopf mit Kartoffeln und Auberginen. Der Wein war rot und ganz leicht und stieg ihnen fast gar nicht in den Kopf.

Am ersten Abend bemerkte Victor schon den blonden Jungen, der mit einem Buch ganz allein an einem der Tische saß. Jedesmal, wenn Victor, Lola und Winnie laut lachten, hob er den Kopf und schaute zu ihnen hinüber. Und wenn Victor zufällig seinen Blick auffing, lächelte er. Beim Hinausgehen blieb Victor neben seinem Tisch stehen.

„Was liest du?" fragte sie auf englisch.

Er klappte das Buch zu und gab es ihr.

Erstaunt rief sie: „Das ist ja Deutsch!"

„Klar", sagte er. „Ich bin Deutscher."

Victor blätterte in dem Buch. „Das sind ja Gedichte!"

„Wieso nicht? Was hast du gegen Gedichte?"

Unsicher gab Victor ihm das Buch zurück. „Keine Ahnung", sagte sie. „Eigentlich nichts. Ich meine – ich weiß nicht." Sie lachte plötzlich, um ihre Verlegenheit zu überspielen. „Es ist doch komisch, hier in einer Kneipe zu sitzen und Gedichte zu lesen."

Der Junge war von der Sonne so gebräunt, daß seine hellen Augen fast unecht wirkten. Er trug Jeans, die über den Knien abgeschnitten und ganz ausgefranst waren, und Jesuslatschen. Über dem nackten Oberkörper hatte er nur eine Weste, die aussah, als habe sie früher einmal zu einem feinen Sommeranzug gehört. Victor mußte zugeben, daß der Junge toll aussah.

Aber sein intensiver Blick und die Art, wie er sie anlächelte, machte sie vollkommen verlegen. Winnie rettete die Situation. Er begann, den Jungen auszufragen. Es stellte sich heraus, daß er bei einem portugiesischen Ehepaar als Gärtner und Laufbursche arbeitete. Die Frau war gelähmt und hatte niemanden, der den Haushalt führte.

„Machst du das, weil du Geld dafür bekommst?" fragte Winnie.

Der Junge schüttelte lächelnd den Kopf. „Ich mache es, weil ich gerne etwas Sinnvolles tue. Den ganzen Tag am Strand rumgammeln, das reicht mir irgendwie nicht. Außerdem sind die Leute wahnsinnig nett, und jeden Abend habe ich frei."

„Morgen abend auch?" fragte Victor, und sie wurde feuerrot dabei. Lola warf ihr einen überraschten Blick zu.

Der Junge nickte. „Morgen auch, klar", sagte er.

„Na toll, wenn du morgen abend zufällig auch wieder hier in die Kneipe gehst, können wir uns ja zusammensetzen. Jeden Abend Gedichte lesen ist doch bestimmt nicht gerade spannend.“

„Das Leben ist viel zu kurz, um jeden Abend Gedichte zu lesen“, sagte Lola lachend.

Der Junge beachtete Lola gar nicht. Er starrte unentwegt Victor an. Langsam sagte er: „Ja, das finde ich allerdings auch. Es muß doch noch irgend etwas anderes geben...“

Victors Röte vertiefte sich noch.

Als sie rausgingen und schon die Straße überquert hatten, kam der Junge ihnen plötzlich nach. Er legte ganz leicht seine Hand auf Victors Schulter. „Ich wollte nur noch fragen, wie du heißt“, sagte er leise.

„Ich? Victoria.“

„Ah. Victoria. Das ist ein schöner Name. Ich heiße Fabian.“ Er nickte ihr zu und ging wieder in die Kneipe zurück. Victor konnte sehen, wie er sich wieder auf dem kleinen Holzstuhl zusammenklappte – er war sehr groß –, sofort das Buch wieder aufschlug und zu lesen begann.

„He! Du! Wach auf!“ Lola wedelte mit den Händen vor Victors Gesicht herum. „Dich hat's wohl erwischt, was?“

Victor riß sich zusammen. „Erwischt? Mich? Wieso denn?“

„Na, das sieht doch ein Blinder mit 'nem Krückstock! Ihr beide seid ja total verknallt! Und könntest du mir mal sagen, wieso du dem Jungen gesagt hast, daß du Victoria heißt? Zu jedem anderen Menschen sagst du immer, er soll dich Victor nennen."

Victor schwieg.

Winnie zog Lola von Victor weg. „Laß sie. Das geht dich nichts an, verstanden? Wenn sie nun einmal möchte, daß der Junge sie Victoria nennt, ist das doch in Ordnung."

Lola lächelte. „Es klingt ja auch viel poetischer. Für einen Jungen, der Gedichte liest..."

Victor hob den Kopf. Sie starrte Lola und Winnie an. „Ihr seid richtig blöd!" rief sie empört. Dann rannte sie den ganzen Weg vor ihnen her. Sie zog sich aus, ohne einen Ton zu sagen, kroch in ihren Schlafsack und blickte stumm in den Sternenhimmel.

Lola beobachtete sie eine Weile. Sie hatte sich immer gefragt, wie das wohl ist, wenn man sich Hals über Kopf verliebt.

Jetzt wußte sie es.

Fabian war am nächsten Abend schon da, als sie in die Kneipe kamen. Er saß wieder an dem kleinen Tisch, und er hatte wieder ein Buch dabei. Diesmal war es ein Buch von Hermann Hesse. Victor wurde dunkelrot, als er ihr die Hand gab, ihr in die Augen sah und sagte: „Hallo, Victoria."

„Hallo“, flüsterte Victor und schaute schnell woanders hin.

Lola und Winnie zwinkerten sich zu. Winnie suchte einen schönen, großen Vierertisch aus.

„Kommst du zu uns?“ meinte er, an Fabian gewandt.

Fabian nickte. Winnie bestellte eine Flasche Rotwein und Oliven. Während Winnie und Lola krampfhaft etwas erzählten, schaute Fabian Victor immer nur an. Es war, als könne er sich von ihrem Anblick überhaupt nicht trennen. Und Victor, die sonst immer so schlagfertig und cool war, saß wie ein scheues, schüchternes Mädchen da und hob mit zitternden Fingern das Rotweinglas.

„Morgen hab' ich frei.“ Fabian sah Victor unsicher an. „Da könnte ich euch vielleicht mal am Strand besuchen. Ich war seit einer Woche nicht am Meer.“

„Und wieso hast du frei?“

„Die alten Leutchen werden von Verwandten mit dem Auto abgeholt, zu einem Picknick oder so was. Da brauchen sie mich nicht.“

Winnie strahlte. „Mensch, ist ja Klasse! Da können wir zusammen irgendwas Tolles unternehmen. Irgendeinen Blödsinn machen. Uns fehlt sowieso immer der vierte Mann zum Doppelkopf.“

Lola tippte sich an die Stirn. „Ich bin doch nicht nach Portugal gekommen, um Karten zu spielen.“

„War doch nur ein Scherz. Ich meine ja irgendeinen anderen Blödsinn. Einen richtig guten Blödsinn."

Fabian lächelte. Er wirkte auf Victor nicht gerade wie ein Typ, der oft Blödsinn machte. Und das gefiel ihr wiederum. Überhaupt gefiel er ihr, wie er dasaß, das Hermann-Hesse-Buch auf den Knien, und mit verträumten Augen herumschaute.

„Ich hab's!" Winnie schlug mit der Hand auf den Tisch, daß die Weingläser tanzten. „Ich hab' neulich im Nachbardorf einen unheimlich netten alten Fischer kennengelernt. Der hat mir seinen alten Holzkahn gezeigt, ein ausrangiertes Boot, mit einem total gut funktionierenden Außenbordmotor. Manchmal verleiht er den Kahn an Touristen, die an der Küste entlangschippern wollen. Wir könnten uns einen einsamen Strand suchen, eine Bucht zwischen den Steilküstenklippen."

Fabian hatte die ganze Zeit Victor beobachtet, die sich nicht an der Unterhaltung beteiligte.

„Was meinst du, Victoria?" fragte er.

„Wieso ich?" Victor spürte, daß sie schon wieder rot wurde. „Auf mich kommt es doch nicht an."

„Allerdings. Auf dich kommt es ganz besonders an."

Victor lächelte. Sie fühlte sich irgendwie richtig glücklich. „Ich fände es unheimlich schön, wenn das klappt."

„Wieso sollte es nicht klappen?" rief Winnie. „Was ich in die Hand nehme, klappt immer!"

In dieser Nacht brach jedoch plötzlich ein Sturm los. Von einer Minute zur anderen war die Luft von Heulen und Toben erfüllt, und das Meer, das noch am Abend so friedlich war, verwandelte sich in einen schäumenden und brodelnden Kessel.

Victor wachte auf, als ein großes Ahornblatt ihr auf das Gesicht klatschte. Verwirrt richtete sie sich in ihrem Schlafsack auf und schaute sich um.

Der Himmel war sternenklar, und ein riesiger Vollmond beleuchtete den Campingplatz. Taschenlampen blitzten zwischen den Zelten auf, Leute huschten hin und her und versuchten ihre Habseligkeiten in Sicherheit zu bringen.

Vom Meer her drängten riesige Wellenberge gegen den Strand. Die Bäume, die den Campingplatz umstanden, bogen ihre Äste fast bis zum Boden. Der Wind zerrte an den Leinen und Heringen der Zelte und fuhr unter die Zeltplanen, die sich wie Luftballons aufblähten.

Victor schaute sich um. Neben ihr lag Winnie immer noch in tiefem Schlaf. Er hatte sich einen Pulli über den Kopf gezogen und wie eine Schnecke im Schlafsack zusammengerollt.

Aber der Platz auf der anderen Seite war leer. Lolas Schlafsack war verlassen. Verwirrt befreite

Victor sich aus ihrem Schlafsack. Sie zog Winnie den Pulli vom Gesicht. „He! Aufwachen!“ rief sie. „Es gibt gleich einen Orkan!“

Winnie reagierte nicht. Er grunzte nur und grabschte wieder nach dem Pulli. Er hatte den gesegneten Schlaf eines Bären, der im Winterschlaf liegt.

„He! Winnie! Lola ist weg!“ brüllte Victor ihm ins Ohr. „Und gleich sind deine Klamotten auch weg.“

Eine Sturmböe fuhr in die Hosenbeine der Jeans, die Winnie neben sich ausgebreitet hatte, und hob sie in die Luft. Victor fing sie wieder ein und stopfte sie unter Winnies Kopf. „Mann, das gibt es doch gar nicht. Wach endlich auf!“

Schlaftrunken richtete Winnie sich auf. Als er das Gesicht in den Wind hielt, war er in Sekundenschnelle hellwach. „Stell den Ventilator ab“, sagte er. „Das ist doch Blödsinn.“

„Der Ventilator ist ein Sturm“, sagte Victor grimmig. Sie deutete auf die Zelte. „Schau dir das an. Da ist schon eine Zeltplane zerrissen. Wir müssen abhauen, bevor uns das Zeug um die Ohren fliegt.“

„Ich schätze, du hast recht.“ Ungläubig starrte Winnie auf das tosende Meer. „Das sind ja mannshohe Wellen!“

„Genau. Hast du eine Ahnung, wo Lola ist?“

„Woher soll ich das wissen?“ Winnie krabbelte aus seinem Schlafsack und rollte ihn hastig zusammen.

Er zog sich an und stopfte seine restlichen Sachen in den Rucksack. „Ich hab' selig geschlafen und von einer Pizza mit Pilzen und Schinken geträumt." Er starrte auf Lolas Schlafsack. „Wo kann sie denn sein?"

„Ich guck' mal im Waschraum nach." Victor hatte ihre Sachen schon zusammengepackt. „Paßt du auf die Klamotten auf?"

„Klar, lauf zu."

Victor rannte los. Sie mußte richtig gegen den Sturm ankämpfen. Inzwischen war auf dem Zeltplatz die Hölle los. Niemand schlief mehr. Alle versuchten ihre Zelte zu befestigen und die Autos in Sicherheit zu bringen. Kleine Kinder weinten, ein Hund bellte mit dem Sturm um die Wette, und mitten in dem Chaos stand wie ein Seebär der Besitzer des Campingplatzes und gab Anordnungen. Er war der einzige, der den Überblick behielt.

Victor lief auf ihn zu. „Jorge, hast du Lola gesehen?" schrie sie. Jorge nickte. Er schlug gerade mit einem Holzhammer einen Bolzen in die Erde. „Sie ist bei meiner Frau. Sie hatte Bauchschmerzen. Meine Frau kocht ihr einen Tee."

„Gott sei Dank. Ich habe mir schon Sorgen gemacht."

Jorge zog eine Zeltplane straff. „Packt euer Zeug zusammen, und geht ins Haus!" rief er „Aber

Dein Lesezeichen

Drücke dein Lesezeichen einfach aus der Stanze.

schnell! Das kann hier gefährlich werden!“

Victor raste zurück. Äste und Blätter flogen ihr ins Gesicht, und die ganze Luft war voller Salz. Immer wieder kamen Gischtfontänen vom Meer herüber.

Der Leuchtturm blinkte Sturmwarnung, und nun hatte Jorge sich wohl eine Flüstertüte besorgt. Er gab auf englisch und französisch und portugiesisch Anweisungen für die Camper. Winnie hockte auf einem Berg von Rucksäcken, Schlafsäcken und Isomatten. Grimmig schaute er Victor an. „Wird Zeit, daß du kommst. Der Sturm zerrt einem das Zeug unter dem Hintern weg.“

„Bei dem Wetter kann man fliegen lernen“, sagte Victor fröhlich. Sie breitete die Arme aus und stemmte sich gegen den Wind.

„Hör auf mit dem Blödsinn. Eure Hüte haben schon fliegen gelernt.“ Winnie deutete auf das Meer: „Die schwimmen jetzt da draußen irgendwo.“

„Unsere Hüte!“ schrie Victor. „Das hast du zugelassen?“

„Was sollte ich denn tun, hinterherfliegen?“

Victor starrte ihn an. Winnie machte ein ganz unbekümmertes Gesicht. Er konnte sich wahrscheinlich nicht vorstellen, wie wichtig die schönen großen Strohhüte für Lola und Victor waren. Winnie grinste plötzlich. „Stell dir vor, eines Tages schwimmt ein

12 0052-24

süßes Delphinbaby an den Strand, auf dem Kopf deinen Strohhut – das wär ein tolles Foto für eure Zeitung."

„Du bist vollkommen bescheuert." Victor lud ihre Sachen auf die Schultern. „Ich nehm' Lolas Schlafsack. Kannst du ihren Rucksack tragen?"

„Heiße ich Herkules?" fragte Winnie. Aber er tat es trotzdem. „Wo ist Lola eigentlich?" rief er, als er hinter Victor herkeuchte.

„Im Haus. Rosa kocht ihr einen Tee. Sie hatte Bauchschmerzen."

„Mhmh." Wenn Mädchen Bauchschmerzen hatten, sagte Winnie dazu lieber nichts.

„Jorge hat gesagt, wir sollen auch ins Haus gehen."

„Du meinst, wir dürfen da übernachten?"

Victor nickte. „Fürs erste bestimmt. Ich schätze, wir werden nicht die einzigen sein."

Als sie den großen Raum betraten, der morgens als Frühstücksraum diente, war schon jeder Platz besetzt. Mütter mit kleinen Kindern hatten mehrere Stühle zusammengeschoben und provisorische Betten gebaut, in denen die Kinder schliefen.

Rosa lief herum und verteilte Becher mit heißem Tee. Rosa war eine schöne mollige Frau mit taillenlangen schwarzen Haaren. Sie konnte Flamenco tanzen und wunderschöne alte portugiesische Lieder singen. Sie hatte immer gute Laune, auch jetzt. Sie winkte Winnie und Victor fröhlich zu. „Lola ist in der Küche. Die hilft mir. Wenn ihr wollt, könnt ihr auch helfen."

„Klar." Victor und Winnie ließen die Sachen einfach auf den Boden fallen und gingen in die Küche.

Lola stand am Spülbecken und spülte Geschirr. „Hallo, ihr Schlafmützen", sagte sie. „Habt ihr endlich auch mitgekriegt, daß wir Sturmwarnung haben?"

„Du hättest ja mal ein Sterbenswörtchen sagen können", meinte Victor, auf der Suche nach einem Geschirrtuch. „Beinahe hätte der Orkan uns ins Meer geschleudert. Und deinen Rucksack auch."

„Quatsch." Lola lachte. „Der Wind kommt doch von der Seite."

„Aber von der falschen. Dein Hut jedenfalls schwimmt auf den Wellen", sagte Winnie. „Frag ihn selbst." Winnie stellte inzwischen die Teebecher auf ein Tablett.

„Ist das wahr, Winnie?" fragte Lola.

Winnie nickte betrübt. „Tut mir leid. Wenn ich gewußt hätte, daß ihr so an den Dingern hängt..."

Lola warf ihm einen langen Blick zu. „Ich dachte, das hätte man gemerkt..."

„Wenn ich reich bin, kauf' ich euch neue Hüte. So groß wie Wagenräder. Aber können wir jetzt vielleicht mal über was anderes reden?"

„Okay, schlag ein Thema vor."

„Zum Beispiel: Wo wollen wir in Zukunft pennen? Der Sturm wird mindestens drei Tage dauern, hat eben jemand gesagt."

Winnie hob die Schultern. „Kommt Zeit, kommt Rat. Hier in der Küche ist es doch ziemlich gemütlich, oder? Na also."

Im Laufe der Nacht kamen immer mehr Leute aus ihren Zelten ins Haus. Der Sturm wurde ständig stärker. Jemand sprach von Windstärke elf. Im Radio brachten sie immer neue Meldungen von den Verwüstungen auf den Straßen. Schiffe kenterten auf dem Meer, Bäume wurden entwurzelt, und im Westen hatte heftiger Regen eingesetzt. Manche Campingplätze standen schon unter Wasser.

Victor, Lola und Winnie rollten irgendwann ihre Schlafsäcke auf dem Fußboden aus, und gegen Morgen schliefen sie todmüde ein.

Victor wachte auf, als jemand ihr Gesicht berührte. Sie öffnete schlaftrunken die Augen und schaute in Fabians lächelndes Gesicht.

„He", murmelte sie überrascht. „Wie hast du uns denn gefunden?"

„War ja wohl nicht schwierig. Der ganze Campingplatz ist praktisch verwüstet. Jorge hat mir gesagt, daß ihr hier seid."

Victor richtete sich auf. Verlegen rubbelte sie ihre Haare. „Das war eine ziemlich aufregende Nacht", sagte sie entschuldigend. „Ich sehe bestimmt schaurig aus."

„Überhaupt nicht. Du siehst toll aus."

Fabian deutete auf die anderen beiden, die noch schliefen. „Wollen wir die wecken?"

„Warum?" fragte Victor.

„Weil draußen ein Wagen steht, der euch abholen möchte."

„Ein Wagen? Was denn für ein Wagen?"

„Die Verwandten von den Leuten, wo ich wohne. Ich hab' ihnen von euch erzählt, und es ist ganz klar, daß ihr im Haus übernachten könnt, bis der Sturm vorbei ist. Ich wollte euch abholen. Auf dem Weg fahren wir noch beim Bäcker vorbei und kaufen frisches Brot, und dann gibt es ein tolles Frühstück." Er lächelte. „Unser Haus ist sturmfest. Ein uraltes Gemäuer. Ein altes Bauernhaus in einem Olivengarten, unheimlich romantisch."

Victor starrte ihn an. „Ich kann es nicht fassen. Irgendwie muß ich ein Sonntagskind sein."

„Wieso?"

„Weil immer genau dann, wenn ich denke, jetzt geht es bestimmt nicht weiter, irgend etwas Tolles passiert."

„Und was ist das Tolle diesmal?" fragte Fabian.

Victor lachte. „Tu doch nicht so. Das Tolle bist du.“ Und wieder wurde sie feuerrot.

Acht Tage später waren die Ferien zu Ende. Victor und Fabian trennten sich unter Tränen, und in Lissabon stieg auch Winnie wieder aus, um noch ein paar Tage bei seinen brasilianischen Freunden zu verbringen. Beinahe stumm fuhren Victor und Lola den weiten Weg wieder zurück. Sie schauten aus dem Fenster, wie die Landschaft vorbeiflog, und träumten...

Als sie sich Deutschland näherten, wurden die Wolken dicker und die Luft kälter. Die Leute auf den Bahnsteigen hatten mürrische Gesichter, und irgendwie hatte sie der Alltag eingeholt, bevor sie wieder zu Hause waren.

Als der Zug in den Bahnhof einlief, seufzte Victor. „Man dürfte nicht zurückkommen“, sagte sie. „Man müßte einfach immer so weiterfahren...“

„Sei nicht traurig“, sagte Lola tröstend. „Es gibt doch immer wieder Ferien. Und dein Fabian will dich ja besuchen.“

„Und Winnie auch.“ Victor holte die Rucksäcke aus dem Gepäcknetz. Sie öffnete das Fenster und spähte über den Bahnsteig. Plötzlich begann sie zu winken und zu schreien.

„Da ist meine Mami“, rief sie. „Und dein Daddy ist

auch da! Ja, Wahnsinn!“ Sie kreischte vor Freude. „Schnell, schnell.“ Sie drängte Lola aus dem Abteil, den Gang hinunter zur Wagentür.

Als sie ausstiegen, kamen ihnen schon Frau Dahms und Professor Könke entgegen. Der Professor hielt zwei kleine Rosensträußchen in der Hand, die er den Mädchen mit einem scheuen Lächeln überreichte. „Für die weitgereisten, berühmten jungen Damen“, sagte er.

„Ach, Dicki!“ Lola fiel ihm um den Hals und küßte ihn stürmisch. „Schön, dein altes Gesicht wiederzusehen. Was machen die Schmetterlinge?“

„Alles in Ordnung.“ Professor Könke sah seine Tochter gerührt an. „Du bist irgendwie schöner geworden.“

„Das ist bloß die Sonnenbräune“, wehrte Lola verlegen ab. „Steht das Haus noch? Oder ist es inzwischen abgebrannt?“

„Es steht noch. Aber es braucht ziemlich dringend eine Lola, die sich um alles kümmert, fürchte ich.“

„Und du, großes Mädchen?“ fragte Frau Dahms zärtlich, als sie ihre Tochter Victor in die Arme nahm. „Ihr habt ja tolle Sachen erlebt.“

„Ach Mami, ich muß dir soviel erzählen…“

„Brauchst du gar nicht. Wir wissen ja schon alles.“

Victor starrte ihre Mutter verblüfft an. „Ihr wißt schon alles? Woher denn?“

„Es stand ja jede Woche etwas in der Zeitung über euch. Tolle Ferienerlebnisse von unseren Leserinnen." Frau Dahms drehte sich um. Bevor Victor sich von der Überraschung erholen konnte, war ein Fotoreporter auf sie zugekommen.

„He, ihr beiden! Mal herschauen!" Er riß die Kamera an die Augen und knipste.

„Wer ist das?" fragte Lola.

Der Fotograf knipste ungerührt weiter. „Noch eine Umarmung Vater-Tochter, bitte!" rief er. „Und nun noch einmal Victor und die Mutter. Schön herzlich, ja? Ein bißchen Rührung muß schon sein."

Als er den Film verknipst hatte, zog er eine Visitenkarte aus der Tasche. „Ich arbeite für den *Anzeiger*", sagte er. „Morgen könnt ihr euer Foto im Lokalteil bewundern. Unter dem Titel: ‚Die Rückkehr.' Toll, wenn man berühmt ist, was?" Er zwinkerte ihnen zu und verschwand.

Victor starrte Lola an. „Was sagst du dazu?"

Lola hob die Schultern. Sie lächelte. „Ich bin sprachlos ..."

Skandal in der Kleinstadt

„Wenn nicht gleich etwas passiert, schrei' ich."
„Okay. Sag mir Bescheid. Ich mach' mit."
Victor und Lola saßen auf einer Bank im Stadtpark. Die Bank war gelb lackiert, rundum Kieswege und vor ihnen ein Ententeich, auf dem allerdings keine einzige Ente herumschwamm. Die watschelten alle hinter einer alten Frau her, die aus einer Plastiktüte Körner und Brotkrumen verteilte.

Am Laternenpfahl lehnte das Tandem, in schrillem Pink, aber das machte das Leben auch nicht bunter. Victor und Lola hatten während der endlosen Regentage im Mai das Rad neu gestrichen und eine Vorrichtung für zwei himmelblaue Regenschirme angebracht, die sie günstig im Supermarkt erstanden hatten. Bei Regen fuhren die beiden nun wie japanische Geishas herum. Aber seit drei Tagen hatte es aufgehört zu regnen. Die Luft war immer noch feucht und warm, aber die Sonne wollte sich nicht blicken lassen.

Victor lehnte sich auf der Bank zurück und seufzte. „Ich hab' keine Lust zu schreien. Reine Energieverschwendung."

Lola betrachtete ihre Fußspitzen. Sie trug neue Schuhe, Ballerinas, auf die sie lauter kleine Glitzersteine geklebt hatte. Sie war sehr stolz auf die Idee.

„Ich nehme an“, sagte Victor, „in Hamburg war das Leben lustiger.“

„Mhmh.“ Lola drehte immer noch ihre Fußspitzen hin und her.

Die alte Frau streute weiter Körner unter das Entenvolk, und der Opa auf der dunkelgrünen Parkbank schräg rechts neben ihnen steckte seinen Kopf in die Tageszeitung. Sonst passierte rein gar nichts.

„War es etwa in Hamburg nicht spannender als hier? Eine Kleinstadt ist doch lähmend. Zwei Kinos, ein Eiscafé, ein Schwimmbad, eine Disko, in der bloß Kids rumhängen, die sich nichts zu erzählen haben, und Schluß. Mich macht das ganz fertig. Wenn ich die Schule hinter mir habe, dann hau' ich ab. Aber sofort.“

„Und wohin?“

„Keine Ahnung, vielleicht nach Hamburg. Du hast da doch so lange gewohnt. Wie ist es denn da?“

Lola beugte sich vor, ließ ihre roten Haare nach vorn über das Gesicht fallen und warf sie mit einem Schwung wieder zurück. Es war ein toller Trick: Danach hatte sie scheinbar doppelt so viele Locken. „In Hamburg ist es auch nicht anders als hier. Klar, es gibt von allem mehr: mehr Eiscafés, mehr Diskos, mehr Kinos. Aber es gibt auch nicht mehr witzige Leute.“

Victor nickte. „Ich weiß schon, was du sagen willst."

„Und? Was will ich sagen?" Lola wußte es im Grunde wirklich nicht. Neugierig schaute sie ihre Freundin an.

„Du willst sagen, wir müssen den Pep schon selbst in unser Leben bringen." Victor schaute sich um. Die Enten schnatterten. Die alte Frau lächelte glücklich und schüttelte vor den Tieren ihre Plastiktüte aus, um zu zeigen, daß sie nun restlos leer war. Der Opa legte die Zeitung zusammen, warf einen Blick in den Himmel, dann auf die Armbanduhr und stand auf. Er schlurfte über den Kiesweg davon, in Richtung Ausgang. Die Zeitung blieb auf der Bank zurück.

Victor erhob sich. Sie schlenkerte mit den Beinen, bis die geblümte Hose, die sie trug, endlich richtig saß und ging zu der Bank hinüber. „Hast du schon das Käseblatt gelesen?" fragte sie, während sie einen gelangweilten Blick auf die Titelseite warf.

„Nee, steht ja sowieso nichts Interessantes drin."

Lola beobachtete die Enten, die zielstrebig zum Teich zurückwatschelten und sich ins Wasser plumpsen ließen. Es sah schön aus, wie jedes Tier kleine Wellenkreise zog. Die Entengrütze teilte sich zu einem Gewirr von Linien. Die alte Frau stopfte die Plastiktüte in ihre Manteltasche und lächelte immer noch zufrieden. Na, wenigstens läßt sie das Zeug nicht einfach irgendwo liegen, dachte Lola. Lola haßte es, wenn die Leute den Abfall im Park verstreuten. Sie haßte überhaupt jede Art von Umweltverschmutzung. Wenn sie die überquellenden Mülltonnen am Straßenrand sah, rastete sie jedesmal aus.

„Hör zu." Victor ließ sich wieder neben Lola auf die Parkbank fallen. „Im Rathaus haben sie eine Skulptur eingeweiht."

„Wie spannend!" Lola verdrehte die Augen.

„Der Bürgermeister hat eine Rede gehalten. Über moderne Kunst und die Verantwortung der Politik und so."

„Halt mich fest. Ich krieg' vor Aufregung einen Herzinfarkt." Victor grinste. Sie liebte es, wenn Lola so war. Das hatte sie von ihrem Vater. Der konnte auch so herrlich ironisch sein. Obwohl man es ihm nicht zutraute. Lolas Vater Dicki war nämlich Professor für Biologie, ein berühmter Schmetterlingsspezialist. In Lolas Haus gab es mindestens zweitausend verschiedene Schmetterlinge, alle tot natürlich, präpariert und mit einer Nadel aufgespießt. Zu jedem Schmetterling ein weißes Schildchen mit genauen Erklärungen. Alles hinter Glas. Als Victor Lola kennengelernt hatte, konnte sie sich gar nicht satt sehen an der Schönheit der zarten Insekten.

Victor kehrte zur Zeitungslektüre zurück. „Die Umgehungsstraße wird ausgebaut. Vierspurig. Und kriegt einen Radweg."

Lola seufzte. „Endlich eine gute Nachricht. Dann können wir mit unserem Tandem ja gemütlich zum Baggersee fahren, ohne von einem Laster zerquetscht zu werden."

„Exakt." Victor las weiter. „Morgen sind die Geschäfte bis 20.30 Uhr geöffnet. In der Fußgängerzone jedenfalls."

„Kalter Kaffee. Ist doch jeden Donnerstag so."

„Na, immerhin. Da können wir ins *Rialto* gehen und den Leuten zusehen, wie sie in Konsumrausch verfallen."

Lola sah ihre Freundin an. „Findest du das wirklich so spannend? Das haben wir letzten und vorletzten und vorvorletzten Donnerstag auch schon gemacht."

„Dann eben nicht." Victor faltete die Zeitung zusammen. Plötzlich stutzte sie. Ihre Augen saugten sich an einem kleinen Artikel fest, der auf der letzten Seite ganz unten stand. Leise pfiff sie durch die Zähne.

„Was ist?" Lola spürte sofort, daß irgend etwas passiert war.

„Gibt es doch etwas Neues?"

„Ich weiß nicht ...", murmelte Victor. Sie las und

las. Schließlich reichte sie stumm die Zeitung an Lola weiter. „Lies selbst." Sie tippte auf einen Artikel, der folgendermaßen lautete: *Junge Talente gesucht! Der* **Anzeiger** *sucht für den Lokalteil engagierte junge Mitarbeiter. Wir finden, daß der Lokalteil unserer Zeitung spannender und spritziger sein sollte ...*

„Wie wahr", murmelte Lola, während sie weiterlas.

„*... und deshalb haben wir uns entschlossen, interessierte Bürger zur Mitarbeit aufzufordern. Wenn Ihnen in Ihrer Nachbarschaft etwas aufgefallen ist, wenn Sie Mißstände in unserer Stadt aufdecken oder uns lustige Geschichten über Ihre Umwelt erzählen wollen, dann nehmen Sie bitte mit der Lokalredaktion Kontakt auf. Sprechen Sie mit Fred Tobermann unter der Nummer 34781.*"

Ungeduldig hatte Victor gewartet, bis Lola den Artikel beendet hatte. „Nun?" drängte sie, als Lola das Blatt weglegte.

Lola schaute Victor an. Langsam nickte sie. Und dann breitete sich ein Lächeln über ihr Gesicht aus. Wenn Lola lächelte, dann lächelten auch immer die zehntausend Sommersprossen auf ihrer blassen Gesichtshaut.

Victor fand das einfach umwerfend. Sie hatte nicht eine einzige Sommersprosse, dafür hin und wieder einen gräßlichen Pickel am Kinn, den sie sorgfältig abdecken mußte. Eine blöde Sache …

„Also?“ fragte Victor.

Lola nickte bedächtig. „Ich denke, das ist was für uns. Da könnte was draus werden.“

„Aber was?“

„Laß mich überlegen.“ Lola lehnte sich zurück und schloß die Augen. Sie hatte nicht nur rote Haare, sondern auch rote Wimpern. Sie war wirklich ein auffallender Typ.

Doch ein auffallender Typ war auch Victor mit ihren nachtschwarzen, streichholzkurzen Haaren, die sie immer, bei Schnee und Regen, aber auch bei glühender Sommerhitze, unter einem schwarzen Schlapphut verbarg.

„Glaubst du nicht“, drängte Victor, „daß wir genau die richtigen für diesen Job sind? Ich meine, wir sind neugierig, jung und engagiert – alles, was die wollen.“

„Aber können wir auch schreiben?“ fragte Lola zweifelnd.

„Und wie! Erinnere dich bitte an das portugiesische Tagebuch, das sie von unserer Interrail-Tour in der Zeitung abgedruckt haben.“

„Nicht das ganze Tagebuch, bloß ein paar Seiten.“

„Immerhin! Und Fotos von uns haben sie gebracht! Wir sind doch praktisch schon so etwas wie gelegentliche Mitarbeiter beim *Anzeiger.* Außerdem

13 0052-24

hab' ich für meinen letzten Deutschaufsatz vierzehn Punkte gekriegt."

Lola dachte nach. Dabei zog sie ihre kleine Nase kraus.

Victor sprang ungeduldig auf. „Also, was hocken wir hier noch rum! Wir fangen einfach an!"

„Und womit?" Gehorsam erhob sich auch Lola.

Victor ging zum Tandem. „Wir fahren hin und reden mit dem Typ. Erzählen ihm, daß wir genau die Leute sind, die er sucht. Halt! Nimm die Zeitung mit! Wie heißt der Reporter?"

„Fred Tobermann", sagte Lola. Sie stopfte die Zeitung vorn in ihre Jeanslatzhose. Lola liebte Latzhosen aus Jeans, obwohl sie völlig aus der Mode waren. Weil man zur Zeit keine neuen Latzhosen kaufen konnte, mußten die alten immer wieder liebevoll geflickt werden. Ganze Nachmittage verbrachte Lola damit, Herzchen und Sternchen und Lederflicken auf die durchgescheuerten Stellen zu nähen.

„Auf zu Fred Tobermann", sagte Victor. Strahlend stieg sie aufs Rad und wartete, bis auch Lola aufgestiegen war.

„Klingt ein bißchen wie Dobermann, findest du nicht?"

„Die sind groß, aber gutmütig", sagte Lola.

Victor drückte ihren Schlapphut etwas fester auf den Kopf. „Ich wette, jetzt kommt wieder Pep in unser Leben“, rief sie strahlend, während sie in die Pedale trat.

Die Redaktionsräume des *Anzeigers* waren in einem Hinterhaus in der Fußgängerzone untergebracht. Man mußte durch einen Torbogen, in dem riesige Papierrollen gestapelt waren, dann vorbei an der Druckerei, die einen ohrenbetäubenden Krach machte, und schließlich stand man vor einer Milchglastür, auf der *Anzeiger-Redaktion* und *Verwaltung* stand.

Lola und Victor hatten das Tandem an einen Müllcontainer im Hof gelehnt.

„Sehen wir anständig aus?“ fragte Victor unsicher.

Lola lachte. „Das mußt du gerade fragen! Du siehst doch immer anständig aus.“ Victor trug eine grell geblümte schlabbrige Baumwollhose, dazu ein überweites Oberhemd ihres Vaters, nach alter Methode schwarz gefärbt, und natürlich ihren Schlapphut. Am Arm klimperten drei Dutzend Messingreifen, die sie auf dem Flohmarkt billig erstanden hatte. Wie immer waren ihre Lippen tiefrot geschminkt, und ihre nachtschwarzen Augen machten auf manche Leute den Eindruck, als habe sie lange kein Auge zugetan. Was aber nicht stimmte.

Lola trug zu ihrer geliebten Latzhose ein zitronenfaltergelbes T-Shirt und die schon erwähnten Glitzerballerinas.

„Wir sehen nicht gerade aus wie brave Bürgertöchter“, stellte Lola nach der Inspektion fest, „aber schön.“

Victor grinste. „Außerdem soll der Dobermann uns nicht schön oder häßlich finden, sondern uns einen Job geben.“

„Tobermann.“

„Was?“

„Der Mann heißt Tobermann. Red ihn ja nicht mit Dobermann an, dann kannst du ihn gleich Ajax oder Wotan nennen, und wir kriegen in hundert Jahren keinen Job. Wer geht zuerst?“

„Wir gehen zusammen!“ Victor drückte die Klinke herunter, und gemeinsam schoben sie sich durch die Tür.

Die Redaktion bestand nur aus einem einzigen riesigen Raum mit alten Schreibtischen und einem Urwald von Grünpflanzen, der die einzelnen Arbeitsplätze voneinander trennte. Man hörte das hektische Klappern von Schreibmaschinen und das Tickern der Fernschreiber. Im Hintergrund brüllte jemand: „Dieser verdammte Artikel ist zwanzig Zeilen zu lang!“

Victor warf Lola einen vielsagenden Blick zu. „Wenn das Tobermann war, dann gnade uns Gott. Der hat ja eine Stimme wie eine Barockposaune!“

Heftig gestikulierend kamen zwei Männer auf sie

zu. Der eine trug einen Stapel Manuskripte unter dem Arm, der andere schleppte eine Schreibmaschine.

Beherzt trat Lola ihnen entgegen. „Äh ... hallo ... guten Morgen“, sagte sie zaghaft.

Der mit der Schreibmaschine blieb stehen. Er schaute Lola mißbilligend an. „Wenn ihr zur Anzeigenabteilung wollt: dritte Tür rechts.“ Schon war er weiter.

„Was?“ Lola wandte sich hilfesuchend an Victor. „Was hat der Typ gewollt?“

Victor hob die Schultern. „Er hat irgendwas verwechselt, nehme ich mal an. Wir müssen uns an Frauen halten, Frauen sind immer netter.“ Sie deutete auf eine junge Frau, die Jeans und einen selbstgestrickten Pulli trug und an einem Computer saß.

Victor kurvte um einen Gummibaum herum, stieß ihren großen Zeh an einem Drehstuhl, der irgendwie im Weg stand, und räusperte sich, als sie dicht hinter der Frau stand. „Tut mir leid, wenn ich störe.“

Die Frau tippte weiter etwas in den Computer. „Mir auch.“ Sie schob ihre Brille zurecht und stierte auf den Bildschirm, auf dem lauter Zahlen und Buchstaben aufleuchteten.

„Ich ... äh ... wir ... also, meine Freundin Lola und ich ...“, begann Victor. Dann stockte sie.

Die Frau hörte offenbar gar nicht zu. „Da ist der

blöde Fehler!“ rief sie und tippte mit dem Stift auf den Bildschirm. „Genau da! Aber wie krieg’ ich das verdammte Ding wieder raus?“

„Hier wird ganz schön oft geflucht“, stellte Victor fest, während sie sich zum Bildschirm vorbeugte und interessiert auf den Fehler starrte. Sie hatte keine Ahnung, was die Frau meinte.

„Wie bitte?“ Jetzt endlich drehte sich die Frau um und starrte Victor an. Sie nahm die Brille ab, weil sie wahrscheinlich weitsichtig war, und studierte Victor etwas genauer.

Victor spürte, daß sie ein bißchen rot wurde. „Ich, äh... wir würden gerne Fred Dobermann sprechen.“

Als sie den entgeisterten Blick der Frau bemerkte, verbesserte Victor sich hastig. „Tobermann. Mit T natürlich. Ich meine natürlich Tobermann.“

Die Frau begann plötzlich zu lachen. „Dobermann klingt toll. He, Freddie!“ Sie stand auf und brüllte durch den Raum. „Steh mal auf und zeig, daß du kein Hund bist. Hier halten dich ein paar Mädchen für einen Dobermann.“

Victor wurde feuerrot. Hilflos schaute sie sich zu Lola um, die irgendwie versuchte, unsichtbar zu werden, was aber bei ihrer leuchtenden Haarpracht kaum gelingen konnte.

„Hat hier jemand was von einem Hund gesagt?“

Ein kleiner älterer Mann mit Schnurrbart und Baskenmütze tauchte aus dem Hintergrund auf. Er hatte einen Kugelschreiber hinter sein abstehendes rechtes Ohr geklemmt. Victor fragte sich, ob sein Ohr immer so abstand oder nur, wenn er den Kugelschreiber dahinterklemmte.

„Kümmer dich mal um die Mädchen", sagte die Frau mit dem selbstgestrickten Pulli, „ich hab' gerade diesen verdammten Fehler gefunden. Wenn ich ihn jetzt nicht erwürge, entwischt er mir wieder."

Fred Tobermann kam näher. Er schaute Victor neugierig an. Dann warf er einen Blick auf Lola. Victor machte Lola verzweifelt Zeichen, näher zu kommen.

„Ihr wollt mich sprechen?" fragte Fred Tobermann schließlich.

Victor schluckte. Sie nickte. Sie mußte sich schon wieder räuspern. „Wir haben den Artikel im *Anzeiger* gelesen", sagte sie scheu. „Sie suchen doch Mitarbeiter."

„Aha." Fred Tobermann hob die Augenbrauen. „Und das wollt ihr also sein, wie? Unsere neuen Mitarbeiter. Wir hatten, ehrlich gesagt, eigentlich nicht an Kids gedacht, sondern an ausgewachsene Leute, Studenten oder so."

„Wir gehen aufs Schiller-Gymnasium", erklärte Lola. Ihre Augen blitzten. „Außerdem haben wir schon mal für den *Anzeiger* geschrieben."

„So, aha." Fred Tobermann schaute immer noch ratlos von Victor zu Lola. Er wußte offenbar nicht recht, was er von den beiden halten sollte.

„Außerdem sind wir keine Kids mehr", sagte Victor, die plötzlich Mut gefaßt hatte. „Wir haben schon mittlere Reife."

„Mittlere Reife. Ha, das ist so etwas wie ein mittelalter Camembert, was? Nicht mehr ganz fest, aber auch noch nicht zerlaufen. Das nennt man auch mittlere Reife."

„Das ist doch Käse!" rief Lola.

Fred Tobermann grinste. „Eben. Sag' ich ja."

Victor seufzte. „Wenn Sie uns veräppeln wollen, können wir ja wieder gehen. Komm, Lola. Hat keinen Zweck."

Lola nickte. Sie schaute Fred Tobermann wütend an. „Ich frag' mich bloß, warum Sie so einen Quatsch in Ihrer Zeitung drucken, wenn Sie das gar nicht ernst meinen." Sie warf ihre rote Lockenmähne aus dem Gesicht und schritt, jeder Zoll eine Königin, auf die Tür zu. Victor schob den Schlapphut etwas tiefer in die Stirn und folgte ihr wortlos.

Fred Tobermann schaute sich amüsiert diesen Abgang an. Als die beiden an der Tür waren, rief er sie zurück. „He, wartet mal, ihr zwei Grazien. Laßt uns doch mal reden."

Lola drehte sich um. „Worüber? Über Käse?"

Der Redakteur lachte. Inzwischen hatten schon ein paar andere Mitarbeiter die Köpfe herumgedreht und hörten zu, während im Hintergrund eine Fernsehsendung lief und aus einem Lautsprecher schnarrend ein Bericht vorgelesen wurde. Aber niemand interessierte sich offenbar dafür.

„Nein. Mal ganz im Ernst." Der Redakteur holte die beiden Mädchen ein und stellte sich vor die Tür. „Ihr habt schon mal für den *Anzeiger* geschrieben? Was denn?"

„Eine Urlaubsgeschichte", sagte Lola patzig. „Aber die hat Ihnen bestimmt nicht gefallen."

„Das war nämlich garantiert kein Käse", fügte Victor hinzu.

Fred Tobermann lachte. „Ihr seid ja ganz schön sauer, was? Versteht ihr keinen Spaß?"

„Nur, wenn wir auch darüber lachen können", sagte Victor.

„Also, jetzt mal ganz ruhig und ganz von vorn." Fred Tobermann verschränkte die Arme vor der Brust und schenkte den Mädchen einen freundlich-aufmerksamen Blick. „Ihr wollt also für den *Anzeiger* arbeiten. Wie habt ihr euch das vorgestellt?"

Lola und Victor sahen sich hilflos an. „Keine Ahnung", sagte Lola, „ich dachte, das würden wir von Ihnen hören."

„Genau." Fred Tobermann nickte. „Das wolltet ihr von mir hören." Er grinste plötzlich und sagte mit entwaffnender Ehrlichkeit: „Bloß, ich weiß es selber nicht genau. Ich brauch' einfach mehr Geschichten aus der Stadt. Geschichten, an die wir nicht rankommen. Unser Verleger ist ein Geizhals, wißt ihr, er hat mir für den Lokalteil nur einen Reporter bewilligt. Und der rast von einer Hauptversammlung des Kaninchenzüchtervereins und einer Gerichtsverhandlung zur anderen und kommt nicht dazu, richtig schöne Storys auszugraben. Aber wir brauchen schöne Storys. Nicht immer diese langweilige Soße."

„Stimmt", sagte Victor.

Fred Tobermann schaute sie an. „Du findest den *Anzeiger* wohl langweilig?"

Victor hob die Schultern. Sie wollte Fred Tobermann keineswegs beleidigen, schließlich sollte er ihnen zu einem Job verhelfen.

„Wie man's nimmt", sagte sie gedehnt. „Manchmal ist es ganz schön öde."

„Uns fällt bestimmt was ein", sagte Lola schnell. „Wir haben jetzt unheimlich viel Zeit, weil Herbstferien sind. Außerdem kennen wir einen Haufen Leute..."

„Und ich will später sowieso mal Journalistin werden", sagte Victor.

Fred Tobermann hob wieder die Augenbrauen.

„Ach, du auch?"

„Wieso?"

„Weil ungefähr zweihundert Kids in dieser Stadt später mal Journalist werden wollen, wie eine Umfrage ergeben hat. Offenbar fällt den jungen Leuten nichts anderes mehr ein. Ich schätze, ich muß mich an meinem Schreibtisch festketten lassen, damit mir von euch niemand meinen Job wegnimmt."

„Vor mir müssen Sie sich nicht fürchten", unterbrach Lola, „ich geh' später mal zum Theater. Erst nach New York auf die Schauspielschule..."

„...und dann gleich ans Deutsche Schauspielhaus, was?" Fred Tobermann schüttelte amüsiert den Kopf. „Euer Selbstbewußtsein möchte ich haben."

„Also was ist nun, haben wir den Job oder nicht?"

Der Redakteur nahm seinen Kuli hinter dem Ohr ab, ging zum nächstbesten Schreibtisch, hob ein leeres Blatt vom Stapel und drückte Victor Zettel und Kuli in die Hand. „Hier, schreibt eure Adressen und eure Telefonnummern auf." Er kramte in seiner Jackentasche und förderte eine zerknitterte Visitenkarte hervor. „Und das ist meine Nummer. Redaktionszeit immer von zehn bis sieben. Wenn ihr eine interessante Story ausgegraben habt, könnt ihr mich jederzeit anrufen. Und ich sag' euch dann, ob ich die drucken kann oder nicht."

Er nahm den Zettel und studierte die Namen.

„Victoria", sagte er verblüfft, „du heißt Victoria wie die Großmutter der englischen Königin?"

„Genau. Und wie *meine* Großmutter", antwortete Victor. „Aber Sie können mich Victor nennen. Auf Victoria reagiere ich nämlich allergisch."

Lola steckte die Visitenkarte ein. „Und wie ist das mit der Bezahlung?"

„Was? Geld wollt ihr auch? Ich denke, ihr macht das nur aus Spaß?"

„Arbeit macht aber mehr Spaß, wenn man dafür auch bezahlt wird", sagt Lola unbeeindruckt.

Fred Tobermann holte tief Luft. „Also: Wir zahlen Erfolgshonorar und Zeilenhonorar. Wenn ihr eine Story abliefert und sie auch ins Blatt kommt, kriegt ihr pro Zeile dreißig Pfennig."

Victor versuchte auszurechnen, wieviel Geld man dann wohl für einen Artikel bekam. Bei hundert Zeilen waren das dreißig Mark. Irgendwie verdammt wenig, dachte sie.

„Wenn es eine besonders gute Geschichte ist", sagte Fred Tobermann, „zahlen wir vielleicht ein bißchen mehr. Und wenn es eine besonders lange Geschichte ist, bringt es richtig Kohle. Aber: keine Veröffentlichung, kein Geld. Ist das klar?"

Victor und Lola nickten. „Wir denken darüber nach", erklärte Lola. Sie streckte dem Redakteur die Hand hin. „Mir gefällt Ihre Baskenmütze", sagte sie,

„vielleicht kauf' ich mir von dem ersten Geld, das ich hier verdiene, auch so eine."

Dann waren sie wieder draußen. Wortlos gingen sie zu ihrem Tandem. Wortlos schoben sie es über den Hof zum Ausgang.

Erst als sie wieder in der Fußgängerzone im Gewimmel der Passanten standen, wagten sie, sich anzusehen.

Lola lächelte hilflos. „Das war der blödeste Augenblick meines Lebens."

„Ehrlich? Ich fand's bloß komisch."

„Camembert", Lola tippte sich an die Stirn, „Camembert! Der Typ hat doch eine Meise. Hält der uns für bescheuert?"

„Das hat er doch unheimlich deutlich zum Ausdruck gebracht." Victor schob einen kleinen Jungen beiseite, der bettelnd die Hand ausstreckte. „Geh weg, Kleiner, ich hab' keine Zeit, mit dir Jo-Jo zu spielen." Sie wandte sich wieder an Lola. „Aber der Camembert wird sich noch wundern, der kennt uns nämlich nicht."

Lola lachte. „Und der weiß nicht, was Frauen-Power ist."

„Also werden wir es ihm zeigen."

Lola und Victor wollten sich gleichzeitig aufs Rad schwingen, aber der kleine Junge verstellte ihnen den Weg. „Ich will doch nicht Jo-Jo spielen", sagte er.

„Ich hab' ja gar kein Jo-Jo."

„Na also. Dann wär' das Problem ja gelöst." Victor wuschelte ihm einmal durch die Haare. „Such dir ein paar andere Leute. Wir sind einfach zu alt, um mit dir zu spielen, Kleiner."

Der Junge trat einen Schritt zurück. Er schaute Lola und Victor aus großen Augen an. Es war ein schmächtiges, blasses Kind, dessen Gesicht fast nur aus Augen zu bestehen schien.

Lola lächelte gutmütig. „Bestimmt hast du noch nie so ein Fahrrad gesehen. Stimmt's?"

Der Junge nickte bedächtig. Aber er traute sich nicht, noch etwas zu sagen. Er schaute Victor und Lola nur stumm hinterher, als sie im Slalom die Blumenkübel der Fußgängerzone umrundeten.

„Eine Story!" Victor raufte sich die kurzen Haare. „Wo kriegen wir um Himmels willen eine Story her?" Sie hockten in Lolas Zimmer, besser gesagt: Sie aalten sich auf dem Fußboden, tranken mit dem Strohhalm einen glühendheißen Jasmintee aus Cocktailgläsern und hörten Jennifer Rush. Victor hatte Jennifer Rush sozusagen wiederentdeckt. „Ich fahr' total ab auf ihre Stimme", sagte sie.

Lola verdrehte nur die Augen. Sie bevorzugte Klassik; Händel, Bach, Mozart und so. Aber davon bekam Victor, wie sie behauptete, Hautausschlag.

Lola robbte bis zum Plattenspieler vor und stellte die Musik etwas leister. „Daddy ist da“, sagte sie. „Er arbeitet an seinem neuen Buch.“

„Oh.“ Victor legte erschrocken die Hand vor den Mund. „Hab’ ich nicht gewußt. Müßten wir die Küche nicht aufräumen?“

Sie hatten nachmittags Waffeln gebacken und die ganze Küche mit einer feinen Schicht Puderzucker bestäubt, weil der Streuer nicht richtig zugeschraubt war.

Lola schüttelte den Kopf. „Wenn Daddy arbeitet, sieht er sowieso nichts. Ich mach’ das heute abend.“ Sie zog eines der bunten indischen Kissen vom Bett und schob es sich unter den Bauch. „Wir hätten in den Herbstferien wegfahren sollen. Das wär’ vernünftiger gewesen, als hier rumzuhocken. Das Leben ist viel zu kurz, um auf irgendeinen Spaß zu verzichten.“

„Und meine Brieftasche ist viel zu leer, um wegzufahren“, entgegnete Victor. „Wie oft soll ich dir das noch sagen?“

„Dann hätten wir Zeitungen austragen sollen. Am Ferienanfang haben die noch Leute gesucht.“

„Aber jetzt nicht mehr. Ich hab’ mich schon erkundigt. Sag mal, können wir die Musik nicht ein kleines bißchen lauter machen?“

Lola schüttelte unbarmherzig den Kopf.

In diesem Augenblick klingelte es an der Haustür. Lola sprang auf. „Das ist bestimmt der Mann, der die Waschmaschine reparieren soll. Das blöde Ding geht alle drei Wochen kaputt."

„Ich komm' mit", rief Victor. Sie rannten die Treppen hinunter.

Draußen stand Gipsy, Victors kleiner Bruder. Gipsy hieß eigentlich Gilbert, aber alle fanden, daß er ein bißchen wie eine Mischung aus Indianer und Zigeuner aussah. Er trug am liebsten Federschmuck wie von einem Sioux-Indianer und ein rotes, mit Fransen umsäumtes Halstuch. Das Halstuch liebte er sehr: Sein Vater hatte es einmal von einer Spanienreise mitgebracht. Victor hatte immer den Verdacht, daß das Tuch eigentlich für sie bestimmt gewesen war; aber weil ihr kleiner Bruder vor Begeisterung fast ausgerastet war, hatte keiner in der Familie gewagt, es ihm wieder wegzunehmen. Dafür hatte Victor dann als Mitbringsel ein winziges Flugzeugmodell bekommen. Na ja, Schwamm drüber...

„Mami hat gesagt, du sollst mit mir spielen", erklärte Gipsy. Er zog die Nase hoch. „Mami muß nämlich zum Zahnarzt."

„Hast du kein Taschentuch?" fragte Victor gereizt.

Gipsy zog noch ein bißchen lauter die Nase hoch. „Weiß nicht."

„Komm, ich schau' mal nach." Lola bückte sich

und zog ein feuchtes Papiertaschentuch aus einer Hosentasche, das sie ihm mit spitzen Fingern hinhielt. „Hier."

Gipsy schaute das Taschentuch an. Dann schüttelte er den Kopf. „Das faß' ich nicht an." Er nahm Victors Hand. „Kann ich mit euch spielen?"

Victor verdrehte die Augen. „Erst ausschnupfen."

„Also gut." Todesmutig nahm Gipsy das Taschentuch und schneuzte sich so, daß sich Lola und Victor die Ohren zuhalten mußten. Dann rannte er an den beiden vorbei in die Küche und ließ das Taschentuch im Mülleimer verschwinden.

Die beiden Mädchen folgten ihm. Gipsy schaute neugierig auf den Küchentisch. „Mhmh, lecker. Habt ihr Waffeln gemacht?"

„Haben wir." Victor wollte ihn wieder aus der Küche ziehen. Aber Gipsy ließ sich nicht abschütteln. Er zog seinen Zeigefinger durch die Puderzuckerschicht und schleckte ihn ab.

Dann schaute er seine große Schwester vorwurfsvoll an. „Ihr backt Waffeln und sagt mir nicht Bescheid. Das ist gemein. Waffeln sind mein Lieblingsgericht."

„Und ich liebe Jungen, die einem nicht auf die Nerven gehen", sagte Victor gereizt. Sie liebte ihren Bruder, aber sie haßte es, wenn sie sich zu oft um ihn kümmern mußte. Irgendwie kam man dann zu

14 0052-24

nichts mehr: Man konnte sich nicht in Ruhe unterhalten, man konnte sich nichts mehr vornehmen – so ein kleiner Bruder war irgendwie nervtötend.

Entschuldigend sah sie Lola an. „Tut mir leid."

Lola hatte gerade den Teller mit den Waffeln aus der Speisekammer geholt. „Wieso?" fragte sie fröhlich.

„Wegen dieser Nervensäge hier." Victor deutete auf Gipsy, der bereits nach den Waffeln grapschte.

„Gipsy ist doch süß." Hingerissen schaute Lola zu, wie er in Sekundenschnelle die erste Waffel verdrückte, sich seine Zuckerschnute ableckte und schon nach der nächsten Waffel schielte.

„Ich weiß, daß du ihn süß findest", meinte Victor seufzend. „Ich würde ihn wahrscheinlich auch süß finden, wenn ich ihn nicht großgezogen hätte ..."

„Du hast mich überhaupt nicht großgezogen! Mami und Papi haben mich großgezogen!" Gipsy boxte seine Schwester in die Seite.

Victor zog sich bis zum Küchenschrank zurück. „Okay, Kleiner. Schon gut. Laß dir die Waffeln schmecken. Aber du hast keine Ahnung, wie oft ich deine Windeln wechseln mußte, als du noch ein Baby warst und Mami im Geschäft war. Du hast geschrien wie Rumpelstilzchen."

Gipsy hüpfte vergnügt auf einem Bein im Zimmer herum und quiekte wie ein Schweinchen. „So?" fragte er verschmitzt. „War ich so ein Rumpelstilzchen?"

„Genau so."

Plötzlich flog eine Tür auf. Professor Könke, Lolas Vater, stürzte herein. „Was ist das für ein Lärm ... könnt ihr nicht ..." Er stockte, als er Gipsy erblickte. „Oh", sagte er. „Wir haben Besuch."

„Das ist Gipsy, mein kleiner Bruder." Victor war vor Verlegenheit ganz rot. „Entschuldigen Sie. Aber er benimmt sich immer so albern. Stell dich anständig hin, Gilbert, und sag Lolas Vater guten Tag. Aber vernünftig!"

Gipsy leckte die Finger ab und streckte sie dann dem Professor hin. „Tag."

„Tag", sagte der Professor. Er vermied es, Gipsys Hand anzufassen.

„Tut mir leid", murmelte er, „ich wollte nicht den Haustyrannen spielen; aber Tatsache ist, daß ich gerade an einem sehr wichtigen Kapitel über Schmetterlinge ..."

„Schmetterlinge?" schrie Gipsy begeistert. „Kann ich die mal sehen?"

„Nicht jetzt! Nicht heute!" Sanft drängte Lola den kleinen Jungen an ihrem Vater vorbei. „Wir verschwinden, Daddy. Wir lassen dich in Ruhe. Die Küche räum' ich nachher auf, okay?"

„Okay." Der Professor nickte ergeben. „Hast du ans Einkaufen gedacht?"

„Nee, aber mach' ich gleich. Heute abend gibt es Omelette und Salat."

„Gut." Der Professor nickte zerstreut. Er hatte anscheinend gar nicht richtig zugehört. Ungeduldig wartete er, bis die drei verschwunden waren.

Da standen sie nun draußen.

„Und jetzt?" fragte Gipsy hoffnungsvoll.

„Keine Ahnung." Victor seufzte. „Ich hätte so gerne noch die zweite Seite von dem Jennifer-Rush-Album gehört."

„Wir könnten auf den Spielplatz gehen!" schrie Gipsy. Er hopste vor Vergnügen. „Auf dem Spielplatz gibt es eine ganz tolle Rutsche. Ben rutscht da jeden Nachmittag."

„Toll. Und wer ist Ben?" fragte Lola.

„Das ist ein Freund aus dem Kindergarten. Jeden Nachmittag geht seine Mutter mit ihm auf den Spielplatz."

„Bitte, bitte, einmal rutschen!" sagte Gipsy flehend.

Lola gab ihm einen Kuß. „Paß auf, Kleiner, ich mach' dir einen Vorschlag. Wir gehen jetzt erst mal ein paar Sachen einkaufen, und dann zum Spielplatz, okay?"

„Dauert einkaufen lange?" Gipsy war nicht sicher, ob er das Angebot annehmen könnte.

„Nee, geht ganz schnell. Wir gehen bloß zum

Supermarkt in der Klenzestraße. Da gibt es alles."

„In Ordnung." Gipsy nickte. Er drängte sich zwischen Victor und Lola und streckte seine Hände hoch. Das war für ihn das Schönste: zwischen den Mädchen zu gehen und nach jedem vierten Schritt einmal mit Schwung in die Luft geworfen zu werden. Eins – zwei – drei – schwupp! Eins – zwei – drei – schwupp! Gipsy jauchzte vor Vergnügen.

Lola und Victor warfen sich über den semmelblonden Kopf des Jungen einen langen Blick zu. Kleine Brüder sind ganz schön anstrengend.

Als sie sich dem Supermarkt näherten, ließ Gipsy die beiden plötzlich los. Er rannte ihnen voraus und blieb dann stehen.

In der Nische eines Schaufensters, das von oben bis unten mit Plakaten über Sonderangebote vollgeklebt war, hockte ein etwa achtjähriger Junge auf dem schmalen steinernen Vorsprung. Er hatte den Kopf zwischen die Knie geklemmt und rührte sich nicht. Seine dünnen nackten Beine steckten in gelben Gummistiefeln. Er trug eine kurze blaue Hose und einen ausgeleierten Pulli, dessen Ärmel ausgefranst waren. Gipsy, der sich genau vor ihm aufgebaut hatte, konnte nur seine schwarzen zerwühlten Haare sehen. Irgend etwas faszinierte ihn an dem Anblick des Jungen, denn er blieb wie angewurzelt vor ihm stehen.

„Gipsy!" rief Victor ungeduldig. „Was soll das? Was starrst du den Jungen so an?"

Gipsy reagierte nicht. Statt dessen ging er noch einen Schritt dichter an den fremden Jungen heran. Dann bückte er sich und versuchte, von unten in das Gesicht des Jungen zu blicken.

„He", sagte er leise, „bist du traurig?"

Der Junge versuchte, den Kopf noch tiefer zwischen die Knie zu drücken. Er wollte offensichtlich in Ruhe gelassen werden. Allen war das klar, nur Gipsy nicht. Er tippte ihn auf die Schulter. Der Junge wehrte ab, aber er rutschte ein Stück zur Seite.

Gipsy verstand das sofort. Er setzte sich neben den fremden Jungen und versuchte, genau dieselbe Haltung einzunehmen.

Lola und Victor betrachteten kopschüttelnd die Szene. „Manchmal hat Gipsy echt einen Knall", meinte Victor. „Ich glaub', er will, daß ich ihn da wegzerre."

Victor ließ Lola stehen und ging mit ihrem strengen Große-Schwester-Gesicht auf Gipsy zu. Als ihr Schatten auf die beiden Jungen fiel, hob Gipsy den Kopf. „Laß mich", sagte er. „Ich bleib' hier."

„Unsinn, du kommst mit." Victor wollte Gipsy hochziehen. Als er sich wehrte, hob der andere Junge den Kopf.

Er schaute Victor aus großen, tränenverschmierten Augen an. Sein Gesicht war ganz bleich und hager. Es gab Victor einen Stich, als sie ihn erkannte. Das war der Junge, der sie gestern in der Fußgängerzone angesprochen hatte! Sie war plötzlich ganz sicher: genau derselbe Junge. Was hatte er noch zu ihnen gesagt? Victor erinnerte sich, daß sie irgendwelchen Blödsinn über ein Jo-Jo gequasselt hatte. Der Gedanke daran machte sie ein bißchen verlegen, als sie den traurigen Jungen anschaute.

Der Junge fuhr zusammen, als er merkte, daß Victor ihn wiedererkannt hatte. Er wurde ganz steif.

Gipsy beugte sich vor und schaute ihm neugierig ins Gesicht. „Hast du geweint?" fragte er.

Da sprang der Junge auf, wischte sich mit dem ausgefransten Pulloverärmel über das Gesicht und rannte blindlings davon. Er stürzte zwischen den abgestellten Fahrrädern hindurch, quetschte sich zwischen die Stoßstangen der parkenden Autos und rannte auf die Straße, ohne nach rechts und links zu sehen.

Victor blieb vor Schreck fast das Herz stehen.

Bremsen quietschten, ein Radfahrer schimpfte mit kreischender Stimme. Und plötzlich war es ganz still. Gipsy schob ängstlich seine kleine Faust in Victors Hand.

„Himmel", flüsterte Victor. „Ich glaube, sie haben ihn überfahren."

Als Lola plötzlich neben ihnen auftauchte, konnte Victor kein Wort sprechen. Ein Kloß saß ihr im Hals. Irgendwie fühlte sie sich schuldig an dem Unfall …

Sie rannte los. Lola umklammerte Gipsys Hand. „Du bleibst hier“, flüsterte sie.

Victor rannte zur Straße. Ein weißer VW-Polo stand mitten auf der Straße. Die Fahrerin schimpfte: „Beinahe wäre er mir direkt ins Auto gelaufen!“

„So etwas Unverantwortliches!“ rief ein Radfahrer. „Kleine Kinder müssen beaufsichtigt werden!“ Als er Victor entdeckte, schrie er sie an: „War das dein Bruder?“

Victor überquerte die Straße und begann zu laufen. Einfach in irgendeine Richtung. Plötzlich sah sie eine kleine Gestalt in gelben Gummistiefeln, die eben um die Ecke rannte. Ohne genau zu wissen warum, rannte Victor hinterher.

Der Junge war unheimlich schnell. Wieselflink sauste er die Bürgersteige hinauf und hinunter, verschwand in Nebenstraßen, hinter Litfaßsäulen und Lastwagen, und jedesmal dachte Victor: Jetzt ist er weg.

Einmal schaute er sich zu ihr um. Er blieb sogar stehen und ließ sie auf fünfzig Meter an sich herankommen. Victor konnte sein bleiches Gesicht und die großen Augen ganz deutlich sehen. Sie hob den

Arm und winkte. „Bleib stehen!“ keuchte sie. „So bleib doch stehen, verdammt noch mal! Ich will dich doch bloß was fragen!“

Und Victor dachte: Was will ich ihn eigentlich fragen?

Sie verfiel in Schrittempo. Und genau in diesem Augenblick flitzte der Junge wieder los. Victor segelte der Hut vom Kopf. Sie mußte stehenbleiben, sich bücken, den Staub abklopfen, den Hut wieder aufsetzen – da war der Junge weg.

Victor schnappte nach Luft. Sie hatte Seitenstechen. Sie spürte, daß ihr Gesicht glühte. Ich bin bescheuert, dachte sie. Was renne ich eigentlich hinter diesem Jungen her?

Sie schlenderte die Straße hinunter und schaute aufmerksam die Häuser an. In diesem Viertel war sie noch nie gewesen. Es war eine vollkommen normale Straße mit vollkommen normalen Häusern. Dreigeschossige Mietshäuser, mit kleinen Vorgärten und sauber geschorenem Rasen. Schrecklich langweilig. In den meisten Häusern waren Büros: Es gab keine Gardinen vor den Fenstern, und an den Haustüren rechts und links waren lauter Messingschilder: Steuerberater, Rechtsanwalt, Facharzt für innere Krankheiten und so weiter.

Ein leerer Kinderwagen stand herum. An den Zäunen lehnten Fahrräder. Dann machte die Straße einen Knick nach rechts, und die Vorgärten wurden etwas größer und schöner. Fliederbüsche, Jasminsträucher und dieser Rotdorn, der so intensiv riecht.

Die Häuser sahen aus wie Villen, in denen vor dem Krieg mal reiche Leute gewohnt hatten. Herrschaftlich, aber ein bißchen verkommen. Grau und langweilig. An den Zäunen keine Namen, keine Schilder. Niemand kam raus, und niemand ging rein.

Enttäuscht drehte Victor sich um und ging den ganzen Weg zum Supermarkt wieder zurück.

Lola und Gipsy hockten auf den Treppenstufen, die zum neuen Gebäude der Sparkasse hinaufführten. Sie hielten beide ein riesiges Eis in der Hand. Etwas aufgeweichtes Schokoladeneis rann Gipsy durch seine kleinen dicken Finger. Begeistert schrie er Victor etwas entgegen. Victor konnte es nicht hören, weil gerade ein Laster vorbeidonnerte.

„Was hast du gesagt?“ schrie sie zurück.

„Eskimo-Eis!“ brüllte Gipsy. „Mein Lieblingseis! Hat Lola mir gekauft!“

„Nicht freiwillig“, erklärte Lola seufzend. „Aber irgendwie mußte ich deinen kleinen Bruder ja beruhigen. Der war völlig fertig, als du auf einmal losgerannt bist. Sag mal, wo warst du eigentlich?“

Erschöpft ließ Victor sich neben Lola auf den Stufen nieder. „Kann ich mal schlecken?“

„Erst sagen, wo du gewesen bist!“ verlangte Gipsy.

Victor achtete nicht auf ihn. Sie biß genüßlich ein Stück von dem Eis ab und ließ es im Mund schmelzen.

„Wo warst du?“ wiederholte Lola, die ihre Freundin unverwandt anstarrte.

„Keine Ahnung. In irgendeiner blöden Straße, wo ganz viele Steuerberater und Zahnärzte wohnen.“

Lola wartete. Das kann nicht alles sein, dachte sie. Aber es war alles. Wortlos streckte Victor wieder die Hand nach dem Eis aus.

Aber Lola schüttelte den Kopf. „Hol dir selber eins.“

Victor stand auf und klopfte ihre Rocktaschen ab. „Kein Geld“, sagte sie kleinlaut. Sie setzte sich wieder. „Scheiße!“

„So was sagt man nicht!“ schrie Gipsy begeistert. „Papi schimpft immer, wenn ich das sage. Nur Propheten sagen Scheiße, meint Papi.“

Victor und Lola mußten grinsen. „Das heißt nicht *Propheten,* sondern *Proleten.* Und außerdem ist das alles Blödsinn. Selbst unser Mathelehrer sagt manchmal Scheiße.“

„Wirklich?“ Gipsy riß die Augen auf.

„Ja, wenn er mir meine Arbeit zurückgibt.“ Victor nahm den Hut ab und fuhr sich durch die Haare. Dann sagte sie zu Lola: „Ich bin dem kleinen Zwerg in den gelben Gummistiefeln nachgerannt. Aber ich hab' ihn irgendwie aus den Augen verloren."

„Du bist ihm hinterhergerannt?" fragte Lola gedehnt. „Irgend so etwas habe ich mir gedacht. Die Frau in dem weißen VW war ziemlich sauer. Sie hat einen fürchterlichen Schrecken bekommen. Der Junge ist ihr direkt vor den Kühler gerannt."

Victor nickte. „Ich weiß. Deshalb bin ich wohl auch hinter ihm hergelaufen. Ich dachte, er hat sich was getan. Oder er hat einen Schock oder so was. Ich wollte ihm bloß helfen." Sie seufzte. „Aber das war wohl eine schwachsinnige Idee."

Lola nickte nachdenklich.

„Einmal ist er stehengeblieben. Als wenn er auf mich warten wollte. Ich bin immer so im Abstand von hundert Metern hinter ihm hergekeucht. Ich habe gerufen, er soll warten, ich wollte ihn bloß was fragen. Und da war er weg."

„Komisch." Lola betrachtete ihre Fußspitzen; sie war immer noch ganz hingerissen von den Glitzersteinchen auf den Ballerinas. „Wegen so was läuft man doch nicht weg."

„Der Junge war traurig", erklärte Gipsy.

Lola und Victor schauten ihn an.

„Er hat geweint", sagte Gipsy. „Ich hab' es genau gesehen."

Er setzte sich genau so hin, wie der Junge gesessen

hatte, den Kopf zwischen den Knien. Dann murmelte er etwas, das die beiden nicht verstehen konnten.

„Was?“ rief Victor, „ich kann nichts verstehen. Red deutlich!“

Gipsy hob den Kopf. „Vielleicht hat er seinen Teddy verloren“, meinte er. „Dann ist man immer traurig.“

Lola und Victor sagten nichts. Victor dachte: Der fremde Junge ist höchstens zwei oder drei Jahre älter als Gipsy. Wieso rennt der allein in der Stadt rum? Das gibt es doch gar nicht, daß keiner auf ihn aufpaßt.

Als hätte Gipsy ihre Gedanken erraten, sagte er, während er die klebrigen Finger an den Knien abwischte: „Vielleicht hat er ja auch keine Mami. Wenn man keine Mami hat, ist man traurig.“

Victor seufzte. Sie stützte ihren Kopf in die Hände. „Irgendwie“, murmelte sie, „hab’ ich ein komisches Gefühl bei der Sache. Ich meine, gestern haben wir den Jungen auch schon gesehen. Er kam auf uns zu, weißt du noch? Ich dachte, er wollte betteln.“

„Quatsch, du dachtest, er wollte Jo-Jo spielen. So ein Blödsinn! Wie bist du ausgerechnet auf Jo-Jo gekommen?“

„Weiß ich nicht. Vielleicht, weil Gipsy das immer so gerne spielt, obwohl er keine Ahnung hat, wie es richtig funktioniert.“ Victor schaute Lola fragend an.

„Was glaubst du denn, was er wollte?"

Lola hob die Schultern. „Keine Ahnung. Aber je länger ich darüber nachdenke, desto klarer wird mir eines ..."

„Was?"

„Der Junge wollte, als er uns zum ersten Mal sah, daß wir ihm helfen. Und weil wir das nicht kapiert haben, hat das Schicksal es irgendwie organisiert, daß wir ihn wieder treffen."

Victor rollte mit den Augen. „Ich dreh' durch! Meine Freundin redet auf einmal wie ein Sonntagsprediger."

Gipsy sagte gar nichts. Er dachte darüber nach, wie er die Mädchen endlich dazu bringen könnte, mit ihm zur Rutsche zu gehen.

Nach einer Weile stand Victor auf. Sie blickte einmal nachdenklich auf die Sparkasse, dann zum Supermarkt hinüber, dann in den Himmel, der sich gerade bezog. Und dann sagte sie: „Lola, ich glaube, du hast recht."

Am nächsten Tag goß es in Strömen. Victor lehnte am Fenster und blickte gähnend und schlaftrunken in den triefnassen Garten. Vom Flur hörte man das Dröhnen des Staubsaugers. Victor haßte das Geräusch. Noch schlimmer war es, daß beim Staubsaugen alle Fenster aufgerissen wurden und die Wohnung genauso ungemütlich wie der Wartesaal in einem Bahnhof wurde. Sie kroch wieder unter ihre warme Bettdecke und hielt die Hände vor das Gesicht.

Gipsy huschte ins Zimmer und sprang mit einem Satz auf Victors Bett. „Warum guckst du deine Hände so an?" fragte er.

Victor drehte die Hände vor den Augen hin und her. „Ich will bloß sehen, ob ich schon Schwimmhäute zwischen den Fingern habe."

„Schwimmhäute? Und wieso?"

„Weil wir uns, wenn es noch länger regnet, alle in Wassertiere verwandeln. Und Wassertiere haben nun mal Schwimmhäute zwischen den Zehen. Schau mal auf deine Füße."

Gipsy schob seine kleinen Füße aus den Schlafanzughosen. Er starrte ängstlich seine Füße an. „Ich sehe noch nichts."

„Dann hast du Glück. Aber warte bis morgen. Und jetzt laß mich noch eine Runde schlafen. Ich bin total müde."

„Du bist immer müde. Du bist langweilig!" Beleidigt krabbelte Gipsy über ihren Bauch und rutschte wieder auf den Boden. Wütend knallte er die Tür hinter sich zu.

Victor verschränkte die Arme unter dem Kopf und starrte auf die Regenschlieren, die das Fenster hinunterliefen. Der vierte Ferientag, dachte sie; wird wirklich Zeit, daß wir uns was einfallen lassen. Von wegen: Das Leben ist kurz, also mach was draus. Daß ich nicht lache...

Sie kletterte aus dem Bett, tapste ins Badezimmer und kramte eine Weile in dem Kosmetikschränkchen herum, das eigentlich ihrer Mutter gehörte. Schließlich fand sie, was sie suchte: einen silbernen und einen knallroten Nagellack. Lautlos huschte Victor in ihr Zimmer zurück. Sie stopfte sich die Kissen in den Rücken, breitete ein Handtuch auf der Bettdecke aus und begann, in aller Seelenruhe und Sorgfalt ihre Fingernägel mit dem silbernen Lack zu bepinseln. Dann legte sie die Hände auf die Bettdecke und wartete, bis der Lack trocken war.

Als sie es wagen konnte, stülpte sie sich die Kopfhörer über und schaltete die Kassette ein. Was man an einem Ferienmorgen eben braucht, dachte sie, eine wundervolle Schnulze. Ein Love-Song, der so richtig gut abgeht...

Sie lächelte, schloß die Augen und hörte eine Weile zu. Dann nahm sie den knallroten Nagellack und malte auf jeden silbernen Nagel ein rotes Herzchen.

Schade, dachte sie, als sie ihr Werk betrachtete, daß der Theophil das nicht sieht. In Kunst würde ich glatt eine Eins kriegen. Aber was versteht Theophil schon von Kunst am Fingernagel...

Lola saß mit ihrem Vater am Frühstückstisch. Der Einfachheit halber frühstückten sie immer in der Küche. Der Professor hatte sein Honigbrötchen in kleine Würfel geschnitten, die er nun geschickt mit den zierlichen chinesischen Elfenbeinstäbchen aufpickte und zwischen die Zähne schob.

Lolas Vater aß immer mit Stäbchen, seit Jahrzehnten schon. Er hatte einige Zeit in Taiwan verbracht und sich das Stäbchenessen so angewöhnt, daß er darauf nicht verzichten konnte. Lola fürchtete sich immer, mit ihm zu *McDonald's* zu gehen, weil sie dachte, ihr Vater würde sofort anfangen, einen Big Mac mit Stäbchen zu essen.

„Was macht das Kapitel über die Bärenspinner?" fragte Lola friedlich. „Ist es fertig?"

Lolas Vater legte seine Hände um den heißen Teebecher und schlürfte geräuschvoll, bevor er sich den Mund mit dem Handrücken abwischte. „Fehlen noch vier Seiten", sagte er. „Fehlen nur noch ein paar Sätze über die Duftdrüsen, die ja bei der Gattung der Bärenspinner nicht wie sonst üblich..."

„Noch Tee, Dicki?" fragte Lola hastig. Keinesfalls fühlte sie sich heute morgen in der Lage, einen längeren Vortrag über Duftdrüsen der Bärenspinner anzuhören.

„Gern." Der Professor reichte ihr den Becher.

Lola schaute aus dem Fenster. „Sauwetter, blö-

15 0052-24

des“, seufzte sie. „Wieso ist eigentlich in den Ferien immer schlechtes Wetter, und wenn man zur Schule muß, scheint die schönste Sonne? Kannst du mir das erklären, Dicki?“

Der Professor lächelte. „Das kommt dir bloß so vor.“

„Quatsch. Ich seh's doch! Guck doch nur mal raus! Ich weiß genau, was passiert ist: Petrus hat sich mit den Lehrern verbündet, es ist der alte Kampf der Schüler gegen die Schule. Und Victor und ich wollten so unheimlich gerne eine Tour zum Baggersee machen, mit Picknickkorb und Wolldecke und schönen Büchern und so. Wird wieder nichts draus. Dabei hat es letztes Jahr in den Herbstferien noch richtige Hundstage gegeben.“

„Dann macht doch Picknick im Wohnzimmer. Ein schönes Buch ist immer ein schönes Buch, im Wohnzimmer oder unter dem Kastanienbaum. Dem Buch ist es egal, wo es gelesen wird.“

Lola verdrehte die Augen. „Dicki, du machst mich fertig. Morgens um neun kann ich deine kernigen Sprüche einfach noch nicht verkraften. Ich glaub', ich ruf mal Victor an und hol' sie aus den Federn. Sonst schläft sie wieder bis in die Puppen.“

Der Professor schaute sich blinzelnd in der Küche um. „Müßtest du nicht erst ein bißchen aufräumen?“

„Dicki! Du hast versprochen, in den Ferien nicht

vom Aufräumen zu reden!" Lola stand auf und räumte das Geschirr weg. Ohne ihren Vater zu fragen, ob er fertig sei, schüttete sie die letzten Honigbrotwürfel in den Müll und goß den Tee weg.

Der Professor kannte seine Tochter. Ergeben stand er auf. Die beiden lebten nun schon seit ein paar Jahren miteinander, seit Lolas Mutter auf und davon war. Seitdem kümmerte Lola sich um den Haushalt, einmal in der Woche kam ein Trupp von der Reinigungsfirma *Heinzelmännchen*, um die Fenster zu putzen und die Wohnung auf Hochglanz zu bringen. Ansonsten kamen die beiden ganz gut über die Runden. Über Lolas Mutter wurde kein Wort verloren, das war so abgemacht...

Der Professor faltete die Zeitung auseinander und begann zu lesen. Lola schaute ihm einen Augenblick zu. Sie versuchte die Schlagzeilen auf der Rückseite zu entziffern, aber auf der Rückseite stand nie etwas Spannendes.

Einen Augenblick überlegte sie, ob sie ihrem Vater erzählen sollte, daß sie gestern beim *Anzeiger* gewesen waren. Aber ihr Vater las schließlich nicht den *Anzeiger*, sondern die *Frankfurter Allgemeine Zeitung*. Das war ganz etwas anderes.

Lola griff in die Brusttasche ihrer Latzhose und fischte einen abgegriffenen Briefumschlag heraus. Aus dem Kuvert nahm sie einen viermal gefalteten

Brief. Sie glättete den Briefbogen neben ihrer Tasse und begann zu lesen.

„Hallo Lola, wie geht es Dir? Mir geht es super. Das heißt, es geht mir natürlich nicht mehr so super wie damals, als Du noch in Hamburg gewohnt hast. Kannst Du Dich überhaupt noch an uns erinnern? Von der letzten Fete bist Du ja ziemlich überstürzt abgehauen. Tut mir ehrlich leid, wenn ich mich nicht in Deinem Sinne benommen habe ..., aber ich war irgendwie ein bißchen durcheinander. Ich konnte mich einfach nicht daran gewöhnen, daß Du wegziehen würdest. Es hatte gerade angefangen, so richtig toll mit uns zu sein. Ich weiß, daß es Dir genauso ging. Ich habe ..."

„Ein Brief?" fragte Lolas Vater.

Lola wurde puterrot. Hastig faltete sie den Brief zusammen und schob ihn in die Latzhose zurück. „Nichts Wichtiges", murmelte sie verlegen.

Der Professor lächelte. „Hast du mir ja gar nicht erzählt. Von wem ist denn der Brief?"

Lolas Gesicht glühte. „Mein Gott, Dicki! Ich kann dir doch nicht jeden Brief vorlesen, den ich bekomme. Hast du schon mal was vom Briefgeheimnis gehört?" Sie schüttelte ihre Locken aus dem Gesicht. „Na, also."

Lolas Vater lehnte sich zurück. Er schaute seine Tochter aufmerksam an. „Aha ...", sagte er gedehnt.

„Das ist natürlich etwas anderes. Entschuldige.“

„Was ist etwas anderes?“ rief Lola aufbrausend.

„Ein Liebesbrief. Du hast einen Liebesbrief bekommen. Das mußt du mir natürlich nicht sagen. Soo neugierig bin ich nun auch wieder nicht.“ Lolas Vater nahm die Zeitung wieder auf und begann weiterzulesen.

Eine Weile war es still. Dann sagte Lola zaghaft: „Es ist kein richtiger Liebesbrief. Er ist bloß von Reiner.“

„Ach, von deiner Sandkastenliebe?“ Der Professor lächelte. „Daß der dir noch schreibt.“

Lola warf ihrem Vater einen zornigen Blick zu. „Natürlich schreibt er mir noch! Glaubst du, er hat mich schon vergessen, bloß weil ich seit acht Monaten in einer anderen Stadt lebe?“

Der Professor schüttelte sanft den Kopf. „Ich glaube gar nichts, Kleines. Reg dich nicht auf. Ich will den Brief überhaupt nicht lesen, ich gönne dir doch deine Geheimnisse.“

Lola schluckte. „Okay“, sagte sie leise. Dann schluckte sie noch einmal. „Okay“, wiederholte sie.

Dicki hat recht, dachte sie. Ein Blödsinn, daß ich diesen Brief immer wieder lese. Hamburg ist vorbei. Die Sache mit Reiner ist vorbei. Wenn ich ehrlich bin, ist es ja nie etwas Besonderes gewesen. Der eine Kuß…, den kann man ja nicht mal richtig zählen.

War ja nur Spiel, und alle haben zugeschaut..., mein Gott, ich bin blöd. Ich werde diesen verdammten Brief verbrennen. Ich werde nicht mehr an Reiner denken. Hamburg ist abgehakt. Jetzt findet das Leben hier statt. Verdammt noch mal. Keine Sentimentalitäten, bloß weil es mal regnet. Überall auf der Welt regnet es mal. Und wenn man bedenkt, was für ein Sauwetter immer in Hamburg war!

Der Professor schob seinen Stuhl zurück. Er ging um den Tisch herum und legte seine Hand auf Lolas Haar. „Mir geht es manchmal auch ziemlich mies, Kleines", sagte er zärtlich. „Ich weiß nicht, ob das ein Trost ist. Aber ich wollte nur, daß du es weißt."

Lola schaute zu ihm hoch. Plötzlich mußte sie lachen. Sie legte ihre Hände um seinen Hals. „Im Grunde, Dicki", sagte sie, „haben wir ein ziemlich gutes Leben. Oder?"

„Das finde ich auch, Kleines. Es kommt einfach drauf an, was man daraus macht. Das ist das ganze Geheimnis."

Lola zwinkerte ihm zu. „Eben." Sie stellte das Geschirr im Ausguß zusammen und wartete, bis ihr Vater die Tür seines Arbeitszimmers hinter sich zugezogen hatte. Dann ging sie zum Telefon und wählte Victors Nummer.

„Hallo? Hier spricht Victoria Dahms."

„Und hier spricht die süße Lola."

„Ach, du bist's. Sag mal, weißt du eigentlich, wie früh es ist?"

„Klar. Genau zwölf Minuten nach neun. Sag bloß, du hast bis eben gepennt."

„Wie soll ich denn! Mein kleiner Bruder hat mich schon mit einem Trampolin verwechselt, der Staubsauger wütet durchs Haus, und draußen regnet es."

„Ich weiß."

„Verdammter Mist. Wo wir heute unser Picknick machen wollten."

Pause. Victor biß an der Nagelhaut ihres kleinen Fingers herum, und Lola wischte mit der Hand eine Spinnwebe weg, die sie in der Gardine entdeckt hatte.

„Und jetzt?" fragte Victor.

„Keine Ahnung. Kommst du her?"

„Bei dem Wetter? Es gießt Bindfäden. Komm du doch!"

„Mein Gott, von ein paar Regentropfen stirbt man doch nicht."

„Nee, aber man wird so widerlich naß. Wie weit ist dein Vater denn mit seinem Buch?"

„Das Kapitel über die Bärenspinner ist fast fertig."

„Fast bedeutet aber nicht ganz. Dann können wir immer noch nicht laut Musik hören. Und die Ballettstunde im Wohnzimmer fällt auch aus."

„Richtig."

„Also, dann kann ich ebensogut wieder ins Bett gehen und noch eine Runde schlafen. Ich hab' gehört, schlafen macht schön."

„Mensch, Victor! Sei doch nicht so rasend langweilig! Schlafen können wir, wenn wir tot sind!"

„Ha, ha, woher hast du den Spruch denn? Was Blöderes hab' ich heute noch nicht gehört."

„Ist ja auch erst neun Uhr fünfzehn. Also, ich schlage vor, wir heften uns heute auf die Spur unseres kleinen Freundes. Ich mußte die ganze Nacht an ihn denken. Merkwürdig, nicht? Als wenn der mich irgendwie hypnotisiert hätte."

Einen Augenblick schwieg Victor. Dann fragte sie: „Du meinst den Kleinen mit den gelben Gummistiefeln?"

„Klar, wen sonst?"

„Ich hab' auch schon an ihn gedacht. Es war das erste, was mir beim Aufwachen durch den Kopf ging." Victor nahm das Telefon und trat zum Fenster. Sie schob die Gardine zur Seite. „Sieht so aus, als wenn der Regen etwas nachgelassen hätte."

„Außerdem gibt es so etwas wie Schirme und Anoraks. Zieh dir was Vernünftiges an... Ach, übrigens: Hast du noch einen Film in der Kamera?"

„Ich glaube, mal sehen... Meinst du, ich soll den Fotoapparat mitbringen?"

„Kann kein Fehler sein, oder? Also, ich erwarte

dich in einer halben Stunde."

„Halt! Leg nicht auf! Also, in einer halben Stunde kann ich unmöglich bei dir sein. Ich muß noch unter die Dusche, mich anziehen, ich hab' noch nicht gefrühstückt, und meinen inneren Schweinehund hab' ich auch noch nicht gestreichelt. Sagen wir: in vierzig Minuten." Victor legte auf und wetzte ins Bad.

„Nehmen wir das Tandem, oder gehen wir zu Fuß?" Victor und Lola standen unter dem Vordach und starrten auf die regennasse Straße. Beide hatten sich die blauen Regenmäntel übergestülpt, die Victors Eltern einmal für eine Dänemark-Reise gekauft hatten. Dazu gab es Regenhüte, die man unter dem Kinn festbinden konnte; aber als Lola die sah, hatte sie fast einen Anfall bekommen. So trug Victor wieder ihren Schlapphut und Lola die gelben Schmetterlingsspangen in den roten Haaren, eine ziemlich abenteuerliche Mischung. Aber wen interessierte das schon?

„Wir gehen zu Fuß", beschloß Lola. „Mit dem Tandem fallen wir irgendwie zu sehr auf."

Victor grinste. „Ich möchte bloß wissen, was für eine Art von Abenteuer du erwartest. Verfolgungsjagd oder Detektivspiel oder was?"

„Am besten beides." Lola schaute Victor an. „Hast du die Kamera?"

„Klar, hier." Victor klopfte auf die Tasche ihres Ölmantels. „Ich muß aufpassen, daß das Objektiv nicht naß wird. Dann sind nachher alle Bilder unscharf." Sie mußte plötzlich lachen. „Die Bilder von einem kleinen Jungen mit gelben Gummistiefeln, ziemlich bescheuert, was?"

„Sag lieber, wie die Straße hieß."

„Rosenweg. Geht ab von der Marie-Luisen-Straße."

„Ah, ich weiß schon. Kenn' ich, die Gegend. Komm, gehen wir."

„Und woher kennst du die?" Victor rannte Lola hinterher.

„Erzähl' ich dir später." Sie bogen von der Marie-Luisen-Straße in den Rosenweg ein.

„Hier hab' ich ihn aus den Augen verloren." Victor schaute Lola unschlüssig an. „Warum machen wir das eigentlich? Warum rennen wir diesem Jungen hinterher? Hast du eine Erklärung dafür?"

Lola zögerte. „Ich schätze ... also, ich hab' irgendwie das Gefühl, daß der Junge das von uns erwartet."

„Komisch. Genau das denke ich auch."

Lola nickte. Sie schaute an den Mietshäusern empor. Dann ging sie ein Stück weiter, rechts um die Ecke. Sie deutete auf ein gelbes dreigeschossiges Haus, das ein schönes Jugendstilportal hatte. „Da wohnt Arne."

„Und wer ist Arne?“ Victor schaute an dem Haus empor. Auch die Balkons waren wunderbar verschnörkelt, überall wucherten Efeu und leuchtende Kresseblüten.

„Arne Krüger. Einer aus meiner Klasse. Ich hab' mir neulich mal sein Französisch-Wörterbuch gepumpt. Er hat eins, in dem die ganze Grammatik erklärt ist. Idiotensicher.“

„Schönes Haus“, stellte Victor fest.

„Von drinnen ist es ziemlich verkommen. In Arnes Wohnung sieht es chaotisch aus. Die haben sieben Meerschweinchen, vier Hunde und einen ganzen Sack voll Katzen. Überall stolpert man über Hundefutter und Katzenstreu.“

Victor grinste. „Ist doch witzig.“

„Ich hasse Viecher. Ich krieg' von denen eine Allergie.“

Ein Lieferwagen, auf dem *Wäscherei* stand, fuhr an ihnen vorbei. Der Fahrer bremste und kurbelte das Fenster runter. „Wo ist denn hier das Kinderheim?“ fragte er.

„Was?“

„Wo hier das Kinderheim ist! Habt ihr Bohnen in den Ohren, oder was?“ Der junge Fahrer schaute die beiden ungeduldig an. „Irgendwo in dieser verdammten Straße soll ein Kinderheim sein. Aber keiner kann mir sagen, wo.“

„Hast du denn keine Hausnummer?“ fragte Victor.

Der Fahrer tippte sich an die Stirn. „Wenn ich die Nummer wüßte, hätte ich euch ja wohl nicht gefragt, oder?“ Er gab Gas und fuhr so heftig an, daß der Dreck von den Reifen bis auf den Bürgersteig spritzte.

„Idiot!“ brüllte Victor hinter ihm her. Mit dem Taschentuch wischte sie den Schlamm von ihren Hosen.

Lola pfiff leise durch die Zähne. Sie schaute dem Wagen nach. „Der sucht ein Kinderheim“, stellte sie fest.

„Was du nicht sagst.“ Victor war immer noch sauer. „Von mir aus kann der sein blödes Kinderheim suchen, bis er schwarz wird.“

„Von mir aus nicht.“ Lola schaute immer noch dem Wagen hinterher. Manchmal leuchteten die Bremslichter auf. Dann fuhr er weiter.

Als ihm ein altes Paar entgegenkam, hielt der Wagen. Der Fahrer streckte den Kopf aus dem Fenster, und die Frau deutete zur anderen Straßenseite.

„Da ist es“, sagte Lola.

„Was?“ Victor machte es rasend, daß ihre Jeans ein paar Schlammspritzer abbekommen hatten.

„Das Kinderheim.“

Der Wagen blinkte nach rechts und kurvte vorsichtig auf den Bürgersteig. Dann stieg der Fahrer aus und klappte die Tür des Lieferwagens auf. Er schulterte ein weiß verpacktes Paket und marschierte damit auf ein Gartentor zu.

„Hinterher!“ rief Lola.

Sie setzte sich sofort in Trab. Victor trollte brummend hinterher. „Das Ganze ist ein totaler Blödsinn“, schimpfte sie. „Was machen wir hier überhaupt? Außerdem hat es aufgehört zu regnen. Wir sollten uns echt Gedanken machen, wie wir den Tag vernünftig gestalten können.“

Aber Lola hörte gar nicht mehr zu. Sie verlangsamte ihre Schritte, als sie den Lieferwagen erreicht hatte. Dann schlenderte sie so lässig wie möglich an dem offenstehenden Gartentor vorbei. Am Ende des Zaunes machte sie kehrt und kam wieder zurück.

„Na?“ fragte Victor. Sie hatte einen Blick in den Innenraum des Lieferwagens geworfen. Nichts als Wäschepakete und Körbe mit schmutziger Wäsche. Angewidert hatte sie sich abgewendet.

„Eine alte Villa“, sagte Lola.

„Unten ist irgendwo eine Firma drin. *Martacron* steht an der Tür.“

„Na, toll.“

„Aber von einem Kinderheim steht da nichts.“

„Vielleicht existiert das ja auch gar nicht.“

„Glaubst du?“ Lola sah sich zweifelnd um.

Der Fahrer kam wieder heraus. Aber er war nicht

allein. Eine Frau war bei ihm. Eine alte dicke Frau, die ein buntes Kopftuch um die Haare gebunden hatte. Sie trugen gemeinsam einen schweren Wäschekorb.

Lola lächelte den Fahrer arglos an. „Na, dann haben Sie das Kinderheim ja gefunden“, sagte sie.

Der Fahrer schaute sie an. „Ein Kinderheim soll das sein? Ein Kinderheim?“ Er nahm der Frau den Korb ab und wuchtete ihn allein auf die Ladefläche. Dann knallte er die Türen zu. „In Ordnung“, sagte er zu der Frau, die abwartend dastand. Die Frau schaute ihn an und lächelte. Sie hatte höchstens vier Zähne im Mund.

„In Ordnung!“ brüllte der Fahrer. „Ich bring' das Zeug nächste Woche wieder. Oder mein Kollege, der sonst immer kommt. Der Franz. Verstanden?“

Die alte Frau lächelte hilflos und schüttelte den Kopf; der Fahrer schlug sich gegen die Stirn. „In dem Saftladen versteht ja wohl keiner Deutsch!“ Er kletterte hinter das Steuer und gab Gas.

Victor sprang zurück. sie wollte nicht noch einmal die volle Ladung Pfützenwasser abbekommen. Die alte Frau drehte sich um und ging zum Gartentor zurück.

„Warten Sie mal!“ Lola war mit drei Schritten bei ihr. Sie stellte sich der alten Frau in den Weg. Die Frau hatte keine Strümpfe an den Füßen und trug rosa Plastiksandalen. Sie blieb stehen und schaute Lola ängstlich an.

Lola deutete auf das Haus. „Ist das ein Kinderheim?“ fragte sie. Die Frau hob die Schultern. Ihr Lächeln war eigentlich nur noch eine ängstliche Grimasse. Sie schielte zum Haus hinüber und schüttelte den Kopf.

„Also kein Kinderheim?“ forschte Lola.

Die Frau schüttelte wieder den Kopf.

„Wir suchen nämlich einen kleinen Jungen. Wir wissen nicht, wie er heißt. Er hat schwarze Haare, braune Augen, eine kurze blaue Hose und einen bunten Pulli angehabt. Der war viel zu groß. Und er trug gelbe Gummistiefel. Kennen Sie den zufällig?“

Die alte Frau schob Lola plötzlich zur Seite, lief durch das Gartentor und schlug es vor Lola zu. Sie rief etwas in einer Sprache, die Lola noch nie gehört hatte. Mit ihren komischen Plastiksandalen und ihren dicken Beinen rannte sie in schaukelndem Gang auf die Haustür zu, die mit lautem Knall ins Schloß flog. Und dann war alles wieder ruhig.

Lola drehte sich langsam zu Victor um.

„Kapierst du das?“

„Was?“

Lola breitete die Arme aus. „Na, alles.“

Victor schüttelte den Kopf. Sie studierte neugierig das Schild am Gartenzaun.

„Martacron GmbH. Bitte klingeln."

„Von Kinderheim keine Spur", stellte Victor fest. „Vergiß es, Lola."

„Vergessen?" Lolas Augen leuchteten. „Vergessen? Jetzt fängt es doch gerade erst an. Komm, wir statten Arne einen Besuch ab. Mal sehen, ob der was von einem Kinderheim weiß."

Als sie auf den Klingelknopf drückten, der sich neben dem Namensschild *Krüger* befand, ertönte im gleichen Augenblick ein ohrenbetäubendes Gebell.

„Oh, Gott!" Lola verdrehte die Augen. „Die Monster scheinen alle zu Hause zu sein."

„Wo sollen sie sonst sein?" fragte Victor vergnügt.

„Keine Ahnung, im Garten oder im Stadtpark oder auf Kaninchenjagd." Ängstlich lauschte Lola auf das Gebell, das immer näher kam. „Am besten, wir verschwinden."

Victor wurde plötzlich auch unsicher. „Sind die Hunde denn bissig?"

In diesem Augenblick wurde die Tür aufgerissen. Victor und Lola sprangen gleichzeitig die Stufen hinunter und rannten den Gartenweg zurück.

„Mao! Li Peng! Laotse! Konfuzius! Hierher!"

Victor wäre beinahe über ein wieselflinkes winziges Wesen gestolpert, das sich mutig zwischen ihre Füße geworfen hatte. Keuchend blieb sie stehen und schaute nach unten.

„Das sind ja Pekinesen!“ rief sie fassungslos.

Der Hund, eine honigblonde Fellrolle, hockte sich auf die Hinterbeine und schaute Victor aus seinen kleinen, von langen Haaren bedeckten Augen freundlich an. Victor warf noch einen ungläubigen Blick auf den Hund, der eher einem Stofftier als einem Lebewesen glich. Dann drehte sie sich um.

In der Tür stand ein Junge, ungefähr so alt wie Victor, schlaksig, mit ungewöhnlich kurzgeschorenen Haaren und einem breiten Grinsen auf dem Gesicht. Drei Pekinesen hockten ihm zu Füßen, wedelten freundlich und ließen ihre rosa Zunge schief aus dem plattgedrückten Gesicht hängen. Victor fand, daß Pekinesen immer so aussahen, als hätten sie als Mitglieder einer Hunde-Fußballmannschaft zu oft versucht, den Ball mit dem Kopf ins Tor zu befördern. Eigentlich sahen sie zu komisch aus, um ernstgenommen zu werden. Vielleicht spielten sie sich deshalb so auf wie Schäferhunde und fletschten ihre Zähne, als wollten sie jeden fremden Besucher in der Luft zerreißen.

„He“, sagte der Junge. „Kümmer dich nicht um Konfuzius. Er rennt allen Leuten zwischen den Beinen herum. Er ist ein Masochist. Wenn man auf ihn tritt, dann jault er, als hätte man ihm sämtliche Knochen gebrochen. Er ist ein perfekter Schauspieler und erwartet, daß man ihn für den Rest des Tages

16 0052-24

wie ein Wickelkind auf den Armen herumträgt. Also achtet besser gar nicht auf ihn."

„Ich will ihn aber nicht wie ein Wickelkind auf den Armen herumtragen!" rief Victor. „Ich will ihn auch nicht treten. Ich hasse, es, wenn Hunde jaulen."

Sie schaute sich um. „Wo ist Lola?"

Der Junge grinste. Er deutete auf die Kellertür. „Die hat sich versteckt."

„Ich hab' mich überhaupt nicht versteckt. Aber diese Monster können einem einen ganz schönen Schrecken einjagen", rief Lola. Zaghaft steckte sie den Kopf aus der Tür.

Victor bückte sich und kraulte Konfuzius, der sich sofort auf den Rücken warf und, fröhlich durch die Stupsnase schnaufend, mit den Beinen in der Luft herumfuchtelte.

„Lola, diese Hunde sind wirklich so harmlos wie Stofftiere", sagte sie. „Nach deiner Beschreibung hab' ich mindestens mit riesigen Doggen gerechnet."

„Es kommt nicht auf die Größe an", sagte Lola würdevoll, während sie langsam vortrat, „sondern auf den Eindruck, den sie erwecken."

Der Junge schubste die Hunde ins Haus zurück und schloß die Tür. „Jetzt haben wir Ruhe vor ihnen." Er streckte Lola die Hand hin. „Hallo, Lola. Wolltest du mir mein Französischlexikon zurückbringen?"

„Nee, das hab' ich total vergessen. Wir sind nämlich sozusagen nur zufällig hier in deiner Straße." Als sie sah, daß der Junge die ganze Zeit über Victor musterte, sagte sie hastig: „Ach, entschuldige, das ist Victor. Meine Freundin."

„Und du bist also Arne", sagte Victor. Er schüttelte ihre Hand so kräftig, daß sie glaubte, ihre Knöchel knacken zu hören.

„Freut mich", sagte er betont. „Freut mich echt. Ich hab' dich in der Schule schon oft gesehen."

Victor wurde ein bißchen rot. „Ach ja?"

„Dein Hut gefällt mir", sagte Arne. „Sieht aus wie der Hut, den Al Capone trug."

„Und wer ist Al Capone?" fragte Lola.

„Mensch, das war der berühmteste Mafiaboß der Welt. Aber schon lange tot."

Victor sagte nichts. Sie dachte nur: Ach so. Ein toter Mafiaboß. Und ich dachte schon, ich hätte ihm vielleicht gefallen. Es war also so wie immer. Sie hatte schon längst gemerkt, daß sie nicht zu den Mädchen gehörte, um die sich die Jungen rissen. Wie zum Beispiel um Sonja. Sonja war ein Mädchen, hinter dem alle Jungen her waren, und zwar alle gleichzeitig. Zu jeder Party bekam sie Einladungen von mindestens fünf verschiedenen Jungen, und alle vierzehn Tage ging sie mit einem anderen. Und immer war sie total verliebt. Behauptete sie jedenfalls, und es machte ihr überhaupt nichts aus, wenn andere sie beim Knutschen beobachteten. Victor hatte immer so einen heimlichen Verdacht, daß sich Sonja deshalb so gern in aller Öffentlichkeit Arm in Arm mit einem Jungen zeigte, damit alle anderen Mädchen neidisch wurden. Aber sie war nicht ganz sicher ... In der Schule tuschelte man jedenfalls, daß sie schon mit vierzehn mit einem Jungen etwas gehabt hatte.

Victor konnte sich überhaupt nicht vorstellen, daß man mit vierzehn so was machte. Ehrlicherweise konnte sie sich auch jetzt, mit sechzehn, noch nicht vorstellen, mit einem Jungen total eng befreundet zu sein. Allerdings – wenn sie an die Sache in Portugal dachte ... Das mit Fabian war ihr ziemlich nahe gegangen. Und sie hatte nicht einmal Lola die ganze Wahrheit darüber erzählt. Irgendwie war es ihr peinlich gewesen, von so etwas wie Liebe zu reden. Dabei hatte sich ihr Herz jedesmal zusammengezogen, wenn sie Fabian getroffen hatte. Und wie es sich erst zusammengezogen hatte, als sie sich am Ende der Ferien getrennt hatten! Aber eigentlich war gar nichts gewesen. Keine heißen Küsse oder Knutschereien oder so etwas. Davor hatte Victor so eine Scheu gehabt, und Fabian offenbar auch. Aber vielleicht war es bei Urlaubsflirts immer so, daß man sich nicht traut, weil man Angst vor dem Abschied hat ...

Sie hatte erst ein einziges Mal einen Jungen geküßt, und das war auf so einem blöden Schulfest, und eigentlich eher ein Versehen. Nachher hatte sie sich furchtbar geärgert, weil der Junge (er hieß Christian) es überall herumposaunt hatte. Und schön war es sowieso nicht gewesen. Seitdem hielt sie die Jungen immer, wie sie sagte, auf Distanz …

Komischerweise ging ihr das alles durch den Kopf, als Arne ihre Hand minutenlang schüttelte und sie überhaupt nicht mehr losließ, als wäre Uhu dran oder so was, als klebten ihre Hände zusammen. Und er konnte sich offenbar auch an ihrem Gesicht nicht satt sehen.

Er starrt mich an wie ein Kalb mit zwei Köpfen, dachte Victor verwirrt. Sie hätte jetzt gern in einen Spiegel geschaut, ob alles an ihr in Ordnung war, aber einen Spiegel gab es ja nun weit und breit nicht.

Lola räusperte sich. „Du kannst ihre Hand ruhig loslassen, Arne, sie fällt nicht um, falls du das denkst."

Arne wurde feuerrot. Er ließ Victors Hand los, als hätte er sich verbrannt. Er stammelte etwas, das Victor nicht verstand. Sie wagte aber auch nicht, nachzufragen. Dabei hätte sie so gerne gewußt, was er gesagt hatte …

Arne sah sich hilflos um. „Wollt ihr …, ich meine …, wollt ihr raufkommen? Bei mir sieht es allerdings ziemlich chaotisch aus."

„Bei dir sieht es doch immer chaotisch aus, hab' ich mir sagen lassen", meinte Lola fröhlich.

„Julius hat gerade Junge bekommen, und da habe ich ..."

„Wer ist Julius?"

„Meine Katze."

„Aber Julius klingt verdächtig nach Kater!"

Arne lächelte verlegen. „Wir haben zuerst, als wir Julius gefunden haben, gedacht, er ist ein Kater. Erst als wir mit ihm beim Tierarzt zum Impfen waren, haben wir gemerkt, daß sie eine Katze ist. Aber da hieß sie schon Julius."

Verwirrt schüttelte Victor den Kopf. „Klingt irgendwie total unlogisch."

„Mach dir nichts draus." Unbekümmert deutete Lola auf die Haustür. „Werfen sich deine Höllenhunde nun gleich wieder auf uns, wenn wir die Treppen raufgehen?"

„Ihr werdet sehen, die benehmen sich vollkommen gesittet." Arne förderte aus den Tiefen seiner Hosentasche eine Trillerpfeife zutage.

„Ein Pfiff, und sie kuschen." Er öffnete die Tür einen Spalt und stieß einen gellenden Trillerton aus. Sofort winselten die Hunde und hechelten die Treppe hinauf. Wie Wollknäuel federten sie von einem Treppenabsatz zum anderen. Stolz sah Arne sich um. „Na?"

„Mein Kompliment.“ Victor lächelte. „Du hast ja anscheinend alles ganz toll im Griff.“

„Nicht alles“, sagte Arne, die Tür weit aufstoßend. „Aber eine Menge, hoffe ich. Bitte sehr, erster Stock rechts.“

Die Wohnung sah wirklich wie eine Räuberhöhle aus. Oder besser: wie ein Tierasyl. In der Küche stand die Wurfkiste von Julius. Julius entpuppte sich als eine wunderschöne schneeweiße Angorakatze mit meergrünen Augen. Die Katzenbabys kuschelten sich mit blinden Augen eng an den warmen Mutterbauch und maunzten leise vor sich hin.

„Süß!“ rief Victor hingerissen. Sie kniete neben der Wurfkiste und versuchte, eines der Babys hochzuheben. Im gleichen Augenblick fuhr Julius fauchend hoch.

„Das solltest du besser nicht tun“, erklärte Arne gelassen. „Katzenmütter sind die besten Mütter der Welt. Wenn du ihr ein Baby wegnimmst, kratzt sie dir dafür die Augen aus.“

Victor war erschrocken einen Schritt zurückgewichen. „Ich wollte das Baby ja gar nicht wegnehmen, sondern nur streicheln.“

„Für Julius ist das dasselbe. Kommt, gehen wir lieber in mein Zimmer.“

Die vier Pekinesen hatten wie ein folgsames Rudel im Flur gewartet. Als die drei wieder aus der Küche kamen, wurden sie mit Freudengeheul empfangen.

„Die Hunde machen immer einen großen Bogen um die Katzen“, sagte Arne. „Sie wissen genau, daß Julius sie fertigmachen würde, wenn sie den Katzenkindern zu nahe kämen.“

Lola faßte sich an den Kopf. „Ich kann nicht verstehen, wie du mit so vielen Tieren leben kannst.“

Arne grinste fröhlich. „Wieso? Tiere sind doch was Tolles. Ich will später Tiermedizin studieren und Tierarzt werden.“

„Das ist trotzdem noch kein Grund, daß du aus deiner Bude ein Tierheim machst.“ Lola stieg über Kartons mit Katzenstreu.

„Laß ihn doch“, sagte Victor. Sie war ganz hingerissen von der Vorstellung, daß Arne Tierarzt werden wollte. „Wenn es ihm Spaß macht.“

„Irgend jemand muß sich schließlich um die Tiere kümmern.“ Arne öffnete die Tür zu seinem Zimmer. „Sie sind ja auf uns Menschen angewiesen. Erst haben wir sie zu Haustieren gemacht, und nun weigern wir uns, uns richtig um sie zu sorgen. „Hier.“ Er ging zu seinem Schreibtisch, der über und über mit Papieren bedeckt war. Er fingerte herum, bis er einen ausgeschnittenen Artikel fand. „Das ist der neue Bericht des Tierschutzvereins. Da sträuben sich einem die Haare, wenn man sieht, was die Menschen den Tieren antun.“

Lola warf nur einen kurzen Blick auf den Artikel. Dann schob sie einen Stapel Bücher ans Fußende des Bettes und setzte sich.

„Mir sträuben sich aber auch die Haare, wenn ich sehe, was Menschen anderen Menschen antun können. Zum Beispiel kleinen Kindern." Das war das Stichwort.

„Weißt du etwas von einem Kinderheim hier in der Straße?" fragte Victor. „Ulmenweg 45."

Arne runzelte die Stirn. „Das graue Haus? Da ist, glaub' ich, eine Firma oder so was drin."

„Oder ein Kinderheim", sagte Victor. „Schade, wir dachten, du weißt vielleicht mehr."

„Er weiß alles über die Tauben und die Spatzen im Ulmenweg, aber leider nichts über kleine Kinder." Lola seufzte. „Schade, daß Arne uns nicht weiterhelfen kann. Er ist eben ein bißchen weltfremd."

Arne wurde rot. „So ein Blödsinn! Ich bin doch nicht weltfremd, nur weil ich Tiere gerne mag."

Victor sah ihn an. „Und kleine Kinder? Magst du auch kleine Kinder?"

Arne nickte. „Na klar. Jeder mag kleine Kinder."

„Also gut!" Lola beugte sich vor. „Dann können wir dir ja eine Geschichte erzählen, die nichts mit Tieren zu tun hat. Wir haben da gestern einen kleinen Jungen getroffen, der war sieben, höchstens acht Jahre alt. Irgend etwas war an dem Jungen komisch.

Wir haben seine Spur verfolgt, und die verlor sich hier in der Gegend."

Arne hockte sich im Schneidersitz auf den Boden. Er nahm einen der Pekinesen auf den Schoß und kraulte sein Fell, während er die beiden Mädchen aufmerksam ansah. „Erzählt weiter."

Victor und Lola berichteten von dem Nachmittag, als sie in der Fußgängerzone zum ersten Mal dem kleinen Jungen begegneten.

„Er hatte so etwas Merkwürdiges", sagte Victor nachdenklich. „Er fiel mir sofort auf. Er schaute uns so flehend an. Als wenn wir ihm helfen sollten."

„Und ihr habt euch das nicht eingebildet?" fragte Arne. „Man kann sich ganz schön viel einbilden, wenn man hinter einer Story her ist."

Empört tippte Victor sich an die Stirn. „So ein Quatsch. Ich hab' selbst einen kleinen Bruder, der ist zwei oder drei Jahre jünger, aber ich sage dir: Zwischen Gipsy und diesem Jungen lagen Welten."

„Und dann haben wir ihn einen Tag später wiedergesehen. Da saß er vor dem Supermarkt. Gipsy war bei uns und ist zu ihm hingegangen. Aber der Junge wollte nicht mit ihm reden. Er ist plötzlich losgerannt. Und Victor hinterher."

„Beinahe wäre er unters Auto gekommen. Eine Frau in einem Golf hat fast einen Herzinfarkt bekommen."

Arne schaute Victor verwundert an. „Und wieso bist du hinterhergelaufen?"

Victor starrte den Pekinesen an, der es sich inzwischen zu Arnes Füßen bequem gemacht hatte und schlief. „Ich gehöre eigentlich nicht zu den Leuten, die wildfremden Kindern hinterherrennen. Ich hab' das irgendwie instinktiv getan."

Sie nahm eine lange Reiherfeder, die hinter einem Bild an der Wand steckte, und begann, die Schnauze des Pekinesen damit zu kitzeln. Der Pekinese zuckte nicht einmal.

„Ist Konfuzius nicht kitzelig?" fragte sie.

„Das ist nicht Konfuzius, das ist Mao. Der reagiert nur, wenn man seine Pfoten berührt."

„Aha." Vorsichtig strich Victor mit der Reiherfeder über Maos linke Vorderpfote. Sofort zuckte der Pekinese zusammen. Mao öffnete das rechte Auge und blickte Victor verächtlich an. Dann schloß er das Auge wieder und zog die Pfote unter die Schnauze.

„Entschuldige", sagte Victor. „War nur ein Experiment." Dann wandte sie sich an Arne: „Wieso haben deine Hunde alle chinesische Namen?"

„Weil ich die schön fand. Außerdem sind Pekinesen schließlich asiatische Hunde. Der chinesische Philosoph Konfuzius selbst soll einen Pekinesen als Schoßhündchen gehabt haben."

„Aber Mao bestimmt nicht", erklärte Lola. „Irgendwo hab' ich gelesen, daß er während der Revolution in China alle Hunde hat töten lassen. Den Chinesen wurde verboten, Haustiere zu halten. Wegen der Hungersnot – um das Futter zu sparen."

„Stimmt. Alle Singvögel wurden getötet, um die Saat zu schützen. In ganz China gab es bald keinen Singvogel mehr."

„Wahnsinn." Victor starrte ihn an. „Und nach so einem Typen hast du deinen Hund benannt?"

„Als ich ihn Mao taufte, habe ich eben über Politik noch nicht soviel nachgedacht. Das kam erst später, und da konnte ich Mao schließlich nicht mehr umtaufen."

Victor nickte. War logisch, wie Arne das erklärte.

Lola hatte nachdenklich zugehört. Dann stand sie auf und ging zum Fenster. „Es regnet schon wieder", stellte sie fest.

„Blöde Ferien." Victor seufzte. „Wir hätten wegfahren sollen. Irgendwohin, wo es warm ist und die Sonne scheint."

Lola schaute die Straße hinunter. „Ziemlich langweilige Gegend hier. Kein Café, keine Pizzeria, kein Park, kein Kino."

Arne grinste. „Deshalb gefällt es meinen Eltern hier. Die wollen Ruhe. Nachts fährt hier kein Auto. Da kann man bei offenem Fenster schlafen. Das finden die wichtig."

Lola seufzte. „Ich schätze, wir können ebensogut heimgehen. Hier ist es auch nicht spannender."

„Heimgehen?" rief Victor entsetzt. „Aber wieso denn?"

Lola schaute sie an. „Weil ich mich langweile. Und weil es hier nach Katzenfutter riecht. Ich finde Katzenfutter eklig."

„Ich möchte aber gerne noch bleiben", sagte Victor. Sie merkte, daß sie ein bißchen rot wurde, aber das ließ sich nicht ändern.

Glücklicherweise sagte Arne in diesem Augenblick: „Ich muß sowieso mit den Hunden raus. Wir können ja zusammen eine kleine Runde drehen."

„Im Regen?" fragte Lola entsetzt.

„Der hat schon wieder aufgehört. Die paar Tropfen tun uns doch nicht weh."

„Aber deine Chinesen bekommen ein nasses Fell. Darüber werden sie auch nicht gerade begeistert sein."

„Ich geh' mit Arne", sagte Victor, gab Mao einen sanften Schubs mit der Fußspitze. „Komm, Mao, Gassi gehen."

Mao hob den Kopf. Er schaute erst Victor an, dann Arne, dann schnaubte er durch seine kurze Nase, schüttelte sein dichtes Fell und erhob sich gnädig. Er trottete zur Tür, drehte sich wieder zu den anderen um und bellte, als wollte er sagen: „Na los, wo bleibt ihr denn?“

„Okay, Alter, wir kommen schon.“ Arne nahm ein Knäuel dünner Lederleinen aus der Schreibtischschublade, denn inzwischen waren auch Laotse, Li Peng und Konfuzius aufgesprungen und freuten sich auf einen möglichst langen Spaziergang.

„Wir könnten ja mal ganz zufällig an dem grauen Haus vorbeigehen“, schlug Arne vor. „Vielleicht passiert was.“

„Was soll da schon passieren?“ Lolas Laune war auf dem Nullpunkt. „Da sind alle Türen verrammelt.“

Arne grinste. „Aber es könnte doch sein, daß zum Beispiel Konfuzius oder Mao sich im Garten verirren und daß wir sie suchen müssen, oder?“ Er breitete die Arme aus. „Hunde sind so furchtbar unberechenbar. Besonders, wenn sie schlecht erzogen sind. Dann tun sie immer genau das, was sie nicht tun sollen.“

Victor strahlte. Sie gab Lola einen Rippenstoß. „Ich halte das für eine ganz vorzügliche Idee. Und du?“

Lola schien langsam aus ihrer Lethargie zu erwachen. Als Arne die Hunde anleinte und beschäftigt war, wisperte sie Victor ins Ohr: „Sag mal, hast du dich verknallt?“

Victor riß erschrocken die Augen auf. Dann legte

sie die Finger an den Mund. „Wehe, du sagst einen Ton!“

Lola kicherte. „Keine Sorge. Ich wollte bloß informiert sein.“

Arne drehte sich zu den Mädchen um. „War was?“ fragte er argwöhnisch.

Lola und Victor schüttelten energisch den Kopf. „Ü-ber-haupt nichts.“

„Dann ist’s ja gut.“ Arne stieß die Wohnungstür auf, und die Pekinesen stürzten hechelnd zur Treppe.

Tatsächlich hatte der Regen aufgehört.

Arne ließ sich von den Hunden buchstäblich den Bürgersteig entlangziehen.

„Du mußt dir Rollschuhe anschnallen“, meinte Victor, „dann hast du es bequemer.“

„Klar, und im Winter setz’ ich mich auf einen Schlitten und laß mich ziehen.“ Arne verzog sein Gesicht. „Hab’ ich nicht eben gesagt, daß ich Mitglied im Tierschutzverein bin?“

„Dann achte wenigstens darauf, daß deine Hunde sich nicht in den Leinen verheddern“, rief Lola. „Das ist ja auch eine Form von Tierquälerei.“

„Okay. Wird erledigt!“ Er befreite die Hunde von den Leinen, und Mao, Li Peng, Laotse und Konfuzius schossen los. Sie wieselten schnurgerade am Rande des Bürgersteigs entlang, die Schnauzen fest auf dem Boden, bis sie begeistert vor einem Gartenzaun stehenblieben und ein wildes Geheul begannen.

„Was bedeutet das Schauspiel?“ fragte Victor entzückt. „Sieht aus, als wenn sie über den Zaun springen wollen.“

„Würden sie auch am liebsten“, sagte Arne. „Da wohnt nämlich eine hochelegante Pudeldame, die zur Zeit gerade läufig ist.“

Lola hielt sich den Bauch vor Lachen. „Das möchte ich sehen! Eine Pudeldame, die von vier Pekinesen angebetet wird!“

„Wirst du aber leider nicht sehen können“, meinte Arne ungerührt.

„Und wieso nicht?“

Die Pekinesen fielen bei ihrem Versuch, den Zaun zu überspringen, immer wieder auf den Rücken, purzelten übereinander, stießen mit den Köpfen zusammen und fletschten wütend die Zähne, als seien sie sich auf einmal spinnefeind.

„Weil die Besitzerin die Hündin natürlich nie in den Garten läßt, und schon gar nicht ohne Aufsicht. ‚Ich habe eine Rassehündin‘, kreischt sie immer, wenn sie mich mit meinen Chinesen sieht. Sie hat auf einer Ausstellung in Cambridge tatsächlich den ersten Preis bekommen.“

„Und was hast du darauf geantwortet?“

„Ich hab’ gesagt: ‚Meine Hunde können dafür das

chinesische Alphabet, und zwar rückwärts.'" Arne steckte die Trillerpfeife in den Mund und stieß seinen gefürchteten Pfiff aus. Sofort erstarrten die vier und schauten sich nach Arne um.

„Hierher!" rief Arne streng. „Aber sofort!"

„Klappt ja", stellte Lola verblüfft fest.

Arne warf ihr einen triumphierenden Blick zu. „Selbstverständlich." Er wartete, bis die Hunde der Reihe nach vor ihm Männchen gemacht und zweimal auf chinesisch „Wau-wau" gesagt hatten, dann leinte er sie wieder an.

„Und jetzt zu dem grauen Haus", schlug er vor. „Am besten überqueren wir hier schon mal die Straße. Habt ihr irgend etwas Verdächtiges gesehen?"

„Ich bin doch nicht Sherlock Holmes", sagte Victor.

„Meinst du Fußabdrücke oder liegengebliebene Zigarrenstummel oder was?" fragte Lola.

Die Straße wirkte wie ausgestorben. Eine Frau überholte sie mit einem Fahrrad, und auf der anderen Straßenseite kam ihnen ein junger Mann entgegen, der einen Rollstuhl schob. In dem Rollstuhl saß eine alte Frau, deren Beine in eine Wolldecke eingeschlagen waren.

Arne winkte fröhlich hinüber. „Hallo, Frau Tiedemann. Hallo, Bernd."

Die Frau lächelte müde, und der junge Mann hob

17 0052-24

zum Gruß flüchtig den Arm. „Wir müssen zum Arzt!“ rief er.

„Ah. Klar. Viel Glück.“

„Wer war das?“ fragte Lola neugierig.

„Eine arme Frau, die genau gegenüber von dem grauen Haus wohnt. Sie ist bei einem Verkehrsunfall so verletzt worden, daß sie querschnittsgelähmt ist. Den Bernd kenne ich schon lange. Der ist wirklich super. Der kümmert sich tagtäglich um die Frau.“

„Finde ich toll“, sagte Victor anerkennend. Sie schaute den beiden hinterher. „Wenn ich mir vorstelle...“

Aber weiter kam sie nicht. Denn Arne hatte inzwischen die Gartentür zu dem grauen Haus einen Spalt geöffnet und Konfuzius etwas zugeflüstert.

Wie aufgezogen raste Konfuzius in den Garten. Vor Aufregung überschlug er sich, als er in einen Maulwurfshügel geriet und in einem Rosenbeet landete.

„So ein Dummkopf!“ Arne raufte sich die Haare. „Hab' ich gesagt, er soll Purzelbäume schlagen?“

Auch Laotse, Li Peng und Mao schauten durch die Gitterstäbe sehr interessiert zu, verrieten aber keine Neigung, ihrem Kumpel zu folgen. Statt dessen ließen sie die rosa Zunge schräg aus dem Maul hängen, was ihren Gesichtern einen schadenfrohen Ausdruck gab.

„Es gibt eben keine Liebe unter den Pekinesen", sagte Lola. Sie konnte sich immer noch nicht so recht mit den Hunden anfreunden.

Endlich hatte Konfuzius seinen Fluchtweg entdeckt. Todesmutig strebte er unter dem Dornenbusch weg, ohne auf seinen schönen Seidenpelz zu achten, der von den dornigen Zweigen ein paar Kratzer abbekommen hatte.

„Der Arme!" rief Victor mitleidig. „Jetzt sieht er aus wie ein gerupftes Huhn."

„Aber ein chinesisches, bitte", sagte Arne. Er formte mit den Händen einen Trichter um seinen Mund und rief: „Ei..., der freche Dachs, ei..."

Victor starrte ihn an. „Was soll das denn?"

„Das ist ein Codewort", antwortete Arne. „Paß auf."

Und richtig: Konfuzius stürzte wieder los, mit Siegesgeheul raste er weiter über die schmalen unkrautübersäten Gartenwege, wetzte am Kellereingang vorbei, umrundete den Schuppen, wobei er gefährlich ins Schlingern geriet und fast das Gleichgewicht verlor. Dann war er verschwunden.

Triumphierend sah Arne die beiden Mädchen an. „Wie hab' ich das gemacht?"

Victor begriff gar nichts. „Was denn?"

„Konfuzius ist hinter dem Haus. Und wir müssen jetzt leider in den Garten und ihn zurückholen."

Victor fand sein Grinsen geradezu lausbubenhaft. Arne gefiel ihr immer besser.

„Und wenn uns jemand anhält?“ fragte Lola ein bißchen unsicher.

„Dann entschuldigt ihr euch und sagt, ihr sucht den Hund, ist doch ganz einfach. Die werden schon nicht gleich schießen.“

„Ha. Das weiß ich auch.“ Lola tippte sich an die Stirn. Sie hatte irgendwie ihren begriffsstutzigen Tag. „Aber warum sollen wir hinter dem Hund herrennen? Der hört doch sowieso nicht auf uns.“

Victor strahlte. „Das ist es doch gerade!“ rief sie. „Auf diese Weise haben wir herrlich viel Zeit, uns umzuschauen.“ Sie blickte an der abweisend düsteren Fassade des Hauses empor. Alle Fenster waren verschlossen, kein Laut drang nach draußen. „Wenn es hinten allerdings so aussieht wie vorn, dann...“

„Redet nicht soviel, beeilt euch! Sonst kommt Konfuzius von allein zurück, wenn er merkt, daß es gar keinen Dachs in dem Garten gibt.“ Entschlossen schob Arne die beiden Mädchen durch das Gartentor.

„Ich laufe rechtsrum, du linksrum“, entschied Victor. Ihre Stimme war etwas belegt. Sie wußte selbst nicht, warum sie auf einmal solche Beklemmungen hatte. Irgendwie wirkte das Haus bedrohlich, fand sie. Aber das konnte auch einfach an dem düsteren grauen Regenhimmel liegen...

Scheu sah Victor sich um, als sie durch den Vorgarten schlich. Als ein Wagen auf der Straße plötzlich hupte, erstarrte sie vor Schreck und rannte zum Zaun zurück.

Aber Arne scheuchte sie wieder los: „War nichts! Kümmer dich doch nicht um so was!“

Victor schlich an der Fliederhecke entlang. Die nassen Zweige klatschten gegen ihren Hut, der immer tiefer in ihr Gesicht rutschte. Sie fluchte und schaute auf ihre schönen Cowboystiefel, die voller Schlamm und Morast waren.

Wir sind bescheuert, dachte sie in einem Anfall von Klarsicht. Kein normaler Mensch würde sich auf so einen Schwachsinn einlassen.

Aber dann dachte sie wieder: Ich wollte ja auch nie ein normaler Mensch sein. Auch Lolas Lebensziel war es ja nie gewesen, einen Preis für normales Verhalten zu bekommen. Wer allein mit einem Vater lebt, der dreitausend Schmetterlinge in seinem Haus hortet, kann sowieso nicht normal sein...

Von Konfuzius keine Spur. Victor schlich zum Kellereingang. Ein paar modrig-feuchte Stufen führten hinunter. Vor der eisernen Kellertür stapelten sich durchnäßte Kartons. *Turmhotel* stand auf den Kartons. Victor kannte das Turmhotel. Es lag direkt an der alten Stadtmauer, neben dem ehemaligen

Wachturm, der noch aus dem Mittelalter stammte und nach dem Krieg originalgetreu wieder aufgebaut worden war, ebenso wie ein Teil der alten Stadtmauer, die zwischen dem Stadtgraben und dem Stadtpark lag.

Die Westseite des Hauses war von der Straße aus gar nicht einsehbar. Eine dichte Hecke von Rhododendron schirmte sie vor neugierigen Blicken ab.

Das ist auch besser so, dachte Victor grimmig, als sie den Haufen von Schrott und Müll erblickte, der sich mannshoch türmte. Victor sah alte verrostete Nähmaschinen, ausrangierte Generatoren, Drahtrollen und einen ganzen Haufen von Bettgestellen, die an manchen Stellen noch den weißen Lack zeigten. Sie sahen aus wie ehemalige Krankenhausbetten. Victor zählte: eins, zwei, drei, vier, fünf, sechs. Daneben lehnten die Bettroste mit zerrissenen Sprungfedern.

Victor stand alleine nachdenklich vor der Wand. Also doch ein Kinderheim, dachte sie. Oder ein Krankenhaus? Sie schaute an der Wand hoch. Aber es gab nur ein paar unsymmetrisch angeordnete kleine Fenster, die alle undurchsichtige Milchglasscheiben hatten. Wahrscheinlich die Badezimmer oder die Flure, dachte Victor. Während sie über alte Emailleschüsseln und ausrangierte Leitungsrohre stieg, rief sie leise nach Konfuzius.

Aber von ihm gab es keinen Laut. Victor kroch unter den tiefen Zweigen einer Trauerweide hindurch und stand plötzlich im hinteren Teil des Gartens.

Sie hielt die Luft an. Das darf nicht wahr sein, dachte sie, denn sie stand genau vor einer Mauer. Es war eine ziemlich neue, unverputzte Mauer. Man sah noch die Waschbetonsteine und den grauen feuchten Mörtel, mit dem sie zusammengehalten wurden. Oben auf der Mauer waren scharfe Glassplitter einzementiert. Die Mauer verlief quer durch den hinteren Garten. An manchen Stellen wurde sie von Bäumen überragt, und es gab auch eine Tür. Aber die war aus Eisen, grün lackiert, und darauf stand: *Zutritt streng verboten.*

Während Victor noch überlegte, hörte sie auf einmal einen leisen Pfiff. Lola kam von der anderen Seite auf sie zu. Sie trug Konfuzius auf dem Arm, und zwar so, daß sein schlammverkrusteter Bauch und die Pfoten nach oben zeigten. Hilflos ließ Konfuzius seinen Kopf hängen.

„Ich konnte mir das nicht länger mit ansehen. Konfuzius hatte schon angefangen, sich unter der Mauer durchzugraben!“ rief sie. „Hier, trag du ihn. Ich kann schmutzige Hunde nicht ausstehen.“

Wortlos nahm Victor Konfuzius in Empfang. Ihr machten das bißchen Schmutz und nasses Fell überhaupt nichts aus. Konfuzius schaute sie geradezu dankbar an.

„Ich denke, wir haben genug gesehen." Lola trat den Rückzug an. „Hier ist ja sowieso alles verbarrikadiert. Der schöne Garten, ein Jammer."

Genau in diesem Augenblick hörten sie Schritte hinter der Mauer. Dann drehte sich ein Schlüssel im Schloß, und die Eisentür ging auf.

Victor und Lola erstarrten. Victor war vor Schreck so gelähmt, daß sie nicht einmal merkte, wie Konfuzius ihr aus den Armen rutschte und auf den weichen Rasen plumpste. Er schnaubte und schüttelte sein Fell, daß das Wasser nur so herumspritzte. Dann wetzte er los. Er hatte offenbar ein ausgeprägtes Gespür für Gefahren.

Die beiden Mädchen standen immer noch wie gebannt und schauten den Mann an, der jetzt, die Tür noch in der Hand, zu ihnen herübersah.

„Was soll das?" herrschte er sie nach einem Augenblick des Schweigens an. „Was wollt ihr hier? Könnt ihr nicht lesen? Betreten verboten!"

Der Mann war ungefähr vierzig Jahre alt. Er trug einen Spitzbart, der ihn irgendwie altmodisch aussehen ließ, fand Victor. Er war mit einer grauen Hose und einem braunen Pulli bekleidet. Im Arm hielt er einen Packen weißer Laken oder ähnliches. Eigentlich sah er vollkommen harmlos aus. Es gab überhaupt keinen Grund, sich aufzuregen.

„Unser Hund ist uns weggelaufen", sagte Victor stotternd. „Wir haben ihn überall gesucht. Er war hier irgendwo im Garten verschwunden. Das Gartentor war offen, und ..."

„Das Gartentor ist nie offen", erklärte der Mann. Er kam auf sie zu. Sein Blick war lauernd, ja argwöhnisch. Lola wich vor Schreck so weit zurück, daß sie beinahe in die Rhododendronhecke gefallen wäre.

„Wir wußten ja nicht, daß hier Betreten verboten ist", sagte Victor trotzig. „Das kann man schließlich nicht ahnen, oder? Wir dachten, das hier ist ein ganz normaler Garten ..." Sie blickte an der Mauer hoch.

„Das ist auch ein ganz normaler Garten", gab der Mann zornig zurück. „Da gibt es nichts zu gaffen." Er ließ die Mädchen nicht aus den Augen.

Victor nahm ihren ganzen Mut zusammen. Bloß vor dem Typ nicht kapitulieren, dachte sie.

„Und wieso gibt es dann hier eine Mauer?" fragte sie.

„Damit neugierige Mädchen wie ihr nicht ihre Nase in anderer Leute Angelegenheiten stecken können, deshalb." Der Mann scheuchte die beiden wie lästiges Federvieh zur Vorderseite des Hauses. „Verschwindet, aber schnell. Sonst werde ich ungemütlich."

Lola hatte inzwischen ihre Fassung wiedergewonnen. „Sie sind aber unfreundlich", sagte sie. „Wir haben Ihnen doch gar nichts getan. Wir haben uns in Ihrem blöden Garten bloß schmutzige Schuhe geholt. Ach, da ist ja Konfuzius!"

Sie deutete auf das Rosenbeet. Der Mann folgte argwöhnisch ihrem Blick. „Wo? Ich sehe keinen Hund."

„Ach." Lola strahlte den Fremden unschuldig an. „Ich hab' mich versehen. Bestimmt ist er schon wieder auf die Straße gelaufen. Seien Sie nicht böse, nein? Wir kommen bestimmt nicht wieder. Sooo schön ist Ihr Garten nun auch wieder nicht. Das findet Konfuzius bestimmt auch."

Der Mann brummelte etwas Mürrisches, das so klang wie: „Konfuzius? Ihr wollt mich wohl auf den Arm nehmen." Voller Argwohn folgte er ihnen bis zum Gartentor.

Victor war ganz erleichtert, als sie feststellte, daß Arne mit den anderen Hunden in Deckung war.

An der Gartentür streckte Lola dem Mann die Hand entgegen. „Freut mich, Sie kennengelernt zu haben", sagte sie so harmlos wie möglich. „Ich heiße übrigens Lola Könke, und das ist meine Freundin, Victoria Dahms."

Der Mann beachtete Lolas Hand nicht und auch nicht ihr freundliches Lächeln. „Sie heißen bestimmt Martacron", sagte sie.

Sofort wurde der Mann wieder mißtrauisch. „Martacron? Wie kommt ihr denn da drauf?“

„Weil das an der Haustür steht.“ Lolas strahlendes Lächeln war einfach entwaffnend. Victor war ganz begeistert von Lolas schauspielerischem Talent. „Ein seltener Name. Wohnen Sie ganz alleine in dem riesigen Haus?“

Victor schaute ihn an. Sie wartete, bis er ihr direkt in die Augen sah. Und dann sagte sie: „Etwas sollten Sie vielleicht wissen: Wir tun immer genau das, was uns Spaß macht. Und wenn es uns Spaß macht, Ihren Garten noch einmal zu besuchen, dann kommen wir einfach wieder.“

Der Mann lief puterrot an. Er schnappte nach Luft. Sein Spitzbart zitterte bedrohlich. „Dann werde ich die Polizei rufen und euch wegen Hausfriedensbruch verklagen!“ schnappte er zurück.

Victor und Lola verschwanden durch das Gartentor. Aus den Augenwinkeln hatte Victor Arne schon längst entdeckt. Er wartete in dem Eingang zum Nachbargrundstück.

„War wirklich nett, Sie endlich einmal kennengelernt zu haben“, rief sie, während sie sich mit Lola rasch entfernte.

Auch Lola winkte freundlich.

Der Mann knallte das Gartentor hinter ihnen zu und verschwand.

Victor und Lola warfen sich nur einen vielsagenden Blick zu. Lässig, als wäre nichts gewesen, schlenderten sie die Straße hinunter, bis Arne ihnen in den Weg trat.

„Endlich! Konfuzius ist schon seit einer Ewigkeit hier!" sagte er neugierig.

„Dafür haben wir aber eine höchst interessante Bekanntschaft gemacht!" Lola hatte vor Aufregung ganz glänzende Augen.

„Ein unheimlich sympathischer Typ. Wirklich, ich hab' mich sofort in ihn verliebt", sagte Victor. „So süß war der."

Arne starrte sie an. „Aha ...", sagte er gedehnt. Er wollte sich keinesfalls etwas anmerken lassen. Mädchen hatten offenbar diese Eigenschaft, sich von einer Sekunde zur anderen in wildfremde Jungen zu verlieben.

Lola platzte vor Lachen. „Er war ungefähr hundert Jahre alt und hatte einen grauen Spitzbart. Er sah un-vor-stell-bar aus."

„Das würde mich echt mal interessieren", sagte Arne, „was für euch ein unvorstellbarer Mann ist."

„Du kannst ja mal klingeln, vielleicht macht er dir die Tür auf."

„Oh ja, und dann frag ihn doch mal ganz harmlos, was sich eigentlich in seinem Garten Geheimnisvolles hinter der Mauer tut."

Arne verdrehte die Augen. Er gab Laotse, der immerfort bettelnd an ihm hochsprang, einen ärgerlichen Schubs. „Könntet ihr vielleicht mal aufhören, so albern zu sein? Entweder habt ihr eine Story, oder ihr habt keine."

Victor schaute zurück. Die Straße lag wieder in tiefstem Frieden da. Kein Mensch ließ sich blicken.

„Ob es eine Story ist, wissen wir nicht genau", meinte sie nachdenklich, „aber es könnte eine werden."

„Laß uns lieber weitergehen", drängte Lola. „Da kommt ein Auto, die Leute gucken so komisch."

„Wahrscheinlich Geheimpolizei!" grinste Arne. Es war klar, daß er den Mädchen kein Wort glaubte.

Sie gingen die Straße bis zum Ende weiter und bogen dann in einen schmalen Radweg ein, der zwischen den Grundstücken zu einer anderen Querstraße führte.

Die Hunde hechelten und kläfften, und Arne mußte sie wieder in die Leinen legen.

Victor und Lola hechelten hinterher. „Ich komm' mir auch schon vor wie ein Pekinese!" schnaufte Lola. „Nennst du so was spazierengehen?"

Als sie die Querstraße erreicht hatten, eine laute, vielbefahrene Straße, blieb Arne endlich stehen.

„So", sagte er. „Jetzt möchte ich endlich die Story hören."

Während Victors Schilderung wurde sein Gesicht immer ernster. Fassungslos schüttelte er den Kopf, als Lola ihm schließlich die merkwürdige, frische Mauer beschrieb.

„Glassplitter oben auf der Mauer?" wiederholte er ungläubig. „Seid ihr sicher?"

„Todsicher", sagte Victor. „Ich hab' ja sogar Flaschenhälse gesehen. So grünes Flaschenglas, aus Weinflaschen oder so. Ich nehme an, die haben die Flaschen zerschlagen und die Splitter in den weichen Zement gedrückt."

Als Victor an diesem Nachmittag nach Hause kam, fühlte sie sich total deprimiert. Die Gedanken an den Mann und das graue Haus gingen ihr nicht aus dem Kopf. Sie hatte das Gefühl einer Gefahr oder einer Bedrohung. Aber wenn sie versuchte, logisch an das Problem heranzugehen, dann kam sie nicht weiter.

Arne hatte recht: Vielleicht gab es für all das eine ganz harmlose Erklärung. Ein Mensch kann schließlich in seinem Garten eine Mauer bauen, dachte Victor, während sie ihren tropfnassen Mantel im Bad über der Wanne zum Trocknen aufhängte. Und wenn er etwas zu verbergen hätte, würden doch die Nachbarn irgendwann etwas merken. Darüber redet man doch, oder? Sie betrachtete ihr Gesicht im Spiegel. Die Wimperntusche war verlaufen und der Lippenstift abgenagt. Außerdem bildete sich genau auf der Kinnspitze ein dicker Pickel.

Und so hat Arne mich gesehen! fuhr es Victor durch den Kopf. Sie streckte sich selbst die Zunge raus.

Dann nahm sie einen Wattebausch, tränkte ihn mit Reinigungsmilch und wischte die Schminke ab. Lächerlich, sich in den Ferien zu schminken, dachte sie. Ohne Make-up aber sah ihre Haut blaß und kalkig aus, fand Victor.

Ich hab' meinen schlechten Tag, dachte sie. Besser nicht in den Spiegel schauen.

Sie knallte die Badezimmertür zu und ging in ihr Zimmer. Auf dem Fußboden, genau in der Mitte zwischen ihrem Bett und dem Schreibtisch, türmte sich ein Berg aus Kleidungsstücken, Büchern, Heften und Tonbandkassetten.

Mit einer Stricknadel (hoffentlich hat Mami die nicht einfach aus meinem Strickzeug gezogen, dachte Victor schaudernd) war ein großer weißer Zettel in den Wäschehaufen gepiekst.

Victor! Wenn du noch einmal dein Zimmer in diesem Zustand verlassen solltest, gebe ich meine Erziehungsversuche auf! Wie wäre es mit einem Internat? Ich habe keine Lust, einem sechzehnjährigen Mädchen immer die Sachen hinterherzuräumen. In deinen Schränken sieht es zum Fürchten aus! Wenn bis

heute abend das Zimmer nicht picobello aufgeräumt ist, wird das Taschengeld für den nächsten Monat gestrichen. Mami
PS: Kind, du kostest mich wirklich meine letzten Nerven.

Victor ließ sich stöhnend auf das Bett fallen. Aus den Augenwinkeln betrachtete sie das Durcheinander. Das war typisch ihre Mutter. Einmal im Jahr bekam sie so einen Rappel. Das Problem war nur, man konnte nie vorhersagen, wann genau. Vielleicht hatte sie die frischgebügelte Wäsche in Victors Schrank legen wollen, und da war ihr alles entgegengekommen.

Stimmt, dachte Victor. In der letzten Zeit hab' ich die Klamotten immer nur reingepfeffert, die Schranktür zugedrückt und den Schlüssel rumgedreht. Für mich war das kein Problem. Mütter jedoch ...

Sie sprang auf und riß die Schublade der Kommode auf. Da lag noch das Strickzeug, halb fertig. Ein Zopfmusterpulli für Gipsy hatte es werden sollen, als Geschenk zu Gipsys viertem Geburtstag.

Inzwischen war Gipsy schon fast fünf, und der Pulli war immer noch nicht fertig.

Wenigstens hat sie die Stricknadel nicht rausgezogen, dachte Victor. Behutsam holte sie das Strickzeug heraus. Rücken- und Vorderteil waren schon fertig. Der eine Ärmel halb. Als Victor an die Arbeit dachte, die sie sich mit dem Zopfmuster gegeben hatte, war sie über sich selbst gerührt. Irgendwie hatten sie damals alle plötzlich Lust gehabt, etwas zu strikken, das war wie eine Manie in der Klasse gewesen. Victor hatte sich einen ärmellosen Pulli aus Angora gestrickt. Dann sofort anschließend einen Pulli gehäkelt, schwarz, mit einem raffinierten Lochmuster, den hatte sie zweimal zu einer Fete angehabt und dann irgendwo in den Tiefen ihres Schrankes vermodern lassen.

Victor rollte langsam das Strickzeug wieder zusammen, legte es in die Kommode und schob die Schublade zu. Dann begann sie im Zeitlupentempo, den Kleiderberg abzutragen.

Gerade, als sie die Kassetten in die richtigen Hüllen schob, klingelte das Telefon. Victor war nicht in der Laune, an den Apparat zu gehen. Sie machte einfach weiter. Das Klingeln hörte auf.

Na also, dachte Victor grimmig. Sie schaute auf die Uhr. Es war halb sechs. In einer Stunde würde ihre Mutter aus dem Geschäft kommen und Gipsy mitbringen. Gipsy war mittwochs immer bis abends im Kindergarten. Da war Singstunde, und er liebte singen. Den ganzen Abend rannte er nach der Singstunde trällernd durch die Wohnung und nervte die übrigen Familienmitglieder …

18 0052-24

Victor hatte die Kassetten aufgeräumt, die Pullover auf einen Stapel geschichtet, die weißen Tennissocken so zusammengerollt, wie ihre Mutter es gerne hatte, und die T-Shirts auf Bügel gehängt.

Zufrieden schaute sie sich den aufgeräumten Schrank an. Irgendwie sieht es ganz toll aus, dachte sie. Der Zorn auf ihre Mutter war bereits verraucht. Victor wußte genau, daß ihre Mutter recht hatte. Ihre Mutter war im Grunde beinahe zu rücksichtsvoll, das wußte sie genau. Aber dennoch: Aufräumen war eine schrecklich lästige Tätigkeit, die einen immer von den wirklich wichtigen Dingen des Lebens abhielt ...

Das Telefon klingelte wieder.

Okay, ich komm' ja schon, brummte Victor. Sie nahm den Hörer im Wohnzimmer ab, warf sich auf das Sofa, legte den Apparat in ihren Schoß und sagte: „Hallo, hier ist Victor Dahms."

Einen Augenblick war Pause. Dann sagte eine zögernde Stimme: „Und hier ist Arne Krüger."

Victor fuhr hoch. Beinahe wäre ihr der Hörer aus der Hand gerutscht. Mit der freien Hand fuhr sie sich durch die Haare, als fürchte sie, Arne könne sie in ihrem aufgelösten Zustand sehen. Dabei war das einzige, was an Victor immer in Ordnung war, die Frisur. Streichholzkurze Haare können einfach nicht falsch sitzen.

„Hallo ...!“ sagte Victor gedehnt. „Das ist aber eine Überraschung.“

„Ja, nicht? Finde ich auch.“ Arne wirkte total verlegen. „Stör' ich vielleicht?“ fragte er vorsichtig.

„Überhaupt nicht. Kein bißchen.“

„Ich dachte, ich ruf' einfach mal an. Ich hab' mich gerade ein bißchen gelangweilt. Was machst du denn Schönes?“

„Ich?“ Victor überlegte. Sollte sie ihm sagen, daß sie gerade ihren Kleiderschrank aufgeräumt hatte? Das hätte wirklich bescheuert geklungen. Und was würde er von ihr denken, wenn sie erzählen würde, daß ihre Mutter die ganzen Sachen aus dem Schrank auf den Boden geschleudert hatte ... und daß sie, Victor, wie eine wohlerzogene Tochter alles brav und ordentlich in den Schrank geräumt hatte?

Nein, sie mußte sich eine andere Geschichte einfallen lassen.

Victor holte Luft. „Ich hab' gerade eine Amsel gefangen, die sich in meinem Zimmer verflogen hat“, sagte sie. „War ziemlich schwierig. Der kleine Kerl flatterte immer wieder davon.“

Sie merkte, wie Arne sofort Feuer und Flamme war. „Eine Amsel? Bist du sicher? Oder war es vielleicht ein Zaunkönig? Hier gibt es nämlich ein paar Zaunkönige. Neulich hab' ich...“

„Vergiß es. Stimmt überhaupt nicht. Ich hab' meinen Kleiderschrank aufgeräumt. Meine Mutter hat mir das ganze Zeug vor die Füße geworfen. Nächste Woche muß ich ins Internat."

Arne hatte sich kaum von dem einen Schock erholt, da kam schon die nächste Überraschung. „Ins Internat? Du Arme! Es muß schrecklich sein, in einem Internat zu leben. Ich hab' einen Freund, Benjamin, den haben die Eltern nach der Scheidung auch ins Internat geschickt, in die Gegend von Braunschweig. Total öde, eine Art Kloster, wo jeden Morgen vor dem Unterricht gebetet wird. Und zum Frühstück gibt es Milchsuppe. Kannst du dir das vorstellen? Milchsuppe! In welches Internat kommst du denn?"

„Ich komm' in überhaupt kein Internat", sagte Victor. Plötzlich war sie gereizt. „Sag mal, wieso kapierst du nie, wenn man dir eine falsche Story erzählt? Glaubst du immer allen Leuten, was sie sagen? Das ist ja ätzend."

Einen Augenblick war es still am anderen Ende der Leitung. Dann sagte Arne, sehr leise, aber ziemlich bestimmt: „Ich hab' das Gefühl, ich hätte besser nicht anrufen sollen. Tut mir leid. Kommt nicht wieder vor."

Und dann legte er sehr sanft, beinahe vorsichtig, den Hörer auf die Gabel zurück.

Victors Gesicht zuckte, als sie das Tuten hörte. Sie

starrte den Hörer an, eine ganze Weile, dann warf sie ihn auf die Gabel.

Heute ist wirklich nicht mein Tag, dachte sie, während sie mit großen stampfenden Schritten in ihr Zimmer zurückging. Ich sollte ins Bett gehen, mir die Decke über die Ohren ziehen und erst morgen früh wieder aufwachen.

In ihrem Zimmer tigerte sie herum wie ein gefangenes Tier. Immer wieder wiederholte sie, was Arne am Schluß des Gesprächs gesagt hatte: „Ich hab' das Gefühl, ich hätte besser nicht anrufen sollen. Tut mir leid. Kommt nicht wieder vor."

Victor ballte die Fäuste. Sie atmete tief durch und trat ans Fenster. Aber draußen war nichts zu sehen. Ein langweiliger Garten, ein langweiliger Regenhimmel, eine langweilige Wäscheleine, an der eine alte Cordhose von Gipsy hing. Sie hing da schon seit Tagen. Immer wenn sie trocken war, vergaß man, sie reinzuholen. Und wenn man dran dachte, sie von der Leine zu nehmen, regnete es gerade wieder.

„Oh, Mann." Victor schlug sich mit der flachen Hand gegen die Stirn. „Was für ein blöder Tag!"

Wir hätten überhaupt nicht zu diesem Haus gehen sollen, dachte sie. Es hat gar nichts gebracht. Okay, wir wissen jetzt, daß es in einem Garten eine Mauer gibt mit Scherben oben auf der Mauerkrone und eine Tür, an der *Zutritt streng verboten* steht. Na und?

Dafür hatte sie sich nun einen Ferientag um die Ohren geschlagen! Und zum Schluß hatte sie sich auch noch mit Arne verkracht. Das war wirklich das letzte, was sie gewollt hatte. Es hätte ein so wunderschöner Tag werden können, wenn er anders begonnen hätte... und wenn ihre Mutter nicht ausgerechnet heute ihren Aufräum-Rappel gekriegt hätte.

Ich war ja bloß so gereizt am Telefon, dachte Victor verzweifelt, weil ich mich über mich selbst geärgert hab'. Eine schöne Scheiße ist das alles.

Dabei hatte sie sich unheimlich über Arnes Anruf gefreut. Es war ja nicht so, daß bei ihr andauernd das Telefon klingelte und die Jungens sich darum rissen, mit ihr zu reden oder sich womöglich zu verabreden. Wenn sie ehrlich war, passierte es so gut wie nie, daß ein Junge anrief.

Sie versuchte, sich zu erinnern, wann zuletzt ein Junge bei ihr angerufen hatte. Nicht, um sich nach irgendwelchen blöden Schulaufgaben zu erkundigen oder sich was auszuleihen. Nein, einfach nur so, weil er Lust hatte, ein bißchen mit ihr zu quatschen...

Victor runzelte die Stirn. Sie schlich ins Wohnzimmer zurück und blickte argwöhnisch auf den Apparat. Aber der war stumm, stumm und tot.

Mausetot.

Sie nahm den Hörer ab und lauschte auf das Tuten.

Eine ganze Weile. Sie stand einfach da und lauschte.

Dann legte sie achselzuckend wieder auf.

Sie ging in die Küche, nahm ein Joghurt aus dem Kühlschrank und begann gedankenverloren zu essen. Erst als der Becher halb leer war, merkte sie, daß es gar kein Joghurt war, sondern eine Schokoladencreme. Sie haßte Schokoladencreme.

Victor stellte den Rest in den Kühlschrank zurück. Es war die letzte Schokoladencreme. Gipsys absolute Lieblingsspeise. Jeden Mittwoch, wenn er bis abends im Kindergarten war, bekam er zur Belohnung eine Schokoladencreme.

Er bekommt einen Tobsuchtsanfall, wenn er sieht, daß ich sie ihm weggegessen habe, dachte Victor voller Panik. Was ist heute nur mit mir los? fragte sie sich grimmig. Sie schaute auf die Uhr. In zwei Minuten machte der EDEKA-Laden an der Ecke zu. Sie raste ins Bad, riß den Mantel vom Bügel, schlüpfte hinein und hetzte zur Tür. Mit wehendem Mantel erreichte sie den EDEKA-Laden. Genau in dem Augenblick, als der Besitzer, Herr Schmitz, das weiße Rollo an der Ladentür herunterließ.

„Nein!“ rief Victor. „Das können Sie doch nicht machen!“

Aber Herr Schmitz wollte sie entweder nicht sehen oder hatte sie tatsächlich nicht gesehen. Der

Schlüssel drehte sich herum, und Sekunden später ging das Licht im Laden aus.

Victor blieb schwer atmend stehen.

„Diese verdammte Uhr geht auch noch nach", fluchte sie. Dann drehte sie sich um und ging mit hängenden Schultern zurück.

Als sie die Wohnungstür aufschloß und laut: „Mami! Gipsy!" rief, bekam sie keine Antwort.

„Noch keiner da?" brüllte sie. „Ich hab' leider Gipsys Schokoladencreme aufgegessen, dachte, es ist ein Joghurt, und deshalb war ich eben noch mal bei EDE..." Sie blieb in der Wohnzimmertür stehen.

Es war tatsächlich noch keiner da.

„Langsam benehme ich mich wirklich hysterisch", sagte Victor laut. Sie schloß die Augen und zählte ganz ruhig, jedenfalls so ruhig, wie es ihr rasender Puls erlaubte, bis zwanzig. Dann öffnete sie die Augen, ging in den Flur, holte das Telefonbuch, schaute unter *Krüger, Ulmenweg* nach und ging ins Zimmer zurück.

Ihre Finger zitterten, als sie die Nummer wählte. Hoffentlich ist er gleich dran und nicht irgend jemand anders, dachte sie, während sie den abgekauten Fingernagel an ihrem Daumen betrachtete.

„Ja, hallo?" meldete sich eine Stimme.

Er war es.

„Sagst du einfach immer nur: ja, hallo?" fragte Victor. „Da weiß ja kein Mensch, wer dran ist."

Pause. Dann sagte Arne, betont spröde: „Du hast es ja offenbar sofort gemerkt. Warum sollen andere blöder sein?"

Wieder Pause. Victor beschloß, nie wieder an ihrem Daumennagel und dem Nagelbett herumzukauen. Es sah wirklich abartig aus.

„Ich wollte nur sagen, ich bin nicht immer so ein Idiot wie heute. Heute ist nicht mein Tag. Ich sollte ins Bett gehen und mir die Decke über die Ohren ziehen. Das wollte ich dir nur sagen. Eben hab' ich den Schokoladenpudding von meinem kleinen Bruder aufgefressen, obwohl ich Schokoladenpudding hasse. Ich dachte, es wäre ein Erdbeerjoghurt. Ich habe es erst gemerkt, als der Becher fast leer war."

Die Pause war jetzt wirklich so lang, daß Victor nervös wurde. Sie preßte den Hörer angespannt ans Ohr.

Nach einer endlosen Weile sagte Arne: „Hast du bloß angerufen, weil du mich weiter verarschen willst?"

„Tu' ich doch gar nicht! Ich erzähl' dir eine total lebensechte Geschichte. Damit du gleich weißt, um was fur eine blode Kuh es sich bei mir handelt. Tut mir leid, das vorhin. Normalerweise erzähl' ich immer gute Geschichten. Nicht so einen Blödsinn."

Pause. Dann ein tiefer Atemzug. „In Ordnung.

Ich glaub' dir."

„Du bist also nicht mehr sauer oder so?" Victors Gesicht hellte sich sofort auf. Sie beschloß, gleich nachher im Bad ihre Wimpern zu tuschen. Ohne getuschte Wimpern fühle ich mich nackt, dachte sie.

„Nee, ich bin nicht sauer oder so. Ich hatte ja bloß angerufen, weil mir ein Gedanke gekommen war."

„Ach, erzähl! Ich mag Leute, denen Gedanken kommen."

„Wegen dieser Kinderheim-Sache. Ich dachte, wir könnten mal mit Bernd sprechen. Der müßte doch was rauskriegen."

„Und wer ist noch mal Bernd?"

„Der Zivi, den wir auf der Straße getroffen haben. Der sich um die gelähmte Frau kümmert. Er arbeitet doch beim Sozialamt, und das Sozialamt muß ja schließlich wissen, ob es in der Straße ein Kinderheim gibt oder nicht. Und wenn *er* nachfragt, klingt es überhaupt nicht irgendwie verdächtig oder so..."

Victor strahlte. Ihre Augen glänzten. Sie nahm den Hörer vom Ohr und hielt ihn am ausgestreckten Arm. „Arne, du bist super!" schrie sie. „Das war der absolute Gedanke des Tages! Dafür kriegst du einen Orden!"

Sie nahm den Hörer wieder ans Ohr und lauschte. Stille.

„Arne?" fragte sie vorsichtig, „bist du noch da?"

„Ja, aber mein Trommelfell ist im Eimer. Kannst du mich nicht nächstes Mal vorwarnen, wenn du einen Schreianfall kriegst?"

„Oh ... tut mir leid ... ehrlich ... war nur Ausdruck meiner überdimensionalen Freude."

„Und ich hab' jetzt ein überdimensionales Loch im Trommelfell", sagte Arne. Aber seine Stimme klang nicht so, als wenn er es wirklich ernst meinte.

„Ich könnte schon heute abend mit Bernd sprechen", erklärte er. „Er ist abends immer im *Western* und trinkt seine zwei, drei Bierchen. Ich werde mal hineingehen, wenn ich mit den Chinesen dort vorbeikomme."

„Klar, die Chinesen müssen unbedingt wieder Gassi gehen", sagte Victor begeistert. „Willst du, daß ich mitkomme? Soll ich Lola Bescheid sagen? Ich wette, die hat heute abend auch nichts Besonderes vor."

Arne zögerte. „Von mir aus ..."

„Darf bloß nicht so spät sein. Wenn meine Eltern hören, daß ich abends noch wegwill, regen sie sich immer furchtbar auf. Aber zwischen acht und zehn könnte es klappen."

„Der Bernd geht nie vor neun ins *Western*."

„Okay, dann treffen wir uns da. So gegen neun." Victor zögerte. „Ich war noch nie im *Western*. Ist das ... ich meine ..., das ist doch in Ordnung, wenn Lola und ich da hingehen, oder?"

Arne lachte. „Das ist die absolut harmloseste Bierkneipe, die ich kenne. Außerdem sind immer ein Haufen Typen aus der Schule da. Die gesamte Oberstufe. Jedenfalls die Biertrinker unter denen."

„Aber ich finde Bier ekelhaft."

„Macht nichts. Cola gibt es da auch. Also um neun."

„Okay, ich sag' Lola Bescheid."

Als Victor auflegte, begann sie fröhlich zu trällern. Die schlechte Laune war wie weggepustet. Merkwürdig, murmelte sie, während sie Lolas Nummer wählte, echt merkwürdig, wie schnell der Mensch wieder gut drauf sein kann.

„Wohin willst du heute abend?" fragte Victors Vater stirnrunzelnd. „In eine Kneipe? Glaubst du, daß das der richtige Aufenthaltsort für ein Mädchen in deinem Alter ist?"

„Und wie siehst du überhaupt aus!" rief ihre Mutter entsetzt.

Victor schaute unschuldig an sich herunter. „Wie seh' ich denn aus?"

Sie hatte sich nach langer Überlegung (ungefähr eine Stunde hatte sie vor dem Kleiderschrank gestanden) für die ausgefransten Jeans mit den Herzchen auf den Knien entschieden. Dazu trug sie ein altes weißes Oberhemd ihres Vaters und eine schillernde

Lurex-Krawatte. „Ich bin doch total okay."

„Okay nennst du das?" Victors Vater schüttelte den Kopf. „Wenn ich nicht wüßte, daß du eigentlich ein richtig hübsches Mädchen bist, würde ich manchmal am liebsten vor dir davonlaufen."

„Was hast du dir eigentlich in die Haare geschmiert?" Victors Mutter umkreiste sie argwöhnisch. „Du siehst aus wie ein Vogel, der an einen ölverpesteten Strand geschwemmt worden ist."

„Nun ist es aber genug!" Victor wurde langsam sauer. „Ich hab' inzwischen kapiert, daß ihr mein Aussehen bescheuert findet. Aber ihr müßt ja schließlich nicht so rumlaufen, oder? Was stört es euch also?"

Victors Vater kehrte seufzend zum Fernseher zurück, und ihre Mutter nahm das Buch wieder auf, in dem sie gelesen hatte.

Victor räusperte sich. „Äh... übrigens...", sagte sie leise. „Ich hätte da noch eine kleine Bitte..."

„Ja?" Frau Dahms hob den Kopf.

„Ich... also ich wollte sagen, ich bin ziemlich pleite..., um ehrlich zu sein, ich hab' nur noch dreifünfzig in der Tasche."

„Aber es gibt erst nächste Woche Taschengeld, das weißt du doch! Nächste Woche ist der Erste!"

Victor nickte. Nervös nestelte sie an ihrer Frisur. „Weiß ich ja. Aber ich dachte, weil ich heute mein

Zimmer aufgeräumt habe und überhaupt...“

„Überhaupt zählt überhaupt nicht.“ Herr Dahms zog seine Brieftasche aus der Hosentasche und klappte sie auf. „Hier sind zwanzig Mark.“

„Jürgen! Du willst dem Kinde doch nicht etwa zwanzig Mark für die Kneipe geben!“ rief Frau Dahms entsetzt.

Aber Victor hatte schon nach dem Geldschein gegrapscht und ihn blitzschnell in ihrer Hosentasche verschwinden lassen. Sie gab ihrem Vater einen dikken, innigen Kuß. „Du bist echt süß, Daddy“, säuselte sie. „Wirklich, ich weiß das zu schätzen. Wir verrechnen das mit dem nächsten Taschengeld, okay?“

Ihr Vater verzog das Gesicht. Dann lächelte er seine Tochter an. „Das Verrückte ist ja, daß du doch immer deinen Kopf durchsetzt.“

„Aber um halb elf bist du wieder zu Hause!“ rief Frau Dahms.

Victor war schon im Flur. Sie zog ein schwarzes Smoking-Sakko, das sie auf dem Flohmarkt gekauft hatte, über das Hemd und zupfte im Spiegel die Krawatte zurecht.

„Halb elf?“ brummte Victor enttäuscht. „Aber dann lohnt sich das ja überhaupt nicht.“

„Halb elf und keine Minute später!“ erklärte Frau Dahms streng. „Vergiß nicht, wie alt du bist.“

„Aber wir haben doch Ferien, Mami.“ Victor steckte ihren Kopf wieder in die Tür. Flehend sah sie ihre Mutter an. „Wenigstens bis elf, ja? Auf die dreißig Minuten kommt es nun wirklich nicht an.“

„Wenn es auf die nicht ankommt“, sagte ihr Vater, „warum kämpfst du dann darum?“

„Ich mach' auch bestimmt keine Dummheiten. Ich versprech's euch. Ihr wißt doch, daß ihr euch auf mich verlassen könnt.“

Frau Dahms seufzte. „Das wäre ja schrecklich, wenn wir kein Vertrauen zu dir hätten.“

Victor warf übermütig Kußhändchen ins Wohnzimmer, wahllos zu ihrem Vater, zur Stehlampe, zum Fenster und zu dem Bild mit der italienischen Riviera-Landschaft über dem Bufett. „Bis später!“

Dann war sie verschwunden. Eine Sekunde später fiel die Haustür hinter ihr ins Schloß.

Gipsy, der in seinem Zimmer eine Märchenkassette gehört hatte, torkelte ins Wohnzimmer. Er sah verschlafen und müde aus. Er trug seinen Mickey-Mouse-Schlafanzug. Im Arm hielt er seinen zerzausten alten Teddy. „Wo geht Victor hin?“ fragte er schläfrig, während er auf den Schoß seiner Mama krabbelte.

„Sie geht in die Kneipe“, sagte Frau Dahms.

Gipsy öffnete die Augen ein bißchen weiter. „Und was will sie da?“

Frau Dahms warf ihrem Mann einen langen Blick zu. „Ja, das fragen wir uns auch, Kleiner“, meinte sie. „Komm, ich bring' dich ins Bett. Wenigstens einer in der Familie, der noch tut, was ich sage.“

„Ich tue doch auch immer, was du sagst, Schatzl“, rief Herr Dahms aus seinem Fernsehsessel.

Das *Western* lag in einer kleinen Seitengasse der Altstadt, in der es außer dem Jugendzentrum und einem Kindertheater nur ein paar heruntergekommene Wohnhäuser gab.

Victor war nie im Jugendzentrum gewesen, und nie im Kindertheater. Das *Western* kannte sie auch nur vom Hörensagen. Als sie die Kneipe betrat, schlug ihr sofort dicker Qualm entgegen. Victor bekam einen Hustenanfall und kämpfte sich mühsam durch das Gewimmel bis zur Theke, die von altmodischen Hängelampen beleuchtet war.

Hinter der Theke stand ein freundlicher Typ mit Pferdeschwanz und Nickelbrille. Er zapfte gerade frische Biere.

„Ich suche Arne“, sagte Victor. „Und einen, der Bernd heißt.“

„Bernds gibt es viele“, sagte der Typ hinter dem Tresen ungerührt. Victor konnte ihn kaum verstehen; die Lautsprecher vibrierten unter einem Song, der ganz nach „Einstürzende Neubauten“ klang.

„Was hast du gesagt?“ brüllte Victor.

„Bernds gibt es viele!“ brüllte der Barkeeper zurück. „Auch ein Pils?“

Victor schüttelte den Kopf. „Lieber ’ne Cola.“

„Da drüben steht einer, der Bernd heißt“, rief der Typ. Er zeigte auf eine Nische, in der es einen Zigarettenautomaten, einen Stehtisch und einen Haufen alte Filmplakate an den Wänden gab.

Victor bahnte sich einen Weg dorthin. Jemand paffte ihr seinen Zigarettenrauch direkt ins Gesicht. Victor bekam ihren zweiten Hustenanfall. Ihre Augen tränten.

Sie fragte sich, wie die anderen Leute das Abend für Abend in diesen verräucherten Kneipen aushielten. Ihr war jetzt schon fast übel.

„He, Victor! Hier sind wir!“

Aus einer anderen Ecke drängelte sich Arne zu ihr durch. Er zupfte sie am Ärmel. „Ziemlich voll hier, was?“ fragte er fröhlich. „Komm. Lola ist auch schon da.“ Er nahm ihre Hand und zog sie hinter sich her.

Lola und Bernd saßen in einem Nebenraum, in dem die Luft besser war. Das Licht schien auch etwas heller, und die Musik dröhnte nicht ganz so in den Ohren.

Victor atmete tief durch. Dann lächelte sie tapfer. „Puh, das ist ein schlimmer Schuppen.“

19 0052-24

Bernd, der Zivi, rutschte ein Stück weiter auf der gepolsterten Bank. „Setz dich. Ist eigentlich ein ganz gemütlicher Laden. Man kriegt bloß einen Schock, wenn man reinkommt, die lüften zu wenig."

„Und warum lüften die so wenig?" Victor starrte an die Decke. Da drehte sich ein Ventilator, der aus den Kulissen eines alten Schwarzweißfilms zu stammen schien. Aber er wirbelte nur die alte Luft und den Staub und den Bierdunst durcheinander.

„Wegen der Anwohner. Die beschweren sich immer, daß die Musik zu laut ist, wenn man die Tür offenläßt", erklärte Bernd. „Deshalb bleibt sie zu, und die Luft bleibt, wie sie ist." Er hob grinsend die Schultern. „Aber das ist ja nicht das Entscheidende."

Lola, die die ganze Zeit über die Eiswürfel in ihrem Colaglas klirren ließ, schaute Bernd fragend an. „Und was ist das Entscheidende?"

„Daß hier was los ist. Man trifft ein paar gute Leute. Man kann quatschen, ein Bier trinken und gute Musik hören. Ist doch besser, als zu Hause vor der Glotze zu hocken." Er lachte. „Zum Beispiel heute lerne ich euch kennen. Das ist in Ordnung, oder?"

„Ich würde auch gerne eine Cola trinken." Victor schaute sich hilflos in dem Gewimmel um. Am Nebentisch saß eine Clique aus ihrer Schule, aus der zwölften Klasse. Sie winkten. Victor winkte auch. Jemand warf ihr ein Päckchen Zigaretten rüber, aber postwendend schickte Victor es zurück. „Wenn ich hier rauskomme, stinken meine Klamotten so nach Rauch, daß meine Eltern mir nie glauben, daß ich selbst nicht geraucht habe“, sagte sie. „Das gibt bestimmt Ärger.“

„Dicki hat überhaupt nichts gesagt, als ich gegangen bin“, meinte Lola fröhlich. Ihr schien es in der Kneipe zu gefallen. Sie hatte einen gemütlichen Eckplatz, trank genüßlich ihre Cola, und außerdem, fand Victor, sah sie einfach super aus mit der riesigen dunkelgrünen Taftschleife, die sie sich ins Haar gebunden hatte.

Bernd schien das auch zu finden. Er ließ sie überhaupt nicht mehr aus den Augen.

Das kann ja ein heiterer Abend werden, dachte Victor. Ihr war etwas unbehaglich zumute.

Arne schien das zu spüren. „Ich kümmer' mich mal um deine Cola.“ Er stand auf und zwängte sich durch die Menge zur Bar.

Als er zurückkam, stellte er einen Teller mit Erdnüssen und einen Teller mit Chips auf den Tisch. „Kalorienzufuhr“, sagte er fröhlich. „Schöne Grüße von Frank. Geht auf Rechnung des Hauses.“

„Und wer ist Frank?“ fragte Lola.

„Der Typ an der Bar. Ein Kumpel von mir. Der arbeitet auch als Zivi und jobt einmal in der Woche nachts hier in der Kneipe. Der braucht die Kohle, weil er nächstes Jahr eine Tippeltour durch Alaska machen will."

„Toll", rief Victor begeistert. Sie stieß Lola an. „So etwas müssen wir später auch mal machen."

Bernd lachte. „Da müßt' ich erst lernen, wie man Bären aus dem Weg geht, wie man Lachse fängt und über dem offenen Feuer brät."

„Und wie man sich vor Leuten in acht nimmt, die Lügengeschichten erzählen", gab Victor zurück.

Arne grinste. „Da kenn' ich noch jemanden, der ganz groß im Erzählen von Lügenstorys ist." Er zwinkerte Victor zu.

Victor wurde sofort rot. Sie konzentrierte sich auf ihre Cola. Es war ihr irgendwie peinlich, wenn Arne sie so ansah.

Bernd trank sein Pils, dann beugte er sich vor und schaute die drei erwartungsvoll an. „Also. Ich hab' gehört, ihr wollt irgendeine Sache mit mir bereden. Schießt mal los. Worum geht's denn?"

Der Typ, der nächstes Jahr die Tippeltour durch Alaska machen wollte, stellte zwei Biere auf den Tisch. „Ist doch in Ordnung, oder?" fragte er zu Arne und Bernd hin. Dann warf er einen neugierigen Blick auf Victor und Lola. „Euch hat man hier ja noch nie gesehen. Willkommen im *Western.*"

„Danke", antwortete Lola strahlend. „Ist echt toll hier."

Victor sagte lieber nichts. Sie schaufelte sich ein paar Erdnüsse in die Hand und begann zu knabbern. Als der Alaska-Typ wieder weg war, berichtete Arne, was sie erlebt hatten.

Bernd hörte interessiert zu. Als Arne die Mauer erwähnte, verengten sich Bernds Augen zu einem schmalen Schlitz. „Kein Scherz?"

Arne schüttelte den Kopf und fuhr fort.

„Wahnsinn!" Bernd rieb sich über die Stirn. „Wahnsinn! Was bedeutet das bloß? Ihr habt recht, der Sache muß man auf den Grund gehen. Ein Kinderheim, sagt ihr? Aber ihr wißt keinen Namen?"

„Nichts. Nur die Hausnummer", antwortete Victor hilflos. „Alles ist so mysteriös. Wenn da nicht der Typ mit dem Wäscherei-Wagen gewesen wäre, hätten wir nie einen Verdacht geschöpft."

Lola runzelte die Stirn. „Irgendwie komisch sind ja auch die Kartons aus dem *Turmhotel.* Was das bloß zu bedeuten hat?"

Bernd lehnte sich zurück und starrte an die rußige, dunkelrot lackierte Decke, unter der sich der alte Ventilator drehte. „Wir werden das herausfinden", sagte er. „Keine Bange. Wenn da irgendein krummes Ding läuft, dann kriegen wir das raus. Morgen früh bin ich beim Sozialamt, und ich werde die löchern, bis ich eine konkrete Auskunft habe. Ich geb' euch mein Wort."

Im Laufe der Zeit wurde es im *Western* immer noch voller. Eine Clique von Schülern, die auch alle auf das Schiller-Gymnasium gingen, kam aus dem Kino. „Hier noch Platz?"

Die vier rückten weiter zusammen. Es wurde Bier und Cola bestellt, und dann begann eine heiße Diskussion über den neuen Schulsprecher, der in der Woche vor den Ferien gewählt worden war.

Mitten in dieser Diskussion schaute Victor auf die Uhr. Sie wurde kreidebleich. Schon zehn vor elf. Hastig sprang sie auf. „Ich muß gehen."

„Jetzt schon?" Bernd drückte sie energisch auf ihren Platz zurück. „Unsinn. Ist doch gerade so interessant. Es geht um eure Schule und um eure Rechte! Da haut man doch nicht einfach ab! Hast du kein politisches Verständnis?"

Victor hob die Achseln. Sie beugte sich zu Lola hinüber und flüsterte: „Ich hab' meinen Eltern versprochen, daß ich um elf zu Hause bin. Im Augenblick kann ich mir keinen Ärger leisten. Aber du brauchst das den anderen ja nicht gerade auf die Nase zu binden. Sonst halten die mich für ein Muttersöhnchen."

„Höchstens für ein Muttertöchterchen", flüsterte Lola zurück. „Ist schon in Ordnung. Macht es was, wenn ich nicht mitkomme? Ich find' es echt ziemlich gut hier."

„Meinst du etwa, ich nicht?“ Victor schob sich an Lola vorbei aus der Bank. Sie winkte allen vage zu. „Also, ciao, bis die Tage.“

„Ciao, Victor.“ Die anderen steckten sofort wieder die Köpfe zusammen. Niemand schien es wirklich zu stören, daß Victor wegmußte. So war das eben in der Kneipe: Man traf sich zufällig und ging wieder auseinander.

Als Victor draußen war und einen Augenblick tief atmend stehenblieb, legte ihr plötzlich jemand die Hand auf die Schulter. „Ich bring' dich nach Hause, wenn's dir recht ist.“

Es war Arne. Victors Herz machte einen freudigen Sprung. Gut, daß Arne das nicht merkte...

„Ist wirklich nicht nötig. Ich finde schon allein nach Haus.“

„Aber besser ist, wenn ich mitkomme. Ich hab' keine Lust, dich hier mitten in der Nacht alleine rumlaufen zu lassen.“ Arne nahm wie selbstverständlich wieder ihre Hand.

Victor fand es schön, so Hand in Hand mit ihm durch die verlassenen Altstadtgassen zu gehen. Irgendwie kam ihr die Stadt an diesem Abend besonders schön vor. Geradezu romantisch.

„Guck mal, der Mond“, sagte sie. Eine schmale Sichel ging gerade hinter dem Rathaus auf, als sie den Rathausplatz überquerten.

„Hm. Zunehmender Mond. Jetzt wird das Wetter wieder besser."

„Woher weißt du das?"

„Ich weiß alles." Arne lachte. „Ist natürlich Quatsch. Aber das ist so eine alte Bauernregel. Auf die kann man sich fünfzigprozentig verlassen."

Als sie vor Victors Haustür standen, ließ Arne ihre Hand los.

„Also dann ...", sagte er.

Victor nickte. „Also dann ..." Sie blieb mit gesenktem Kopf vor ihm stehen.

Arne räusperte sich. „Ich bin gespannt, was Bernd morgen rauskriegt über das Kinderheim."

„Ich auch. Schlaf gut." Victor öffnete das Gartentor. Arne stand noch immer am selben Fleck. Victor drehte sich um und schaute ihn an. „Gehst du jetzt wieder ins *Western* zurück?"

„Wieso willst du das wissen?"

„Keine Ahnung. War nur so eine Frage. Geht mich natürlich nichts an."

Winkend lief Victor auf das Haus zu. Sie war so aufgeregt, daß sie zuerst den falschen Haustürschlüssel benutzen wollte.

Endlich konnte sie die Tür öffnen. „Ciao!" rief Victor, „und danke fürs Bringen."

Arne winkte. Als Victor gerade die Tür zumachen wollte, rief er leise: „Victor?"

„Ja?" Sofort war die Tür wieder offen. „Ja?" fragte Victor atemlos.

„Ach, nichts ..." Eine kleine Pause. Dann: „Ich wollte nur sagen: Ich geh' nicht wieder ins *Western*. Ich geh' auch nach Hause, ohne dich macht es mir heute abend keinen Spaß mehr."

Victor lächelte, als sie die Haustür vorsichtig zudrückte. Irgendwie fand sie den Gedanken, daß Arne jetzt auch nach Hause ging, tröstend. Sie wußte selbst nicht genau, warum.

Am nächsten Vormittag brachen Victor und Lola zu einem Streifzug durch die Fußgängerzone auf. „Vielleicht begegnet uns der Junge noch einmal", meinte Victor hoffnungsvoll. „Aber dann laß ich ihn nicht wieder entwischen, darauf kannst du dich verlassen."

Lola hob die Schultern. „Wir haben zweimal eine Chance gehabt. Aller guten Dinge sind drei."

Immer wieder schlenderten Victor und Lola in dem Viertel zwischen Kaufhof und Karstadt, McDonald's und dem Rathausplatz herum.

Es war wärmer und sonniger als an den vergangenen Tagen – fast wie im Sommer. Die Mädchen trugen Bermudas aus Leinen und kurzärmelige T-Shirts.

Victor hatte sogar ihren Schlapphut zu Hause in

der Garderobe gelassen, dafür aber eine kalifornische Glitzersonnenbrille aufgesetzt, die ihr das Aussehen einer Hornisse gab.

„Sieht heiß aus, oder?“ fragte Victor grinsend, als sie Lolas kritischen Blick bemerkte.

Lola lachte. „Mir gefällt's, das weißt du doch. Aber die Kleinstadt steht kopf. Wenn du nicht auch noch zwei verschiedene Ringelsocken angezogen hättest und dazu diese hochhackigen Schuhe – das sieht echt wahnsinnig aus.“

Victor schaute an sich herunter. Sie fand ihr Outfit, wie sie es nannte, vollkommen in Ordnung. „Bloß meine Knie sind zu blaß.“ Sie verdeckte sie mit den Händen. „Blasse Knie machen alt.“

Über diesen Scherz lachten sich die beiden halb tot: Blasse Knie machen alt! Sie fanden, daß sie mittlerweile eine kleine Ruhepause verdient hatten, und setzten sich auf einen der Beton-Blumenkübel, die überall in der Fußgängerzone verteilt waren.

Plötzlich fiel ein Schatten auf die beiden. Als sie aufsahen, blickten sie in das amüsierte Gesicht des Journalisten, den sie „Dobermann“ getauft hatten.

Er hatte einen Packen Zeitungen unter dem Arm und klimperte mit seinem Wagenschlüssel. „Wolltet ihr vielleicht gerade zu mir?“ fragte er. „Bringt ihr schon die erste Story?“

Jetzt erst fiel Lola auf, daß sie schräg gegenüber

vom Eingang zu den Redaktionsräumen des *Anzeigers* saßen.

„Nee“, antwortete sie fröhlich. „So schnell sind wir nun auch wieder nicht.“

„Schade. Heute hätte ich für eine gute Story mindestens achtzig Zeilen Platz freischaufeln können, auf Seite fünf. Da fehlt mir noch ein guter Aufmacher.“ Er grinste. „Habt wohl schon den Mut verloren, was? In der Redaktion haben wir nachher Wetten abgeschlossen, ob ihr mit einer Geschichte kommt.“

„Und?“ fragte Victor aufgeregt. „Wie ist es ausgegangen?“

„Zehn zu eins“, sagte der Dobermann grinsend.

„Zehn für und einer gegen?“ Lola strahlte.

„Nein, umgekehrt. Zehn glauben, daß ihr keine Story bringt, und einer glaubt, daß doch.“

„Und wer ist der eine?“ Victor nahm die Sonnenbrille ab und schaute den Dobermann blinzelnd an.

„Na, wer schon. Ich natürlich.“ Der Zeitungsmann schob seinen Autoschlüssel zwischen die zusammengerollten Zeitungen.

Victor starrte ihn ungläubig an. „Sie? Ausgerechnet Sie?“

„Wieso nicht? Ich gehöre zu den Menschen, die den Glauben an die Jugend noch nicht verloren haben. Also, laßt mich nicht im Regen stehen, okay?“ Er nickte ihnen zu und ging weiter.

Lola sprang auf und lief ihm aufgeregt hinterher. „Ich wollte nur noch sagen, wir sind an einer ganz heißen Story!“

Tobermann warf ihr einen langen Blick zu. „Ach ja?“ fragte er. Es klang nicht so, als wenn er überzeugt wäre.

Lola schluckte aufgeregt. Sie bekam schon wieder kleine rote Flecken am Hals. „Doch. Bestimmt. Es ist da nämlich…“

Aber in diesem Augenblick hielt ihr Victor, die hinter sie getreten war, den Mund zu. „Sei bitte still!“ knurrte sie. „Über die Sache reden wir erst, wenn sie hieb- und stichfest ist. Wir blamieren uns doch bloß, wenn nichts dran ist!“

Lola rollte mit den Augen und wand sich aus Victors Umklammerung. „Sie haben ja gehört, was meine Freundin eben gesagt hat“, keuchte sie. „Tut mir leid. Ich dachte, ich kann Ihnen eine Freude machen…“

Tobermann grinste. „Ach, für eine Freude ist es nie zu spät. Ich kann warten. Ich hab' Geduld.“

Dann war er endgültig weg.

Victor und Lola schauten ihm nach.

„Entschuldige“, murmelte Victor. „War echt blöd von mir, daß ich so dazwischengefahren bin…“

Lola nahm vorsichtig die Sonnenbrille aus Victors Hosentasche, klappte sie auseinander und setzte sie auf die Nase. Sie zog eine Grimasse. „Steht sie mir auch?“ fragte sie.

„Super!“ Victor war froh, daß Lola nicht sauer war.

Aber das war wahrscheinlich überhaupt das Geheimnis ihrer Freundschaft: So richtig sauer konnten sie aufeinander überhaupt nicht sein.

„Ich geb’ eine Runde Vanilleeis aus“, erklärte Victor großzügig. „Ich hab’ noch was von den zwanzig Mark übrig, die Daddy gestern hat springen lassen.“

„Ich hab’ im *Western* über zehn Mark ausgegeben“, sagte Lola. „Der Bernd wollte für mich bezahlen, aber das hab’ ich nicht angenommen.“

„Und wieso nicht?“

„Weiß nicht... war mir irgendwie peinlich. Ich dachte, bei dem Job, den der macht, und so schlecht, wie er dafür bezahlt wird...“

Victor überlegte einen Augenblick. Dann nickte sie. „Stimmt, hätte ich wahrscheinlich auch gemacht. Wie lange seid ihr denn noch geblieben?“

„Oh... ich glaube, ich war erst um halb zwölf zu Hause.“

„Und Dicki? Hat dein Vater nichts gesagt?“

„Der hat es überhaupt nicht gemerkt. Der saß noch über seinen Schmetterlingen. Ich hab’ mich einfach an seinem Zimmer vorbeigeschlichen.“

„Du hast es gut. Das könnte ich nie. Meine Mami stellt nachts die Ohren senkrecht. Immer auf Empfang. Sie hört alles. Absolut alles."

Lola schaute Victor von der Seite an. „Arne ist übrigens noch mal ins *Western* zurückgekommen. Aber da wollten wir gerade gehen."

So ein Schwindler, dachte Victor, und mir erzählt er, er geht nicht mehr zurück! Na ja, er muß selbst wissen, wie er mit seinen Lügen leben kann... Nicht, daß es irgendwie wichtig wäre... überhaupt nicht...

„Er war mit den vier Chinesen da. Er hatte seinen Schal im Lokal vergessen", erklärte Lola. Sie blieb vor dem Eisladen stehen. „Ich glaub', ich nehm' Pistazie", sagte sie, während sie sich in die Schlange reihte.

Victor lachte. „Klar, soviel du willst."

Erstaunt sah Lola sie an. „Warum bist du denn auf einmal so fröhlich? Hab' ich irgendwas besonders Lustiges gesagt? Ich kann mich nicht erinnern."

Victor nahm Lola die Sonnenbrille ab und setzte sie selber wieder auf. Es war eine Spiegelsonnenbrille, die die Augen wunderbar verbarg.

„Vergiß es", sagte sie cool. Mit so einer kalifornischen Sonnenbrille konnte man wunderbar cool sein.

Also seinen Schal hatte er bloß vergessen...

„Ich hab' eine Wahnsinnsnachricht!" Victor stürzte in Lolas Zimmer. „Du, eben hat..."

Sie stutzte. Lola lag noch, wie ein Katze zusammengerollt, unter ihrem dicken Federbett und schlief. Die Jalousien waren heruntergezogen, das Fenster luftdicht verschlossen, das ganze Zimmer roch nach Schläfrigkeit. Dabei war es schon zehn Uhr morgens!

„He! Du altes Murmeltier!“ Mit einem Schwung zog Victor ihrer Freundin das Federbett herunter. „Aufwachen! Die Pflicht ruft!“

Lola schnaufte schläfrig. „Was ist denn..., ich bin noch so müde..., mir ist kalt..., komm, gib mir die Decke wieder...“

„Bestimmt nicht!“ Victor warf das Federbett auf den Sessel und ließ das Rollo hochschnappen, dann öffnete sie das Fenster sperrangelweit. „Dein Vater sitzt schon in der Küche beim Frühstück. Er hat gedacht, du bist überhaupt nicht mehr zu Hause.“

„Was?“ Lola richtete sich auf. Sie schob ihre rote Lockenmähne aus dem Gesicht. „Worüber redest du überhaupt? Du machst hier eine Äktschen, das hält man ja gar nicht aus... komm!“ Flehend streckte sie ihre Hand nach dem Federbett aus. „Ich möchte mich nur noch einmal gemütlich einkuscheln...“

„Nichts da. Ich bin schon seit Stunden auf! Ich hab' Gipsy schon in den Kindergarten gebracht, meine Kakteen umgetopft und für meinen Daddy die Zeitung besorgt, und du alte Schlafmütze...“

Lola seufzte. Es dämmerte ihr allmählich, daß an Schlaf nicht mehr zu denken war. Sie schielte zu ihrem Reisewecker.

„Tatsächlich schon zehn", murmelte sie. „Ich dachte, es ist gerade erst Mitternacht."

„Hast du eine Schlafpille genommen, oder was ist los?" Ungeduldig tigerte Victor in Lolas Zimmer auf und ab. „Kein Mensch kann doch morgens so lange schlafen!"

„Ich schon." Lola schwang sich aus dem Bett. Sie ließ ihre Beine baumeln und betrachtete ihre Zehen, als hätte sie die zum ersten Mal in ihrem Leben gesehen.

„Meinst du, ich soll mir mal die Fußnägel lackieren?"

„Klar. Am besten schwarz. Damit man die Schmutzränder nicht sieht."

Empört streckte Lola ihrer Freundin einen Fuß hin. „Wo sind hier Schmutzränder, bitte schön! Ich gehe jeden Abend vor dem Schlafengehen unter die Dusche, und außerdem ..."

Victor grinste. „War nur ein kleiner Scherz am Morgen."

Sie schleuderte ihrer Freundin die Jeans-Latzhose hin. „Willst du dich nun endlich anziehen? Wir müssen sofort zu Arne. Der wartet schon ungeduldig."

Lola riß die Augen auf. „Ah... daher weht der

Wind. Die Sehnsucht hat dich aus dem Bett getrieben, was?"

Als Victor rot wurde, brach Lola in schallendes Gelächter aus. „Ich hab's doch geahnt! Dich hat's erwischt."

„Was hat mich erwischt?"

„Du hast dich verknallt! In Arne Krüger! Nicht zu fassen!" Lola ließ sich wieder aufs Bett fallen. Vor Begeisterung strampelte sie mit den Beinen.

Fassungslos sah Victor ihr zu. „Und was ist daran so komisch, bitte sehr? Ganz abgesehen davon, daß überhaupt nichts Wahres an deiner Behauptung ist."

Lola grinste nur. „Ich hab' doch Augen im Kopf."

Sie rollte sich aus dem Bett, nahm eine frische Bluse und Wäsche aus dem Kleiderschrank und griff nach der Jeans.

„In zehn Minuten bin ich fertig. Du kannst Dicki inzwischen in der Küche Gesellschaft leisten und frischen Kaffee aufsetzen. Hast du schon gefrühstückt? Ich hab' einen Mordshunger. Sind frische Semmeln da? Ich glaub', heute morgen könnt' ich auch ein Glas frischen Orangensaft vertragen..."

Victor schob die splitternackte Lola ins Badezimmer. „Verschwinde endlich!" knurrte sie. Dann stieg sie die Treppen hinunter.

Professor Könke saß immer noch an dem kleinen Frühstückstisch in der Küche.

20 0052-24

„Na?“ fragte er freundlich.

„Ich hab’ sie wachgekriegt“, sagte Victor. „War ein ganz schönes Stück Arbeit.“ Sie schaute in die Kaffeekanne. „Ist nur noch ein kleiner Rest drin. Soll ich frischen Kaffee kochen?“

„Ach, das wär’ nett.“ Professor Könke lächelte, während er mit den Eßstäbchen einen Weißbrotwürfel in den Mund schob. „Fühl dich ganz wie zu Hause.“

„Das tu’ ich sowieso“, sagte Victor strahlend. Sie warf einen Blick in den Kühlschrank. „Oh! Erdbeerjoghurt.“

Plötzlich erschallte aus dem ersten Stock ein markerschütternder Schrei bis in die Küche.

„Was war das?“ Dem Professor rutschten die Eßstäbchen aus der Hand.

„Keine Panik. Ich wette, Lola hat eben den neuen Pickel an der Nase entdeckt.“ Victor grinste. „Ich wußte, daß sie zusammenbricht, wenn sie ihn entdeckt.“

Der Professor schaute sie fassungslos an. „Und was ist so schlimm an einem Nasenpickel?“

„Ein Nasenpickel ist die absolute Katastrophe“, antwortete Victor, während sie den gemahlenen Kaffee in den Filter löffelte. „Es gibt praktisch nichts Schlimmeres auf der Welt.“

Der Professor schüttelte den Kopf. „Auch wenn

ich zwanzig Semester Psychologie studiert hätte, würde ich euch wahrscheinlich immer noch nicht verstehen."

Victor warf ihm einen strahlenden Blick zu. „Macht nichts, dafür verstehen Sie so toll viel von Schmetterlingen."

Lola und Victor standen vor Arnes Haus. Als sie den Klingelknopf drückten, begann prompt das wilde Gekläffe der Pekinesen. Arne öffnete im ersten Stock das Flurfenster. „Die Tür ist auf! Ihr könnt einfach reinkommen."

„Okay. Aber sperr die Wolfshunde ein", rief Lola hinauf.

Lachend warf Arne das Fenster wieder zu.

Victor war nicht vom Treppensteigen, aber von der Aufregung, Arne wiederzusehen, ein bißchen atemlos. „Hallo", keuchte sie, ohne ihm genau in die Augen zu sehen, „was machen die Katzenbabys?"

„Werden jede Stunde dicker und puscheliger. Eins hat schon die Augen geöffnet."

„Und? Welche Farbe?"

Lola ging an der Küchentür vorbei. Die Augenfarbe des Katzenbabys interessierte sie kein bißchen.

„Eismeerblau", sagte Arne.

„Echt?" staunte Victor. „Haben Katzen auch blaue Augen?"

„Alle Katzenbabys haben blaue Augen. Willst du sie sehen?“ Arne schob Victor durch die Küchentür und paßte auf, daß keiner der Hunde ihnen folgte.

Victor sah in der Wurfkiste nichts als ein pelziges, wolliges Gebalge. Die Katzenmama lag auf der Seite und blinzelte ihnen schläfrig entgegen.

„Die sieht ja völlig erschöpft aus“, meinte Victor mitleidig. „Und so dünn. Man sieht ja alle Rippen.“

„So sehen Katzenmütter immer aus nach der Geburt.“ Arne sprach schon fast wie ein richtiger Tierarzt. „Sie kriegt aber Aufbaufutter von mir. In zwei Wochen jagt sie schon wieder Mäuse.“

Aus Arnes Zimmer kam ein schriller Schrei.

„Habt ihr etwa auch Mäuse?“

„Quatsch!“ Arne verdrehte die Augen. „Lola nervt einen manchmal ganz schön, was?“

„Sie kann Tiere eben nicht leiden“, sagte Victor achselzuckend, „das muß man einfach akzeptieren.“

Arne schüttelte den Kopf. „Mir unbegreiflich.“

Die Hunde hatten alle flach nebeneinander im Flur auf dem Boden gelegen und darauf gewartet, daß Arne die Küche wieder verließ. Die Küche war immer noch verbotenes Gelände, solange die Wurfkiste mit den Katzenbabys dort stand.

Als Arne und Victor kamen, gebärdeten sich die Hunde vor Freude so, als wären die beiden ein Jahrhundert lang weg gewesen.

„Platz!" rief Arne ärgerlich. „Seid endlich mal ruhig!"

Sofort trollten sich die Tiere.

„Seit wann bist du so streng?" fragte Victor.

„Wenn du es genau wissen willst: seit gestern abend. Da hat der Mieter im Erdgeschoß einen Anfall gekriegt, weil die Hunde soviel gebellt haben. Es lief ein Katzenfilm im Fernsehen, und das ganze Miaue hat sie irgendwie fertiggemacht."

„Mhmh." Victor warf ihm einen unsicheren Blick zu. Ob er das ernst gemeint hatte?

Lola hockte auf der Schreibtischkante und blätterte in einer Tierzeitschrift. „Na endlich", seufzte sie, als die beiden ins Zimmer kamen und die Tür hinter sich zuzogen. „Jetzt will ich endlich die Neuigkeiten hören. Schieß los."

Arne machte es spannend. Er schob erst Victor einen Stuhl hin, dann räumte er umständlich die Papierstöße weg und setzte sich gemütlich auf das Bett, wobei er mit den Füßen diskret das Katzenklo unter das Gestell schob.

„Heute morgen, ganz früh, hat Bernd angerufen, von der Telefonzelle."

„Und?" fragten Lola und Victor wie aus einem Mund.

„Um es genau zu sagen: Er hat von der Telefonzelle angerufen, die genau neben dem Eingang vom Sozialamt steht. Er hatte es ziemlich eilig, die Neuigkeit loszuwerden."

„Also!!!"

„Ganz einfach: Es gibt tatsächlich ein Kinderheim im Ulmenweg 45, und zwar ganz genau seit acht Monaten. Es ist ein Heim für Asylantenkinder."

Victor runzelte die Stirn. „Und was soll das, bitte schön, genau sein?"

„Will ich dir erklären. Jedenfalls so viel, wie Bernd mir erzählt hat."

Victor und Lola erfuhren zum erstenmal, daß es Länder gab, in denen die Eltern solche Todesangst um ihre Kinder haben, daß sie sie einfach in ein Flugzeug setzen und irgendwohin nach Europa schicken – Frankfurt, Paris, London. Wenn ein Flugzeug in Frankfurt zwischenlandet, werden die Kinder aus der Maschine geholt und von den Paßbeamten in einen Raum gebracht, in dem ein Betreuer sich um sie kümmert.

„Manchmal kommen an einem Tag nur zwei, aber manchmal gleich acht oder zehn."

„Und wo kommen die Kinder her?" fragte Victor fassungslos.

„Die meisten aus dem Libanon. Aber viele kommen auch aus dem Iran, einige auch aus Korea und Vietnam."

„Wahnsinn, aber wieso machen die Eltern das?"

„Weil zum Beispiel der Libanon ständig in irgendwelche Kriege verwickelt ist und weil in diesen Ländern schon Kinder zum Kriegsdienst gezwungen werden. Hast du nie etwas von den iranischen Kindern gehört, die während des Krieges gegen den Irak an die Front mußten? Sie wurden von den Minen zerfetzt, die überall herumlagen, und haben so für die Soldaten den Weg freigemacht. Hunderttausende von Kindern sind so umgekommen."

Lola war kreidebleich geworden. „Das ist nicht wahr."

„Wenn ich es dir sage." Arne sprach jetzt ganz leise und eindringlich. „Und im Libanon ist es ähnlich. Der Krieg da dauert ja schon Jahrzehnte. Die Kinder laufen mit Gewehren herum und liefern sich Bandenkämpfe. Die Eltern aber wollen, daß ihre Kinder in einer friedlichen Welt aufwachsen. Und deshalb geben sie manchmal ihr letztes Geld für ein Flugtikket aus."

Lola schüttelte den Kopf. „Was sind das bloß für Eltern."

„Ich würde eher sagen: Was ist das bloß für eine Welt, in der man so was tun muß", meinte Arne. „Ich bin sicher, den Eltern zerreißt es das Herz. Die Kinder können ja gar kein Deutsch. Sie sind vollkommen hilflos, das muß man sich mal vorstellen. Die kommen hier an, und keiner ist zuständig, und keiner weiß, was er mit den Kindern machen soll. Manche wollen nicht einmal die Adresse ihrer Eltern verraten, weil die Eltern ihnen das eingeschärft haben, aus Angst, daß man die Kinder wieder zurückschickt."

Victor ließ sich neben Arne auf das Bett fallen. „Mir ist ganz schlecht."

„Und du glaubst", fragte Lola, „daß solche Kinder in diesem Heim hinter dieser Mauer sind?"

Arne schüttelte den Kopf. „Nicht hinter der Mauer. Aber in dem Haus. Bernd hat erfahren, daß ein Mann, der sich Dr. Dorian Freund nennt, diese Kinder betreut. Er hat zur Zeit zwanzig Kinder dort. Das Sozialamt kommt für alle Kosten auf."

Eine Weile schwiegen die drei.

Arne rieb mit den Handknöcheln auf seinem Oberschenkel herum. Plötzlich sagte er: „Was ich nur nicht begreife: Wenn seit acht Monaten da mehr als zwanzig Kinder untergebracht sind – wieso sieht man die nie auf der Straße?"

Victor lächelte grimmig. „Einen haben wir ja mal gesehen. Der sprach sogar deutsch. Schade, daß wir ihn nicht gefragt haben."

„Die ganze Sache stinkt irgendwie", meinte Lola. „Mir ist ganz mulmig bei dem Gedanken an diesen Garten..."

„...und die ausrangierten Eisengestelle im Kellereingang", fügte Victor hinzu.

„Und diese Kisten vom *Turmhotel*..." Lola runzelte die Stirn. „Was hat denn wohl das *Turmhotel* mit dem Kinderheim zu tun?"

Arne hob die Schultern. „Ist vielleicht nur ein Zufall, daß die Kisten da waren."

„Und die Mauer? Und die Glassplitter auf der Mauer", rief Victor heftig. „Auch nur ein Zufall? Alles bloß Zufall?"

„Das hat vielleicht mit dem Kinderheim gar nichts zu tun."

„Aber wenn dieser Mann mit dem Spitzbart, den wir getroffen haben, zufällig dieser Dr. Dorian Freund gewesen ist? Dann ist das kein Zufall, das schwöre ich dir."

Lola schaute nach draußen. Die Sonne schien zwar immer noch, aber irgendwie konnte sie sich daran plötzlich nicht mehr freuen.

„Ich denke", sagte sie entschlossen, „wir müssen uns das Gelände noch einmal genau ansehen."

Victor stieß Arne an. „Aber dieses Mal gehst du rein. Wir können uns da nicht mehr blicken lassen."

Arne nickte. „Mach' ich. Bernd hat auch gemeint, wir müssen noch mehr Informationen sammeln. Im Sozialamt wissen die nichts, außer daß Dr. Freund für jedes Kind ein Formular ausfüllt und für jedes Kind kassiert. Aber eines hat Bernd auch noch herausgefunden: Dieser Dorian Freund hat dem Sozialamt Papiere vorgelegt, in denen steht, daß er Pädagoge und Sprachlehrer ist. Sonst hätte man ihm die Kinder bestimmt nicht anvertraut."

An diesem Tag war viel Betrieb auf dem Ulmenweg. Ein Umzugswagen hielt vor einem der Mietshäuser, Kinder spielten auf dem Fußweg mit einem Springseil, vor dem Haus Nr. 18 pumpte ein Familienvater vier für einen Ausflug bepackte Fahrräder auf.

Victor, Lola und Arne schlenderten langsam die Straße entlang. Manchmal, wenn ihnen einer entgegenkam, grüßte Arne, und jedesmal fragten Lola und Victor: „Wer war das?"

Dann erzählte Arne, was er über die Leute wußte: „Einer ist von Beruf Schornsteinfeger. Ich hab' ihn zweimal morgens in seiner Schornsteinfegertracht aus dem Haus kommen sehen. Die Leute sagen, es bringt Glück, wenn so einer in der Straße wohnt."

„Ach ja?" fragte Victor grimmig. „Hoffentlich auch den Kindern im Heim von Dr. Freund."

„Das ist die Netteste in unserer Straße. Die freut sich immer, wenn jemand sie anlächelt." Arne strahlte, als er an der alten Frau vorbeiging, die eine Tüte Taubenfutter in der Hand trug. „Sie füttert jeden Tag die Tauben im Stadtpark."

Lola blickte ihn vielsagend an. „Deshalb magst du

sie. Auch eine Tierfreundin."

„Hallo Arne!" Einer der Jungen, dessen Gesicht über und über mit Sommersprossen bedeckt war, rannte auf Arne zu.

„Hallo, Tom", sagte Arne, „wie geht's?"

„Na toll. Wir haben schließlich Ferien!" Er schaute Lola und Victor an. „Und wer sind die beiden?"

„Die kenne ich von der Schule", sagte Arne.

„Und wo sind Laotse, Konfuzius, Mao und Li Peng?"

Arne grinste. „Du hast ja alle Namen behalten."

„Klar!" Der sommersprossige Junge nickte begeistert. „Ich hab' mir von meinen Eltern zum Geburtstag auch einen Pekinesen gewünscht."

Lola verdrehte die Augen. „Die armen Eltern." Sie drängte die anderen vorwärts.

Aber Victor fiel plötzlich etwas ein. „Wohnst du hier in der Straße, Tom?"

„Klar. Wo sonst?"

Victor deutete auf die anderen Kinder, die inzwischen mit Spielen aufgehört hatten und zu ihnen rüberschauten. „Und das sind deine Freunde, was?"

„Nee, das sind meine Geschwister. Lia, Nele und Florian."

„Ah." Victor winkte Toms Geschwistern zu. Dann wandte sie sich wieder an den Jungen. „Kennst du noch andere Kinder hier aus der Straße?"

Tom verzog sein Gesicht. „Ein paar. Aber die meisten sind älter als ich und so blöde, mit denen kann man nicht spielen."

„Die sind wohl aus dem Kinderheim, oder?"

Tom starrte sie verständnislos an. „Aus welchem Kinderheim?"

Victor wandte sich an Arne. „Erklär du es ihm."

„Also", sagte Arne, „in dem grauen Haus, am Ende da hinten, da ist doch ein Kinderheim. Da wohnen doch viele Kinder, und Victor wollte mal wissen…"

„Victor heißt die?" Der Junge konnte es nicht fassen. Abschätzend schaute er Victor an. „Das ist doch ein Jungenname."

„Ich bin ja auch ein Junge", antwortete Victor grinsend.

„Quatsch. Du willst mich wohl verarschen." Tom wandte sich beleidigt ab.

Aber ein Mädchen mit einem rosa Jogginganzug, rief plötzlich: „Hier gibt es überhaupt kein Kinderheim!"

„Nein?"

„Wenn es hier ein Kinderheim gäbe, dann hätten wir das ja wohl schon mal gesehen, oder?"

„Und in dem grauen Haus", erklärte Toms Bruder, „wohnen bloß so komische Leute, die mit niemandem reden."

„Ja, eine Frau, die immer ein Kopftuch trägt und im

EDEKA-Laden, wenn sie einkauft, nur einen Zettel abgibt."

„Die kann nämlich überhaupt nicht Deutsch", sagte das kleine Mädchen.

„Die ist Türkin oder Griechin oder so was."

„Nein, meine Mami sagt, die ist aus Persien."

Jetzt redeten alle Kinder durcheinander. Arne, Victor und Lola hörten aufmerksam zu.

„Und außer der Frau mit dem Kopftuch wohnt keiner in dem Haus?" fragte Arne.

„Nee." Das Mädchen mit dem Pferdeschwanz schüttelte energisch den Kopf.

„Doch! So ein doofer Mann mit Bart. Der hat mich mal angeschrien, bloß weil mein Ball über den Zaun geflogen ist."

„Genau. Und als du ihn wieder holen wolltest, ist er aus dem Haus gerannt gekommen und hat wütend geschimpft."

„Ach", sagte Victor gedehnt, „das ist ja interessant. Und was hat er gesagt?"

Der Junge hob die Schultern. „Kann mich nicht erinnern. Ich hab' gedacht, der will mich verhauen. Ich hab' den Ball einfach liegenlassen und bin weggerannt, so schnell ich konnte."

„Genau", sagte das Mädchen mit dem Pferdeschwanz. „Und nachher ist der Ball in hohem Bogen über den Zaun geflogen..."

„... und genau unter das Auto von der Wäscherei."

„Und da war er platt."

„Und Mami hat gesagt, eigentlich können wir von dem Mann verlangen, daß er uns einen neuen Ball kauft."

„Ja, aber Papi hat gesagt, laß doch, das lohnt sich nicht, deswegen Ärger mit den Nachbarn zu haben."

Der kleine Junge strahlte. „Und jetzt hab' ich einen neuen Ball. Aber den hab' ich oben in meinem Zimmer."

Arne lachte. „Eine tolle Geschichte. Danke schön, daß ihr uns das erzählt habt." Er winkte und ging weiter. Victor und Lola folgten ihm.

Die Kinder starrten ihnen noch einen Augenblick hinterher, aber dann verloren sie das Interesse, wandten sich ab und widmeten sich wieder dem Seilspringen.

Als sie außer Hörweite waren, fragte Victor: „Was sagt ihr dazu?"

„Paßt ins Bild", meinte Lola. „Der Typ will sich nicht in die Karten sehen lassen."

„Oder besser: nicht über die Mauer spucken lassen." Arne wirkte wild entschlossen. „Aber wir gehen der Sache auf den Grund."

„Ist doch komisch, daß in einem Haus zwanzig Kinder sein sollen, und niemand kriegt die zu Gesicht, oder? So was gibt es doch gar nicht."

„Vielleicht müssen die aus Sicherheitsgründen im Haus bleiben“, schlug Victor vor. „Ich hab' gehört, manche von diesen Ländern haben Geheimagenten, die auch in der Bundesrepublik arbeiten...“

„Aber die interessieren sich doch nicht für kleine Kinder!“ rief Lola. „Das wäre doch lächerlich.“

Das graue Haus sah an diesem sonnigen Tag noch grauer aus als gewöhnlich. Die Hecke, die durch die Eisenstäbe des Gartenzaunes wuchs, war beinahe undurchdringlich. Weißdorn und Rotdorn, Heckenrosen und stacheliger Liguster. Wer einmal versucht hat, durch so eine Hecke zu kriechen, ist mit vielen Schürfwunden und Stacheln in der Haut reumütig zurückgekommen...

Die Fenster waren wie immer verschlossen. „Lassen die überhaupt keine Luft und kein Sonnenlicht rein?“ fragte Lola verständnislos, während sie an der Fassade emporschaute.

„Ich finde, das ganze Haus hat etwas Bedrohliches.“ Victor schauderte. An der schmiedeeisernen Gartenpforte blieben sie einen Augenblick stehen. Nichts regte sich im Vorgarten, nichts hinter den Fenstern.

„Irgendwie sieht das Haus immer so unbewohnt aus“, meinte Arne. „Ich kann mir einfach nicht vorstellen, daß dort Kinder wohnen.“

„In einem Kinderheim hört man doch Lachen und Schreien und Singen und so was", sagte Victor. „Wenn ich daran denke, was für ein Gekreische mir immer entgegenschlägt, wenn ich Gipsy aus dem Kindergarten abhole..., das totale Chaos. Die Kindergärtnerinnen halten sich manchmal direkt die Ohren zu."

„Vielleicht ist es hier anders", sagte Arne bitter. „Vielleicht wird hier den Kindern der Mund gestopft..."

In diesem Augenblick fuhr ein Wagen hinter ihnen haarscharf an die Bordkante und bremste. Dann wurde der Motor abgeschaltet.

Die drei wichen erschrocken ein bißchen zurück.

„Das Auto von der Wäscherei!" wisperte Victor aufgeregt. „Geht ruhig weiter. Wir sehen sonst so verdächtig aus."

„Was ist daran verdächtig, wenn man sich ein Haus anschaut?" Lola folgte aber dennoch Victors Rat. Nach ein paar Schritten drehten sie sich um.

„Derselbe Fahrer wie letztes Mal", stellte Victor fest. „Jetzt kennt er ja die Adresse."

Sie überquerten die Straße und blieben auf dem gegenüberliegenden Bürgersteig stehen, steckten die Köpfe zusammen und taten, als hätten sie gerade etwas ungeheuer Wichtiges zu besprechen.

Aber Arne schielte zwischen den beiden Mädchen

hindurch und berichtete halblaut, was er sah: „Er holt Kartons aus dem Auto, er stapelt sie und trägt sie jetzt ins Haus. Mindestens fünf oder sechs Kartons. Müssen ziemlich schwer sein. Er schwankt ein bißchen."

„Weiter...!"

„Jetzt öffnet sich die Haustür..., aber nur einen Spalt, nur gerade so weit, den Mann reinzulassen..., ich kann niemanden erkennen..."

Wie auf Kommando schauten auch die Mädchen zum Haus hinüber. Der blaue Wäschereiwagen stand mit offenen Türen da.

„Der holt bestimmt wieder eine Ladung Wäsche ab", meinte Lola. „Wie letztes Mal. Er bringt immer was und holt was ab."

„Das ist normal", sagte Victor. „Mal sehen, ob die Frau mit dem Kopftuch auftaucht."

Aber diesmal kam der Fahrer allein aus dem Haus. Er trug Kartons und darauf noch in Papier eingeschlagene Wäschestücke. Er verstaute alles in seinem Auto und stieg wieder in das Fahrerhäuschen.

„Wir müssen uns an den ranmachen!" flüsterte Victor. „Ich weiß auch schon wie. Laßt mich mal machen."

Sie rannte ein Stück den Ulmenweg hinunter. Dabei wandte sie manchmal den Kopf, um nach dem Wäschereiauto Ausschau zu halten. Der Wagen hatte

21 0052-24

in der letzten Garteneinfahrt gewendet und kam jetzt auf Victor zu.

In diesem Augenblick trat Victor auf die Fahrbahn und breitete die Arme aus.

Der Fahrer hupte.

„Victor spinnt!“ schrie Lola ängstlich.

Aber da hielt das Auto auch schon. Victor lief zur Fahrerseite. Sie schenkte dem Fahrer ihr schönstes Lächeln. „Hallo“, sagte sie fröhlich. „Wir kennen uns ja schon. Kannst du mich ein Stück mitnehmen?“

„Mitnehmen?“ fragte der Fahrer. Automatisch fuhr er sich mit den Fingern durch die Haare und warf einen prüfenden Blick in den Rückspiegel. Dann lächelte er. „Du weißt doch überhaupt nicht, wo ich hin will.“

„Ich muß ins Zentrum“, sagte Victor. „Ich hab' mir meinen Fuß verstaucht. Und für die Straßenbahn hab' ich kein Geld dabei. Fährst du zufällig ins Zentrum?“

„Ungefähr. Also steig ein.“ Der Fahrer beugte sich zur anderen Tür und öffnete sie.

Victor machte hinter dem Rücken, nur für Lola und Arne erkennbar, mit den Fingern das Siegeszeichen, dann kletterte sie auf den Beifahrersitz.

„Ach, phantastisch“, sagte sie. „Ich liebe das Lieferwagenfahren.“

Der Fahrer grinste. Victor schätzte ihn auf ungefähr zwanzig. Abgesehen davon, daß er eine tätowierte Rose auf dem Unterarm hatte, machte er einen ziemlich sympathischen Eindruck. „Mädchen wie du lieben das Porschefahren, hab' ich immer gedacht", sagte er.

„Ich finde so olle Karossen viel schöner." Victor lehnte sich gemütlich an das knallheiße Kunstleder. Es verbrannte ihr fast den Rücken, aber sie lächelte tapfer. Sie hatte sich vorgenommen, die ganze Zeit nur zu lächeln und ja keinen Verdacht zu erregen...

„Letztes Mal, als ich dich gesehen hab', da hast du uns nach dem Kinderheim gefragt."

„Kann mich genau erinnern." Der Mann mit der tätowierten Rose griff nach einem Zigarettenpäckchen, das auf dem Armaturenbrett lag. Er klopfte lässig auf den Boden des Päckchens und ließ eine Zigarette herausspringen.

„Rauchst du?"

„Nee. Danke."

„Stört's dich, wenn ich rauche?"

Es störte Victor zwar, aber sie sagte strahlend: „Überhaupt nicht! Erzähl doch mal!"

„Was?" Der Junge druckte den Zigarettenanzünder und wartete. Dann zündete er sich die Zigarette an und paffte den Rauch in die Luft. Verstohlen drehte Victor das Fenster etwas herunter.

„Was soll ich erzählen?"

„Na, alles. Was ist das denn für eine Wäscherei, für die du arbeitest?"

„Eine stinknormale Wäscherei wie alle anderen auch."

„Ihr wascht auch die Sachen vom Kinderheim, oder?"

„Die Sachen vom Kinderheim? Spinnst du?" Der Fahrer sah sie fassungslos an. „Wir organisieren nur den Transport für die *Turmhotel*-Sachen. Holen das Zeug ab, waschen es und geben es beim Hotel schrankfertig wieder ab."

Victors Herz schlug schneller. „Was denn für *Turmhotel*-Sachen?" fragte sie so arglos wie möglich.

„Na, die ganzen Klamotten, die da ausgebessert werden. Was weiß ich, Knöpfe annähen an die Bettbezüge, Initialen in Handtücher sticken und die abgerissenen Anhänger wieder an die Geschirrtücher nähen und all so einen Krimskrams."

„Und das machen die im Kinderheim?" fragte Victor fassungslos.

Der Fahrer hob die Schultern. „Keine Ahnung. Wenn du mich fragst: Ich werd' nicht fürs Fragen bezahlt, sondern fürs Herschaffen und Wegbringen." Er grinste. „Aber ein ziemlicher Schweinehund ist dieser Doktor Freund bestimmt."

„Und wieso?"

„Er hat mir bisher noch keine müde Mark Trinkgeld gegeben. Der Typ scheucht einen immer gleich wieder raus. Richtig unsympathisch."

Victor nickte. Genau so hatte sie diesen Herrn in Erinnerung...

„Und die Kinder?"

„Was denn für Kinder?"

„Na, ich meine die Kinder aus dem Heim. Wie der Name Kinderheim schon sagt, muß es da ja wohl Kinder geben, oder?"

Der Fahrer runzelte die Stirn. Dann kratzte er sich den Unterarm mit der tätowierten Rose und schaute Victor nachdenklich an. „Darauf bin ich noch gar nicht gekommen. Hast eigentlich recht. Ich war jetzt dreimal da und hab' nie ein einziges Kind gesehen." Er grinste. „Vielleicht war gerade Mittagsschlaf."

Victor schaute auf die Uhr. „Halb zwölf. Macht man da Mittagsschlaf?"

„Nee. Stimmt eigentlich... Irgendwas hätte man hören müssen..." Er kratzte wieder seinen Unterarm.

„Kinder kreischen, lachen und lärmen", sagte Victor. „Das muß man doch hören!"

Der Fahrer bremste an der roten Ampel. Er schaute Victor forschend von der Seite an. In seinem Gesicht war plötzlich etwas Lauerndes. „Sag mal, was soll das Ganze eigentlich? Kommt mir fast so vor, als wenn du nur mitgefahren bist, um mich zu verhören!"

Victors Puls raste. Sie lächelte tapfer. Nur jetzt die Nerven nicht verlieren! „Keine Spur! War nur so eine Idee von mir... Macht nichts." Sie beugte sich vor und schaute nach rechts und links. „Ist das schon die Fürstenstraße?"

„Ganz genau."

„Dann steig' ich hier am besten aus." Sie öffnete die Tür.

Der Fahrer hob die Schultern. „Wie du willst. Ich könnte dich noch bis zum Bahnhof mitnehmen."

Victor strahlte. „Danke. Hier ist es ganz prima. Danke fürs Mitnehmen! Ciao!"

Sie warf die Beifahrertür zu.

Der Fahrer hupte einmal kurz und fuhr bei Grün an.

Victor holte tief Luft, als sie ihm hinterherschaute. Dann ging sie nach rechts, auf den Stadtwall zu. Von dort konnte man den kleinen Schwanenteich über eine Holzbrücke überqueren, dann war man schon an der alten Stadtmauer – und das bedeutete: am *Turmhotel.*

Das *Turmhotel* war zweifellos eines der schönsten Hotels der Stadt, auch wenn es eigentlich nur ganz klein war. An den mittelalterlichen Stadtturm, der jetzt als Restaurant diente, war ein zweistöckiges Fachwerkhaus angebaut worden, ein bißchen mittelalterlich, mit hübschen kleinen Fenstern und leuchtendroten Geranien in den Balkonkästen. Das Portal hatte ein gläsernes Dach, und rechts und links neben dem Portal standen rundgestutzte Lorbeerbäume in schönen alten Tontöpfen.

Victor beobachtete die Szene von einem unauffälligen Platz gegenüber dem Hotel aus. Hier waren die Wagen der Hotelgäste geparkt. Sie kamen aus Berlin, Stuttgart, Gelsenkirchen; ziemlich teure Autos, wie Victor fand, also bestimmt auch ein teures Hotel. Ihre Eltern waren einmal am Hochzeitstag im Restaurant gewesen, aber Victor erinnerte sich, daß sie ziemlich enttäuscht nach Hause gekommen waren. Eine Stunde hätten sie alleine auf die Vorspeise gewartet, und eine weitere Stunde auf den Hauptgang. Der Wein sei viel zu teuer gewesen und die ganze Atmosphäre ziemlich spießig...

Victor stand auf und schlenderte unschlüssig auf das Hotel zu. Was genau wollte sie eigentlich wissen? Und welches Recht hatte sie überhaupt, irgendwelche Fragen zu stellen?

Ein Taxi fuhr vor dem Portal vor. Ein Mann im Trenchcoat stieg aus. Sofort stürzte ein Portier herbei und öffnete den Kofferraum, um das Gepäck herauszunehmen. Der Mann im Trenchcoat zahlte, das Taxi fuhr davon, und der Portier schleppte die beiden Reisetaschen ins Foyer.

Victor hatte mit ihren Eltern nie Reisen gemacht, bei denen sie in feudalen Hotels abgestiegen wären; sonst hätte sie vielleicht gewußt, daß jede Hotelhalle sozusagen ein öffentlicher Raum ist, den man ganz ungeniert betreten kann.

Sie schlenderte am Eingang vorbei und warf einen verstohlenen Blick ins Innere. In der Glastür konnte sie ihr Spiegelbild sehen. An diesem Tag trug sie eine Baseballmütze (die eigentlich Gipsy gehörte), drei verschiedenfarbene T-Shirts übereinander, deren Ärmel sie bis zur Schulterkugel hochgerollt hatte. Dazu knallenge Bermudas und einen zweimal um die Taille geschlungenen Lederriemen. Sie fand, daß sie todschick aussah. Irgendwie gab ihr das Mut, und deshalb blieb sie auch einfach stehen, als der Portier wieder herauskam, und lächelte freundlich.

Der Portier schaute sie von oben bis unten an. Dann lächelte er auch.

„Hallo!“ sagte Victor. „Tolles Wetter heute, nicht?“

Der Portier schaute sie an, dann hob er die Augen zum Himmel. Die Sonne war gerade hinter einer Schäfchenwolke wiederaufgetaucht, die ganz verloren über den blauen Himmel segelte. „Stimmt, toller Tag.“

„Viel zu schade zum Arbeiten“, meinte Victor.

Der Portier, ein ungefähr fünfzigjähriger Mann, grinste amüsiert. „Soll das ein Angebot sein, daß du meinen Job übernehmen willst?“

Victor hob die Schultern. „Klar, würde ich glatt machen. Wenn man anständig bezahlt wird.“

„Ach, das ist nicht doll.“

„Aber man kriegt Trinkgelder, oder?“

„Trinkgelder schon. Gibt aber auch geizige Gäste, die drücken einem eine Münze in die Hand, die sich wie ein Zweimarkstück anfühlt, und wenn man nachher hinschaut, sind es bloß fünfzig Lire.“

„Und wieviel ist das?“

Der Portier tat, als puste er eine Feder von der Handfläche weg. „Soviel wie gar nichts.“

Victor schaute an der Hotelfassade hoch. „Ist das ein teures Hotel?“

„Eines der teuersten der Stadt. Wenn du hier übernachten willst, brauchst du entweder reiche Eltern oder einen spendablen Freund.“

„Hab’ ich beides nicht.“ Victor grinste. „Schade. Wem gehört das denn eigentlich?“

„Der Familie Brünning. Schon in der dritten Generation.“

„Mhmh.“ Der Name sagte Victor nichts. Aufs Geratewohl sagte sie: „Und ich dachte, es gehört dem Dr. Freund.“

„Wem?“ Der Portier runzelte die Stirn.

„Na, dem Doktor Freund aus dem Ulmenweg. Der hat doch irgendwas mit dem Hotel zu tun. Da hab' ich jedenfalls immer die Kartons mit der Aufschrift *Turmhotel* gesehen.“

Der Portier grinste. „Ach, den meinst du? Den kenn' ich auch. Ziemlich arroganter Pinsel. Der kommt manchmal zum Essen. Wenn der kommt, wartet er immer, daß ich rausspringe und ihm die Tür aufreiße. Dann dreht er sich extra noch mal um, um zu sehen, ob die ganze Stadt auch ja zugeschaut hat. Ein Angeber.“ Er legte die Finger an die Lippen. „Aber sag's nicht weiter.“

Ein Ehepaar durchquerte die Halle. Der Portier riß die Türe auf und verbeugte sich. „Auf Wiedersehen, die Herrschaften, beehren Sie uns bald wieder.“

„Danke, Theo“, sagte der Mann. Er drückte ihm eine Münze in die Hand, nahm dann den Arm seiner Begleiterin und schlenderte mit ihr über den Platz zu seinem Auto. Es war ein Mercedes.

Victor schaute den Portier an. „Fünfzig Lire?“ fragte sie.

„Nee. Ein Fünfmarkstück.“ Der Portier ließ die Münze elegant in die Jackentasche gleiten. „Das ist ein nobler Mann. Er gibt immer großzügige Trinkgelder.“ Er schaute Victor plötzlich argwöhnisch an. „Wieso interessiert dich das eigentlich?“

„Och, tut es gar nicht.“ Victor bückte sich, spuckte auf ihre Schuhspitze und rieb sie mit einem Papiertuch blank. „Wir sind ja bloß wegen diesem Doktor Freund darauf gekommen, dem Angeber.“

„Ich muß da vorsichtig sein. Irgendwie ist er um drei Ecken rum mit der Chefin verwandt, glaube ich. Deshalb hat er wohl auch den Auftrag gekriegt.“

„Was für einen Auftrag?“

„Na, die ganze Hotelwäsche. Monogramme reinsticken und so was. Das ist teuer bezahlte Handarbeit. Aber das Hotel legt Wert darauf. Auf jeder Serviette, jedem Handtuch und jedem Kopfkissen ist ein Turm eingestickt. Sozusagen das Wahrzeichen des Hotels. Deutsche Wertarbeit, würde ich sagen. Das findet man in keinem neumodischen Hotel. Da wird alles maschinell gemacht. Er hat noch eine Näherei oder so was, dieser Doktor Freund.“

Victor hatte plötzlich eine Vision. Sie sah einen Raum mit ganz vielen Nähmaschinen und ganz vielen kleinen Kindern, die alle stumm über weiße Handtücher und Kopfkissen gebeugt waren …

Sie schlug sich an die Stirn. „Klar!“ rief sie. „Natürlich! Das ist es!“

Der Portier sah sie fassungslos an. „Was ist denn nun los, kleines Fräulein? Hitzekoller oder so was?“

Victor schüttelte den Kopf. Sie schaute den Portier an, aber irgendwie sah sie durch ihn hindurch.

Was sie sah, war ein Garten mit einer Mauer, eine Art Baracke, und in der Baracke ratterten die Nähmaschinen, und ein Mann mit Spitzbart ging, die Hände auf dem Rücken verschränkt, zwischen den Nähmaschinen hindurch, und jedesmal, wenn er neben einem Kind stehenblieb und die Stirn runzelte, duckte sich das Kind verängstigt noch ein bißchen tiefer über seine Arbeit, mit gesenktem Blick...

„Wenn das wahr ist ...“ flüsterte Victor. „Wenn das wahr ist ...“

„Was?“ fragte der Portier.

Victor streckte ihm die Hand hin. „Danke schön“, sagte sie aufrichtig. „Haben Sie vielen Dank. Sie haben mir sehr geholfen.“

„Ich?“ fragte der Portier verblüfft. „Ich soll dir geholfen haben? Aber womit denn bloß?“ Ungläubig schaute er Victor hinterher, die auf einmal wie eine Kurzstreckensprinterin über den Hotelplatz raste, im Slalom an den parkenden Autos vorbeikurvte und im nächsten Augenblick verschwunden war.

„Weißt du was?“ Victor ließ sich auf Lolas Bett fallen. Sie strampelte ihre Schuhe von den Füßen und schleuderte sie gezielt in die Zimmerecke.

Lola schaute stirnrunzelnd zu. Sie haßte es, wenn Victor sich in ihrem Zimmer aufführte, als wäre es ihr eigenes. Aber es hatte keinen Zweck, mit Victor über so was zu reden. („Du kannst doch bei mir im Zimmer auch machen, was du willst“, würde sie antworten, und Lola würde sagen: „Das ist etwas anderes. Bei dir sieht es ja immer aus wie nach einem Erdbeben.“)

„Was soll ich wissen?“ fragte Lola, während sie sich nach Victors Schuhen bückte und sie nebeneinander unter den Stuhl stellte.

„Wir sind einem ganz heißen Ding auf der Spur!“ Victor richtete sich auf. Ihr Gesicht glühte. „Ich glaub', ich weiß jetzt, was da abläuft.“

„Und was?“

„Dieser Doktor Freund, der sich vom Sozialamt dafür bezahlen läßt, daß er die Kinder aufnimmt, dieser Doktor Freund ...“ Sie stockte.

„Ja, und?“ fragte Lola ungeduldig. „Was ist mit dem?“

„Ich glaube ...“ Victor ließ sich wieder zurückfallen. Sie starrte an die Zimmerdecke. „Ich glaube, der läßt die Kinder arbeiten. Der verdient Geld mit Kinderarbeit.“ Sie richtete ihre Augen auf Lola. „Kannst du dir so was vorstellen?“

„Nee“, sagte Lola, „kann ich mir absolut nicht vorstellen. Kinderarbeit ist in der Bundesrepublik verboten, und zwar ungefähr seit fünfzig Jahren.“

Victor nickte bedächtig. „Und wer kontrolliert das?“ fragte sie. „Wer weiß denn, was manchmal hinter hohen Mauern alles abläuft? Wer kontrolliert zum Beispiel, was die Kinder da den ganzen Tag machen? Ist doch merkwürdig, daß man sie nie draußen sieht, beim Spielen oder auf dem Weg ins Schwimmbad oder in den Stadtpark. Denn es sind ja keine kranken Kinder, wie wir wissen. Sie können bloß nicht Deutsch, nehme ich mal an, jedenfalls viele von ihnen."

„Deshalb wahrscheinlich auch diese türkische oder persische Mami", meinte Lola nachdenklich. „Die kann sich mit den Kindern unterhalten."

„Klar. Aber die schweigt. Die wird von Doktor Freund bezahlt und hält den Mund. Ist doch klar, oder?"

„Nee." Lola fuhr sich durch die Haare. „Überhaupt nicht klar. Sind doch alles Hirngespinste."

„Manche Hirngespinste haben sich schon als wahr erwiesen." Victor stand vom Bett auf und ging ans Fenster. „Ich hab' plötzlich eine Vision gehabt, weißt du. Es war wie im Film. Ich hab' die Kinder da hocken sehen ..., es war furchtbar ..., ich kann dir das gar nicht beschreiben ... mir ist ganz schlecht geworden ..."

„Und was machen wir jetzt?"

Victor drehte sich um. Ihre Augen leuchteten vor Kampfgeist. „Wir machen das, was wir heute eigentlich schon machen wollten: Wir schauen nach, was hinter der Mauer ist. Dann wissen wir ein für allemal Bescheid. Vielleicht haben wir uns ja geirrt." Sie hob die Schultern. „Okay. Dann müssen wir uns damit abfinden. Um so besser für die Kinder, würde ich sagen."

„Und wenn wir uns nicht geirrt haben?" fragte Lola.

Victor holte ihre Schuhe unterm Stuhl vor und schlüpfte hinein. „Um so besser. Dann können wir einen Skandal aufdecken, der sich gewaschen hat."

Die drei hockten auf der großen Hundewiese im Stadtpark und schauten den Pekinesen zu, die wie kleine Wollbälle herumrasten, sich ins Getümmel der balgenden und raufenden Hunde warfen, den Kindern die Bälle wegschnappten und den Radfahrern in die Speichen bissen.

Der Himmel hatte sich wieder zugezogen, aber es war immer noch warm.

Victor reichte eine Tüte mit Geleebonbons herum. Lola hatte ihre Füße im Bach gekühlt und rieb sie jetzt mit ihrem Taschentuch trocken. In der Nordecke der Wiese spielten ein paar Jungen Volleyball. Ein freundlicher Spätsommertag im Stadtpark.

Bloß den dreien war nicht so richtig friedlich zumute. Victor hatte gerade ihr Erlebnis mit dem *Turmhotel* geschildert.

„Ich hab's mir überlegt", sagte Arne. „Es geht nur nachts."

„Und wieso nur nachts?"

„Weil man sich da in Ruhe ranschleichen kann. Am Tag haben doch die Wände Augen und Ohren. Das spürt man doch."

„Vielleicht haben die Wände aber nachts auch Augen und Ohren."

Arne war ein bißchen bleicher als sonst. Seine Unterlippe zitterte vor Aufregung. Victor konnte ihre Augen überhaupt nicht davon abwenden, es sah irgendwie süß aus, sie wollte ihm die Hand auf den Arm legen, aber als sie Lolas Blick sah, ließ sie es doch.

„Soll das heißen, du willst es heute nacht versuchen?" fragte Victor.

Arne nickte: „Ich bin ziemlich fest entschlossen. Das heißt, wenn mich der Mut nicht zwischendurch verläßt."

„Eigentlich können wir dich da nicht allein hinlassen", meinte Victor. „Ich würde dich ja rasend gern begleiten, aber ich fürchte, meine Eltern ..." Sie vollendete den Satz nicht.

„Ist doch logo. Du kannst das nicht. Meine Eltern sind ja zur Zeit verreist. Nach mir kräht kein Hahn." Er verzog sein Gesicht. „Nach mir krähen höchstens vier Hunde und sechs Katzen ..."

„Vergiß die Meerschweinchen nicht."

„Die hab' ich weggegeben. Das wurde mir einfach zuviel."

„Ach nee", sagte Lola gedehnt. Sie zwinkerte Victor zu.

„Na ja, ich kann schließlich auch nicht alles gleichzeitig bedenken. Der ganze Haushalt, weil die Eltern in Italien sind, und dann die Katzenbabys und die Hunde. Mit den Meerschweinchen war das echt zuviel. Mein kleiner Vetter wollte sie sowieso schon lange haben. Da hab' ich sie ihm neulich in einer Kiste vorbeigebracht." Er grinste verlegen. „Ich glaub', seine Eltern waren nicht so schrecklich begeistert."

„Kann ich mir vorstellen", meinte Lola trocken. „Dicki würde ausrasten, wenn ich mit einem Sack voller Meerschweinchen ankäme."

„War doch kein Sack voll! Waren nur vier Stück!" Arne schaute Lola entrüstet an. Aber die zuckte nur mit den Schultern.

„Gipsy würde ausflippen, wenn er ein Tier haben könnte", meinte Victor, „aber bei uns steht im Mietvertrag, daß wir keine Hunde halten dürfen."

„Eigentlich Schikane", meinte Arne. „Manche Leute brauchen einen Hund doch als Therapie. Weil sie einsam sind, zum Beispiel. Alte Leute, die haben manchmal keinen anderen, mit dem sie sich unter-

22 0052-24

halten können, als ihren Hund oder ihre Katze."

„Stimmt. Aber wir kommen vom Thema ab", sagte Victor. „Zur Zeit interessieren mich die Asylkinder einfach ein bißchen mehr. Tut mir leid, wenn ich nicht tierlieb genug bin, Arne, du weißt ja, daß ich eigentlich ..."

Arne winkte ab. „Schon gut, schon gut. Ist ja genau meine Meinung. Was ich sagen wollte, war ja folgendes: Bis wir diese Sache mit dem Kinderheim nicht geklärt haben, hab' ich den Kopf sowieso für nichts anderes frei. Also, ich klettere da heute nacht über die Mauer und schau' mir das Gelände an."

„Und wie willst du das machen?"

„Ich schätze, mit einer Leiter", sagte Arne. „Wie sonst? In Fassadenkletterei bin ich nicht ausgebildet."

„Und die Glasscherben? Du kannst dich unheimlich verletzen."

„Ich muß eben versuchen, vom Nachbargrundstück rüberzukommen. Ich hab' schon mal das Gelände sondiert. Auf der anderen Seite des Zauns stehen Garagen. Vielleicht kann ich von den Garagen irgendwie rüber..."

Victor sah ihn mit einer Mischung aus Bewunderung und Panik an. „Und wie willst du zurückkommen?"

Arnes Unterlippe zitterte ein bißchen mehr. Als er

das merkte, lachte er verlegen. „Darüber mach' ich mir Gedanken, wenn es soweit ist."

„Du kannst die Leiter ja mit rübernehmen", schlug Lola vor.

Victor kraulte Konfuzius, der sich plötzlich hechelnd neben ihr ins Gras warf, hinter den Ohren. „Ich werde heute nacht jedenfalls kein Auge zutun", sagte sie leise. „Ich werd' immer an dich denken."

Arne warf ihr einen Blick zu. Victor beugte sich über den Hund, damit keiner sah, daß sie rot geworden war.

Arne hatte den Wecker auf Mitternacht gestellt. Mitternacht – das erinnerte ihn an die Abenteuerbücher, die er als kleiner Junge gelesen hatte: Da fanden die aufregenden Abenteuer auch immer zur Geisterstunde statt.

Aber leider funktionierte der Wecker nicht. Es war aber auch möglich, daß er den Wecker einfach nicht gehört hatte, denn um Mitternacht fiel er normalerweise in einen maulwurfartigen Tiefschlaf.

Allerdings hatten die vier Pekinesen offenbar auch einen Maulwurfschlaf: Niemand zerrte ihn an der Bettdecke oder hechelte ihm warmen Hundeatem ins Gesicht (wie es manchmal schon vorgekommen war). Keiner winselte, jaulte oder bellte; die Katzenbabys lagen zusammengerollt am warmen Bauch ihrer Mama in der Wurfkiste (bei geschlossener Küchentür, vorsichtshalber), draußen auf der Straße herrschte eine friedhofmäßige Stille, kein Auto machte Lärm, niemand rannte gegen einen Laternenpfahl – um es kurz zu machen: Arne schlief und schlief, während Victor hellwach in ihrem Bett lag und sich alle möglichen Horrorgeschichten ausmalte, die Arne vielleicht gerade erlebte.

Victor hatte die Nachttischlampe angeknipst, ein paar Kissen in den Rücken gestopft, die Knie an den Körper gezogen und die Arme um die Beine geschlungen und starrte vor sich hin.

„Hoffentlich geht alles gut", murmelte sie. „Hoffentlich ist Arne vorsichtig. Es darf ihm nichts passieren." Ihr war im Laufe der Nacht ziemlich klar, daß sie Arne richtig gern hatte.

Jedesmal, wenn sie ihn sah, schlug ihr Herz irgendwie schneller, und wenn er etwas sagte, lächelte sie vor sich hin, nicht, weil er etwas besonders Kluges sagte, sondern einfach nur, weil sie seine Stimme so gerne hörte. Und das war ihr wirklich noch nie passiert. Sobald sie bemerkte, daß Arne sie beobachtete, bekam sie einen roten Kopf. Victor hatte mal gelesen, daß Liebe ein tolles Gefühl ist. Sie hatte das immer für eine kitschige Übertreibung gehalten. Aber allmählich änderte sie ihre Meinung zu diesem Thema …

Lächelnd löschte sie das Licht, verkroch sich tief unter ihre Daunendecke und schlief ein.

Arne erwachte, als es draußen bereits dämmerte. Der erste fahle Streifen Morgenlicht war am Horizont zu erkennen. Arne rieb sich den Schlaf aus den Augen, griff nach dem Wecker und fixierte das Ziffernblatt.

„Das kann nicht wahr sein! Schon fünf Uhr! Dieser verdammte Wecker!“ Er schüttelte den Wecker und schleuderte ihn auf den Boden. Nun würde er wahrscheinlich nie mehr klingeln, aber das war jetzt auch egal.

Mit einem Satz sprang Arne aus dem Bett und stieg in die Sachen, die er sich abends schon zurechtgelegt hatte. Er stopfte die Taschenlampe und die Kombizange (man weiß ja nie) in die Gesäßtasche seiner Jeans, band sich die Turnschuhe mit den weichen Gummisohlen zu und zog sich einen tarnfarbenen Nickianorak über.

Die Hunde warteten schon hechelnd im Flur, als er über sie hinwegstieg.

„Nichts da mit Gassi gehen“, brummte Arne. „Ich bin gleich zurück. Pennt ruhig weiter. Und wehe, ihr fangt an zu bellen!“

Laotse warf sich vor die Wohnungstür und schaute Arne vorwurfsvoll an.

Aber Arne schüttelte energisch den Kopf. „Du

kriegst mich nicht weich, Laotse", sagte er. „Heute kann ich dich wirklich nicht gebrauchen."

Konfuzius sprang an der Wand hoch, bis er die Hundeleine vom Garderobenhaken gezerrt hatte. Stolz kam er mit seiner Beute angetrabt, legte die Leine vor Arnes Füße, trat drei Schritte zurück und wedelte erwartungsvoll.

Arne war ganz gerührt. Er bückte sich, hob die Leine auf und hängte sie wieder an den Haken. Dann streichelte er den Hund. „Du bist doch der Vernünftigste von allen, Konfuzius", sagte er. „Du verstehst mich doch, wenn ich sage: Es geht nicht."

Konfuzius schnaubte durch seine platte, faltige Nase.

„Ich weiß, daß du mich verstehst. Ich bin wirklich gleich zurück. Ehrenwort." Schnell schlüpfte Arne durch die Tür.

Als er auf die Straße trat, war es im Osten schon hell. Arne wagte nicht mehr, die Leiter zu holen. Um diese Zeit konnte man schon Leute treffen, die ganz frühmorgens zur Arbeit mußten. Und was sollten die denken, wenn er wie ein Einbrecher mit einer Leiter auf der Schulter vorbeihuschte?

Arne hatte in Sport eine Eins, außerdem war er Marathonläufer und Volleyballspieler.

Wäre doch gelacht, dachte er grimmig, während er die Straße hinuntereilte, wenn ich nicht ohne Leiter auf diese blöden Garagendächer käme.

Das Haus neben dem grauen Haus war eines dieser langweiligen Beton-Mietshäuser, zweigeschossig, mit schrecklichen Betonbalkonen und einem Treppenhaus, in dem es merkwürdigerweise immer nach Kohl roch.

Zum Nachbargarten gab es die ungefähr drei Meter hohe Mauer, die er schon kannte, dann führte eine Durchfahrt in den hinteren Teil des Gartens, der eigentlich nur aus Garagen bestand, einem Platz für die Mülltonnen und einem überdachten Fahrradständer.

Arne spionierte erst einmal das Gelände genauestens aus. Die Garagen, die direkt am Nachbargrundstück lagen, sahen besonders hoch und abweisend aus. Ganz glatter Putz, an den Garagentüren nicht einmal Griffe, auf die man eventuell seine Füße hätte stellen können. Kein Vorsprung, kein Haken, nichts.

Arne raufte sich die Haare. Das würde schwierig werden. Aber dann kam ihm eine Idee: Er trug ein Fahrrad zu der Garagenwand und lehnte es an. Noch ein Blick auf die Rückseite des Mietshauses: Nirgendwo brannte ein Licht. Die schlafen alle noch den Schlaf der Gerechten, dachte Arne. Einen Augenblick mußte er an sein warmes, kuscheliges Bett denken. Aber dann riß er sich zusammen. Er stieg auf den Fahrradsattel. Das Rad zitterte ein bißchen, kippte aber nicht um. Langsam richtete er sich an der Wand auf und streckte die Hände nach oben. Gott sei Dank, flüsterte er. Er konnte mit den Fingerspitzen die überstehende Kante des Wellblechdaches erreichen.

Die Dachkante war extrem scharf, und natürlich hatte Arne an Handschuhe nicht gedacht. Er biß die Zähne zusammen und zog sich an der Dachkante hoch, ein eleganter Klimmzug. Schade, dachte er, daß Victor mich nicht sehen kann. Es hätte ihr bestimmt imponiert.

Noch eine Kraftanstrengung, dann war er auf dem Dach. Vorsichtig robbte er weiter vorwärts, bis er in den Nachbargarten sehen konnte. Aber er war noch auf dem vorderen Teil des Daches. Er mußte weiter nach hinten.

Wieder ein spähender Blick auf das Haus: alles dunkel. Das Dach war mit einer zentimeterdicken Dreckschicht überzogen. Während Arne auf dem Bauch vorwärts kroch, zog er eine Spur hinter sich her. Der lebendige Wischlappen, dachte er grimmig. Was für eine bescheuerte Idee. Er dachte daran, daß er alleine die Waschmaschine in Betrieb setzen mußte. Seine Mutter würde garantiert einen Schlaganfall bekommen, wenn sie bei ihrer Rückkehr von der Reise die dreckigen Klamotten in seinem Zimmer fand. Welche Erklärung sollte er ihr geben? Vielleicht erzählen, daß er nachts auf Garagendächern herumkroch?

Als er zwanzig Meter weiter das andere Ende der Garage erreicht hatte und in den Garten spähte, hielt er die Luft an: Da waren die Mauer, die Glassplitter und hinter der Mauer eine Baracke!

Victor hatte recht! fuhr es Arne durch den Kopf. Ihre Vision stimmt! Das sieht aus wie ein Arbeitslager! Um die Baracke herum war nur verwilderter Garten, wucherndes Unkraut.

Arne ließ sich ganz vorsichtig an der anderen Wand herunter auf den Boden gleiten. Er fiel sacht in das weiche Gras. Die Zweige eines Farnes wischten ihm naß über das Gesicht.

Er zog ein Taschentuch aus der Hosentasche und fuhr sich über die Stirn. Sofort war das Taschentuch voll schwarzer Flecken.

Erst als er sich an das fahle Dämmerlicht gewöhnt hatte, entdeckte er den Stacheldraht: In einem Meter Abstand von der Nachbarmauer war ein dichter Stacheldrahtzaun gezogen.

Nicht schlecht, dachte Arne grimmig. Die haben vorgesorgt. Auf die Weise kann hier keiner entkommen. Das reinste Gefangenenlager.

Aber er hatte ja die Kombizange dabei: Vorsichtig durchschnitt er den Stacheldraht und stapfte auf das

Gelände. Alles war voller Disteln und Brennesseln. Sie stachen sogar durch den dichten Jeansstoff. Wie ein Storch stakste Arne durch das kniehohe Unkraut auf die Baracke zu.

Das erste, was ihn verblüffte, war, daß es überhaupt kein Fenster gab. Arne schlich an der Seite und der Rückwand der Baracke entlang und fand nicht das kleinste Fenster. Die Baracke sah aus wie ein Lagerschuppen.

Vielleicht ist alles doch ein Irrtum, dachte Arne, während er die Baracke an der Westseite inspizierte. Wahrscheinlich hortet der Typ hier irgendwelche Waren. Vielleicht ist er Schwarzhändler, Schmuggler oder so was …

Dann entdeckte er die Tür. Sie war aus dem gleichen Blech wie die Barackenwände und genauso grau. Sogar die Klinke war grau, kaum zu erkennen. Arne richtete kurz den Strahl der Taschenlampe auf das Schloß: Da steckte von außen ein Schlüssel.

„Na so was", brummte Arne, „das ist aber nachlässig." Ganz vorsichtig drehte er den Schlüssel herum.

Die Tür machte nicht das geringste Geräusch, als er sie öffnete. Zentimeter für Zentimeter stieß Arne die Tür auf. Dabei schaute er sich um. Aber niemand war da. Alles blieb vollkommen still.

Von seinem Standort aus konnte er das graue

Haus nicht sehen, nur das Dach überragte die Mauer mit den Glassplittern. Ein ganz feiner Rauchfaden stieg aus einem der Schornsteine auf. Das war das einzige Lebenszeichen. Arne schlüpfte durch den Türspalt und preßte sich flach an die Wand.

Als er sich umdrehte, schaute er in die riesengroßen Augen eines ungefähr siebenjährigen Jungen.

Der Junge hockte an einem Tisch, über dem eine nackte Glühbirne brannte. Auf dem Tisch lag ein Stapel weißer Wäsche. Der Junge hatte ein ganz bleiches, übernächtigtes Gesicht. Seine Miene war verzerrt vor Angst. Als Arne vorsichtig auf ihn zuging, verkroch der Junge sich unter dem Tisch. Arne hörte nur sein leises, hastiges Atmen. Ganz vorsichtig näherte Arne sich dem Jungen. Er stieß mit den Füßen gegen Kartons und Nähmaschinen. Auf dem Boden lag ein riesiger Wäschehaufen. Es gab andere Tische und altmodische Nähmaschinen. Aber nur diese eine einzige kleine Glühbirne über dem Tisch, unter dem sich der Junge verkrochen hatte.

„He", sagte Arne sanft. „He, du ..., ich tu dir nichts." Er blieb stehen und wartete.

Kein Geräusch. Nur die Ahnung eines leichten Atems.

„Ich will dir helfen", flüsterte Arne. „Hab keine Angst."

Wieder nichts.

Arne trat noch einen Schritt dichter heran und spähte unter den Tisch. Der Junge hatte sich zusammengekrümmt. Er starrte Arne aus riesengroßen Augen an. „Nicht schlagen“, flüsterte er, „bitte nicht schlagen!“

Arne wehrte hilflos ab. „Aber ich tu’ dir doch nichts!“ flüsterte er fassungslos. Er breitete die Arme aus. „Ich will dir doch helfen.“

Der Junge rührte sich nicht vom Fleck. Seine Augen flackerten vor panischer Angst. „Ich bin noch nicht fertig“, wisperte er ängstlich. „Aber ich beeil’ mich jetzt. Bitte ...“

Er kroch Zentimeter um Zentimeter unter dem Tisch hervor. Ganz langsam richtete er sich auf. Es war ein schmächtiger Junge, mit schwarzen Haaren und dunklen Augen in seinem totenblassen Gesicht. Er trug einen Trainingsanzug, der ihm viel zu klein war. Die Ärmel reichten nur bis zu den Ellenbogen.

Arne schluckte, er lächelte, während er sich in der Baracke umschaute. „Was machst du hier um diese Zeit? Es ist doch noch Nacht.“

Der Junge starrte ihn an. „Weißt du das nicht?“

Arne schüttelte den Kopf.

„Ich habe eine Strafarbeit bekommen.“ Der Junge setzte sich lautlos an seinen Platz und nahm eines der Tücher hoch, das auf einem Stapel neben der Maschine lag. „Ich bekomm’ immer Strafarbeiten.“

„Und warum?“

„Weil ich weggelaufen bin, zweimal.“ Er warf Arne einen argwöhnischen Blick zu. „Was machst du hier? Was willst du?“

Arne kniete neben dem Jungen. „Du bist weggelaufen? Wann?“

„Ich weiß nicht mehr. Gestern. Vorgestern. Ich weiß nicht mehr ..., ich muß jetzt arbeiten. Gleich kommt Väterchen und kontrolliert.“

„Wer?“ fragte Arne fassungslos.

„Väterchen.“ Der Junge preßte die Lippen aufeinander. Er wandte den Kopf ab, um zu zeigen, daß er nicht mehr mit Arne sprechen wollte.

Aber Arne legte seine Hand auf den Arm des Jungen. „Wer ist Väterchen?“ fragte er sanft.

„Weiß nicht.“ Der Junge zerrte das Laken zu sich heran. „Ich muß arbeiten.“

„Wer ist Väterchen?“

Arne bekam keine Antwort. Er schaute zu, wie der Junge geschickt das Laken drehte, zusammenfaltete, umschlug und dann unter die Nadel der Nähmaschine schob.

„Was wird das?“

„Ein Kissen. Aber ich kann keine Knopflöcher. Ich nähe nur das Kissen.“

Arne schaute ihm zu. Die Nähmaschine surrte, der Faden riß ab, die Nadel verhakte sich in dem

Fadenknäuel. Der Junge begann zu schwitzen. Er versuchte, mit den Fingern das Garn zu entwirren.

Als er merkte, daß es nicht ging, liefen plötzlich Tränen über sein Gesicht. Arne streichelte seinen Kopf.

„Laß mich in Ruhe! Geh weg! Geh weg! Wir dürfen mit niemandem reden!"

Arne stand auf. Er legte die Hände an die Schläfen und ging in der Baracke herum. Ungefähr zwanzig Tische standen in dem Raum. Über jedem Tisch hing von einer langen Strippe eine nackte Glühbirne, vor jedem Tisch gab es einen Stuhl, der ganz hochgeschraubt war, so daß auch ein Kind an dem Tisch arbeiten konnte.

Der Junge trennte die Naht wieder auf und begann von vorn. Die Nähmaschine surrte. Es war das einzige Geräusch in der Baracke.

Arne schaute aus der Ferne zu. Er wagte nicht, nahe an den Jungen heranzugehen, um ihn nicht noch einmal durcheinanderzubringen.

Dann ging er zur Tür. Er schaute hinaus. Das Haus war hinter der Mauer zu sehen, aber nur das Dach. Man konnte nicht ahnen, was da jetzt hinter den Fenstern vor sich ging. Das heißt, ahnen konnte Arne es schon...

Er schloß die Tür und ging zu dem Jungen zurück. „Wie heißt du?"

„Selim."

Arne lächelte. „Ein schöner Name. Und woher kommst du?"

„Aus Teheran."

„Aus dem Iran!" sagte Arne verblüfft. „Und warum sprichst du so gut Deutsch?"

„Meine Großmutter ist Deutsche. Sie hat Deutsch mit uns gesprochen. Lalla spricht auch Deutsch."

„Wer ist Lalla?"

„Meine Schwester. Sie ist auch hier. Sie sitzt da drüben." Er zeigte auf einen anderen Tisch. „Sie muß die Monogramme in die Servietten sticken. Sie ist schon zehn."

„Zehn! Und warum muß sie Monogramme stikken?"

„Ich weiß nicht. Väterchen will es. Väterchen sagt, überall auf der Welt muß man für sein Essen arbeiten, und wenn wir nicht arbeiten, schickt er uns nach Teheran zurück." Die Augen des Jungen füllten sich wieder mit Tränen.

„Möchtest du denn nicht zurück?"

Der Junge preßte die Lippen zusammen und schüttelte verzweifelt den Kopf. „Die Großeltern haben uns ins Flugzeug gesetzt. Sie haben viel Geld bezahlt. Sie haben gesagt, hier werden die Leute sich um uns kümmern. Hier sind die Leute gut. Hier gibt es keinen Krieg. Hier ist ein schönes Kinderland, haben sie gesagt ..." Er konnte nicht weitersprechen, er beugte sich über die Nähmaschine.

Arne war wie gelähmt. Er starrte auf den schwarzen Lockenkopf des Jungen, vollkommen ratlos, was er tun sollte.

„Und deine Eltern?"

Der Junge biß mit den Zähnen einen Faden durch, als er antwortete. Arne verstand ihn nicht. „Was hast du gesagt?"

„Sie sind im Gefängnis", flüsterte Selim.

Arne wagte nicht mehr, irgendeine Frage zu stellen.

Eine Weile sprachen sie nichts. Selim begann eine neue Naht, die ein bißchen zittrig geriet, und er schwitzte dabei, und manchmal tropfte eine Träne auf das Tuch.

Es war so rührend, so schrecklich. Arne hatte in seinem Leben noch nie eine solche Situation erlebt.

Das Kissen war fertig. Der Junge legte es sorgfältig zusammen und stand auf, um es auf einen Stapel zu legen.

Als er an Arne vorbei auf seinen Platz zurückging, schaute er ihn mit großen Augen an. Es war ein stummer, hilfloser Blick.

Arne schluckte. „Wir holen euch hier raus" murmelte er. „Das ist versprochen. Hoch und heilig. Heute noch. Wir holen euch hier raus! Euch alle ..."

Er schaute auf die Uhr.

„Wann kommt dieser ... dieser ..."

„Ich weiß nicht", sagte Selim, „ich habe keine Uhr. Man weiß nie. Ist es draußen schon hell?"

Arne nickte.

„Dann gibt es bald Frühstück."

„Okay." Arne legte Selim die Hand auf den Kopf. „Sei tapfer, Selim. Halt noch ein bißchen durch. Heute holen wir dich hier raus."

Selim schaute ihn mit seinen traurigen Kinderaugen an. Es sah nicht so aus, als wenn er Arne glaubte.

Arne fiel auf, daß er noch keine einzige Frage gestellt hatte. Daß er nichts wissen wollte. Gar nichts.

„Und deine Schwester holen wir auch hier raus. Und die anderen Kinder. Alle."

Er schaute auf die Uhr. Es war zehn vor sechs.

Er lächelte Selim noch einmal aufmunternd zu, ohne eine Erwiderung zu bekommen, dann huschte er zur Tür.

Ganz leise drückte er die Klinke herunter und schloß ab. Er schlich um die Baracke herum, zu der Stelle, an der er den Stacheldraht durchschnitten hatte. Von dieser Seite war es noch schwieriger, auf das Dach zu gelangen, und er hatte kein Fahrrad, nichts, was ihm als Tritt dienen konnte.

Arne holte tief Luft. Er war so erfüllt von Zorn und Empörung, daß ihm das ungeahnte Kräfte ver-

23 0052-24

lieh. Er wußte, er würde es schaffen. Einfach nur, weil er es schaffen wollte, weil er es schaffen mußte. Um Selim zu retten und Lalla. Und die anderen.

Er hatte es diesem Jungen versprochen. Hoch und heilig.

Arne sprang wie eine Katze an der glatten Wand hoch und fiel wieder zurück. Die Brennesseln brannten auf der Haut. Aber er merkte es kaum. Er sammelte seine Kräfte und sprang ein zweites Mal.

Jetzt hatte er mit der rechten Hand die Dachkante erreicht, nur mit den Fingerspitzen hielt er sich fest.

Er hangelte sich ganz vorsichtig weiter hoch, bis er auch mit der linken Hand einen festen Halt hatte. Nach einem Klimmzug lag er mit dem Oberkörper auf dem Dach. Nach dem zweiten Klimmzug war er ganz oben. Einen Augenblick blieb er flach auf dem schmutzigen Dach liegen.

Väterchen, murmelte er kopfschüttelnd. Väterchen will der von den Kindern genannt werden, die er wie Sklaven hält, dieser Dreckskerl.

„Und jetzt?"

Victor, Arne und Lola hockten um den Küchentisch herum. Die Katzenmutter hatte ihre Babys zum ersten Sonnenbad auf den Balkon geschleppt – wie kleine Wollbündel hingen sie in ihren Fängen. Die Pekinesen aalten sich faul und gemütlich im Flur, und überhaupt machte alles einen richtig friedlichen Eindruck.

Wenn man den Blick auf das Spülbecken vermied, in dem sich seit Tagen das Geschirr zu besorgniserregenden Türmen stapelte, sondern statt dessen auf die Milchtüte, die Cornflakes und die Marmeladengläser auf dem Küchentisch guckte, war wirklich alles in Ordnung.

„Was machen wir jetzt?“ fragte Lola. Sie schüttete den Rest aus der Milchtüte in ihren Becher. „Wir müssen uns die nächsten Schritte sehr genau überlegen.“

„Auf keinen Fall können wir das alleine machen“, meinte Arne, „das ist ein zu heißes Pflaster. Ich traue diesem Väterchen alles zu. Auch die größte Gemeinheit.“

Victor schaute ihn an. „Wie du das sagst: Väterchen.“

„Mit Stahl in der Stimme, hoffe ich. Ich hab’ noch nie etwas so Perverses gehört. Da müssen die armen Kinder diesen Leuteschinder auch noch mit einem Kosenamen anreden.“

„Auf die Leute vom Sozialamt macht das bestimmt einen tollen Eindruck. Die denken, der Typ ist wirklich so etwas wie ein fürsorglicher Vater für die heimatlosen Kinder.“

Lola schloß die Augen. „Die armen Würmer“,

sagte sie. „Wenn man sich das mal vorstellt: Kommen in Frankfurt an, total einsam und hilflos, aber voller Vertrauen, weil ihre Eltern immer gesagt haben: Deutschland, das ist das Paradies, und dann landen sie bei einem Kerl, der sie in eine fensterlose Baracke sperrt und sie ausbeutet.“ Sie raufte sich ihre Haare, bis sie wild vom Kopf abstanden. „Und das passiert hier mitten unter uns! Bundesrepublik Deutschland! Wo alles so geordnet und so demokratisch ist!“

„In Deutschland werden ja auch kleine Kinder zu Tode geprügelt, ohne daß irgend jemand sich aufregt“, sagte Victor. „Ich hab' da neulich mal Zahlen gelesen. Da wird einem ganz schlecht.“

Arne warf einen Blick auf die Katze, die mit aufgerichtetem Schwanz genußvoll am Balkongeländer entlangstrich: „Wahrscheinlich sollte ich aus dem Tierschutzverein austreten und in den Kinderschutzverein eintreten.“

Lola warf Arne einen überraschten Blick zu.

Victor stand auf und sah sich suchend um. „Wo ist das Telefon?“

„Im Wohnzimmer. Aber bring nichts durcheinander. Das Wohnzimmer hab' ich nicht angerührt. Sonst muß ich da auch noch aufräumen, bevor meine Eltern nach Hause kommen.“

„Was soll ich denn durcheinanderbringen, nur

wenn ich mal telefoniere?“ Victor stieg über LiPeng, der sich flach auf die Seite gelegt hatte und darauf wartete, daß sie ihn kraulte. „Keine Zeit, alter Junge.“

„Wen willst du denn anrufen, darf man das erfahren?“ rief Arne.

„Den Dobermann.“

„Wen?“ Arne runzelte die Stirn. „Wer soll das denn sein, ein Hund?“

„Quatsch. Der ist Redakteur beim *Anzeiger.* Eigentlich heißt er Tobermann oder so ähnlich. Aber wir haben ihn Dobermann getauft.“

Sie sprang auf und lief Victor hinterher. Victor blätterte im Telefonbuch. „Willst du dem etwa die ganze Geschichte erzählen?“ fragte Lola.

Victor legte den Zeigefinger auf die Stelle, auf der die Telefonnummer des *Anzeigers* stand. „Ich dachte, ich sag' ihm nur, daß wir vorbeikommen. Mit irgend jemandem müssen wir das doch besprechen, oder?“

„Und was ist mit der Polizei?“

„Polizei?“ Victor tippte sich an die Stirn. „Denkst du, die glauben uns? Die denken doch, wir spinnen. Die lassen sich bloß von einem Erwachsenen überzeugen, daß da eine große Schweinerei läuft.“

Arne erschien in der Tür. „Und das Sozialamt?“ fragte er.

Victor schüttelte den Kopf. „Erst mal Dobermann. Der ist doch Journalist. Der weiß, wie man so eine Sache anpackt!“

Lola nickte bedächtig. Es klang ziemlich logisch. Außerdem war es womöglich eine sensationelle Geschichte.

„Okay. Ruf ihn an. Sag, wir kommen in einer halben Stunde vorbei.“

Tobermann hockte auf der Schreibtischkante und malte mit dem Kugelschreiber Männchen auf die Ecke einer Zeitung. Aber er hörte konzentriert zu, als Victor, Arne und Lola abwechselnd erzählten.

Als sie mit ihrem Bericht fertig waren, hob er den Kopf. „Wenn die Story stimmt, kriegen wir einen Aufmacher auf der ersten Seite.“

Arne schaute ihn fassungslos an. „Und das ist alles, was Ihnen dazu einfällt?“

Der Dobermann lächelte. „Ich weiß genau, was du denkst: abgebrühter Journalist und so. Aber das siehst du falsch, Junge: Mit unseren Storys machen wir auch immer Politik. Wir können Politikern und irgendwelchen Dunkelmännern ganz schön ins Handwerk pfuschen, indem wir ihre Machenschaften ans Licht der Öffentlichkeit zerren. Wir sind auch so etwas wie eine Kontrollinstanz.“

Arne schüttelte den Kopf. „Versteh’ ich nicht.“

Fred Tobermann legte ihm die Hand auf die Schulter. „Du mußt Vertrauen zu mir haben, Junge." Er deutete auf Victor und Lola. „Nimm dir ein Beispiel an den beiden Mädchen. Die haben auch Vertrauen zu mir."

Victor sagte nichts, Lola warf bloß den Kopf in den Nacken und fragte: „Also, was passiert jetzt?"

Der Dobermann sprang vom Schreibtisch, knöpfte seine Strickweste zu und nahm den Telefonhörer ab. „Als erstes rufen wir Richie an, der soll mit seinen Kameras sofort losfahren."

„Und wer ist Richie?"

„Ein Fotograf", grinste er, „der wird euch gefallen. Ein knallharter Junge. Der hat schon Fotos von allen Kriegsschauplätzen der Welt gemacht. Toller Reporter. Läßt sich nicht abschütteln. Gegen den hat dieser Doktor Freund keine Chance."

Er wählte eine Nummer. „Richie? Ich bin's. Du, wir sind da einer heißen Story auf der Spur ... Ein Typ, der Kindergeld vom Sozialamt kassiert und die Kinder dafür in einer dunklen Baracke arbeiten läßt ... Wie? Ja, genau. Es gibt viel zu viele Arschlöcher auf der Welt ... Ich weiß, daß du das immer gesagt hast, Richie. Ulmenweg 45. Großes graues Haus ..." Er schaute Victor an. „Stimmt doch, oder?"

„Auf dem Schild an der Tür steht *Martacron.*"

„*Martacron* steht auf dem Schild an der Tür. Aber

geh nicht rein, bevor wir da sind. Warte auf uns, okay? Hast du mich gehört, Richie? Keinen Schritt ohne mich! Wir fahren in einer Minute los. Ob du einen Farbfilm mitnehmen sollst? Ich weiß nicht ... Schätze, das wird schwarzweiß. Aber mach, was du willst. Hauptsache, wir kriegen gute Fotos."

Er knallte den Hörer auf die Gabel. „Geht schon mal raus. Ich hol' nur mein Tonband. Mein Auto steht im Hof. Im zweiten Hof, ein blauer Golf. Ich muß nur noch zwei Telefonate erledigen."

Der Fotoreporter wartete schon, als sie mit dem blauen Golf an die Bordsteinkante fuhren. Es war ein schlanker, blonder junger Mann, der schief ging von den schweren Fototaschen, die rechts an seiner Schulter hingen.

Er klopfte auf das Wagendach. „Wird aber Zeit, ich warte schon zweiunddreißig Sekunden."

Der Dobermann stieg aus. „Hallo Richie. Das wird ein heißes Ding." Er schaute an dem grauen Haus empor, das abweisend wie immer aussah.

„Woher weißt du das?"

„Sagt mir mein Gefühl." Er wartete, bis die drei ausgestiegen waren. Dann stellte er sie vor. „Meine neuen Mitarbeiter. Beste Reporter, sag' ich dir, allererste Sahne."

Lola lächelte verlegen, als Richie ihre Hand fast

zerquetschte. „Na ja. Wir wissen noch nicht so genau..., mal sehen..."

„Ich hab' ziemliches Muffensausen", murmelte Victor. Sie wagte kaum, zum Haus hinüberzuschauen.

Der Fotograf grinste. „Du? Du und Muffensausen? Du siehst doch aus, als könntest du die Kalahari im Sturm erobern."

„Wen?" fragte Victor verständnislos.

Arne stieß seinen Ellenbogen in Victors Rippen. „Das ist doch die Wüste, Mensch."

„Ah." Victor hatte zwar keine Ahnung, aber sie nickte. Neugierig starrte sie auf die Kamerataschen.

Richie bemerkte ihren Blick. „Da schlägt das Herz höher, was? Die Tasche ist aus New York, das Zubehör aus Tokio, und der Staub, der ist noch von einer Jeep-Tour durch Neuseeland", meinte er grinsend.

Lola bekam große Augen. „Toll", lachte sie.

Der Dobermann scheuchte sie zum Gartentor. „Bewundern lassen kannst du dich später, Richie, jetzt wird erst mal gearbeitet. Also, ich erklär' dir kurz, worum es geht..."

Richie hörte aufmerksam zu. Als Tobermann geendet hatte, war sein Gesicht ganz starr. „Okay. Den Jungen bringen wir zur Strecke, aber gnadenlos. Gehen wir alle zusammen hin oder nacheinander oder wie?"

„Alle zusammen“, sagte Tobermann. „Aber laß mich reden, okay? Und was die Fotos betrifft: Kinder, Kinder und noch mal Kinder.“

„Versteht sich von selbst“, knurrte Richie.

Im Gänsemarsch gingen sie durch den Vorgarten.

„Mein Herz klopft wie verrückt“, wisperte Victor.

Lola nickte beklommen. Sie sagte gar nichts.

Arne versuchte, ganz cool auszusehen. Aber Victor ahnte, daß er an Selim dachte und an sein Versprechen...

„Und wenn das nicht klappt?“ fragte Arne plötzlich wie in Panik. „Wenn nun etwas schiefgeht?“

Richie drehte sich um. „Bei Richie geht nie etwas schief, Junge. Merk dir das. Wer sich auf Richie verläßt, der ist verlassen.“

„Na toll.“ Arne rang sich ein Grinsen ab.

Tobermann legte den Zeigefinger auf die Klingel. „Psst“, machte er streng. „Kein Gequatsche mehr, bitte.“

Sie warteten. Victors Herz schlug bis zum Hals. Plötzlich hörten sie Schritte. Schlurfende, langsame Schritte. Dann drehte sich ein Schlüssel im Schloß, und die Tür ging einen Spaltbreit auf.

Es war die Frau, die Frau mit dem Kopftuch. „Ja?“ sagte sie.

Der Dobermann lächelte, verneigte sich und sagte in überhöflichem Ton: „Einen schönen guten Tag.

Ich hoffe, wir stören Sie nicht in ihrer Ar..."

„Wir kaufen nix." Die Frau schlug die Tür wieder zu. Die schlurfenden Schritte entfernten sich.

Richie starrte den Dobermann an. „Wart mal..." Dann schob er ihn zur Seite und lehnte sich mit der Schulter an die Klingel.

Der Lärm der Hausglocke schrillte durch das Haus. Die anderen warteten, Richie, die Schulter gegen die Klingel, verschränkte die Arme und pfiff ein Lied. Plötzlich ging die Tür mit einem Ruck auf. Richie fiel beinahe in den Flur.

„Was zum Teufel soll..."

Dr. Freund stand vor ihnen. Er hatte ein zornesrotes Gesicht. An seinen Mundwinkeln klebte ein grünes Petersilienblatt und etwas Eigelb. Er wischte mit dem Handrücken über die Lippen. „Ich habe..." Aber weiter kam er nicht.

„In Ordnung", sagte Richie und drängte sich an ihm vorbei ins Haus.

„He! Hallo! Kommen Sie sofort zurück!" schrie Dr. Freund aufgebracht. Er drehte sich zu Tobermann um. „Was wollen Sie? Was soll das?"

„Wir würden gerne mit Ihnen reden, Herr Doktor Freund", sagte der Dobermann so jovial wie nur möglich. „Gestatten Sie, daß ich mich vorstelle: Manfred Tobermann, ich bin Lokalredakteur beim *Anzeiger,* und das hier", er zeigte auf die drei, „sind meine Mitarbeiter." Wieder lächelte er gewinnend.

Dr. Freund wollte am liebsten auch im Rücken Augen haben, um zu sehen, was der Fotograf in der Halle trieb. Aber gleichzeitig schaute er die anderen an. Seine Blicke hefteten sich auf Victor. Victor wurde glühend rot. Sie wußte, daß Dr. Freund sie in diesem Augenblick erkannt hatte.

„Wir haben gehört", sagte Tobermann immer noch freundlich, „daß Sie hier ein Kinderheim betreiben. Ein Heim für asylsuchende Kinder, die ohne Eltern in die Bundesrepublik gekommen sind."

Die Augen von Dr. Freund verengten sich zu schmalen Schlitzen. „Und? Was geht das Sie an?" fragte er argwöhnisch.

Der Dobermann lächelte. „Wir machen eine Reportage über die Kinderheime der Stadt. Und Sie werden verstehen, daß dieses Kinderheim natürlich besonders interessant ist."

„Wieso besonders? Wieso besonders interessant? Die Kinder kennt doch niemand."

„Das", erwiderte der Dobermann herzlich, „ist gewöhnlich so bei Kindern, die in einem Heim leben. Niemand kennt sie, niemand kümmert sich um sie, niemand interessiert sich für ihr Schicksal. Sie gestatten doch, daß wir eintreten?"

Dr. Freund baute sich breitbeinig vor ihnen auf. Er stützte die Arme in den Türrahmen. „Ich verbiete

Ihnen, einen einzigen Schritt weiterzugehen", fauchte er. „Die Kinder schlafen! Es ist Mittagspause! Die Kinder brauchen Ruhe."

„Wir sind ganz leise", sagte der Dobermann.

Aber Dr. Freund schüttelte beharrlich den Kopf. „Rufen Sie diesen Fotografen zurück", sagte er scharf. „Sofort! Wenn er nur ein einziges Foto macht, werd' ich die Polizei verständigen! Das ist Hausfriedensbruch..."

In diesem Moment brach oben im ersten Stock ein merkwürdiger Tumult los. Und für einen Augenblick verlor Dr. Freund die Kontrolle über die Situation. Er ließ die Arme sinken und drehte sich um. Im gleichen Augenblick winkte der Dobermann den Kindern. „Los."

Und schon waren sie im Haus.

Arne rannte los: „Die Baracke ist hinten!" rief er. Er hatte sich überlegt, wie der Grundriß des Hauses aussehen könnte. Irgendwo mußte es eine Tür in den Garten geben. Wahrscheinlich von der Küche aus. Er rannte den dunklen, muffig riechenden Flur entlang.

„Hierbleiben! Halt! Sofort stehenbleiben!" schrie Dr. Freund.

Aber keiner reagierte. Sie durchquerten im Eilschritt eine Küche, in der es nach Kohl und Brei roch. Das kleine Mädchen, das am Spülbecken stand, ließ vor Schreck einen Teller fallen und starrte sie wortlos an.

„Da ist die Tür!“ keuchte Arne.

„Stehenbleiben!“ Dr. Freund stürzte ihnen nach in die Küche.

Victor nahm einen Stuhl und ließ ihn über den Linoleumboden schlittern, genau auf Dr. Freunds Beine zu. Er stolperte, verlor das Gleichgewicht und fiel hin.

Arne grinste. „Klasse!“ murmelte er.

Der Dobermann sah sich nach Richie um. „Wo steckt der verdammte Kerl?“ brüllte er. „Der soll fotografieren!“

Richie war plötzlich da. Sein Gesicht wirkte entschlossen und grimmig. „Das glaubst du nicht, was ich hier im Kasten hab'. Das glaubst du nicht! Du mußt mal in den ersten Stock gehen, da siehst du einen Schlafsaal... Was sage ich – Schlafsaal kann man das nicht nennen, das ist der Alptraum, der...“

„Später, Richie. Komm mit.“ Der Dobermann schob den Fotografen vor sich her in den Garten.

Da war die Mauer.

„Stehenbleiben!“ brüllte Dr. Freund zum wiederholten Mal. Er hatte sich aufgerappelt und stolperte hinter ihnen her. „Ich rufe die Polizei! Ich rufe sofort die...“

Die kleine Tür in der Mauer war verschlossen.

Der Dobermann hatte das mit einem Blick festgestellt. Er drehte sich sehr langsam zu Dr. Freund um. Und dann sagte er bedächtig: „Den Schlüssel.“ Er streckte die Hand aus. „Geben Sie mir den Schlüssel für diese Tür.“

Dr. Freunds Augen sprühten Feuer. Verbissen schüttelte er den Kopf. „Nie!“ sagte er. „Nie werde ich Ihnen den Schlüssel geben! Was wollen Sie da überhaupt sehen? Da gibt es nichts zu sehen. Ein Lager, sonst nichts. Ein Warenlager...“

„Ich glaube Ihnen nichts, ich glaube Ihnen kein einziges Wort.“ Ungerührt streckte Tobermann seine Hand aus.

In diesem Augenblick trat die alte Frau zu ihnen. Ihre breiten Hüften wackelten, und das Kopftuch war ihr tief in die Stirn gerutscht. „Hier Schlüssel“, sagte sie in gebrochenem Deutsch. „Hier.“ Sie nahm aus der Tasche einen Schlüssel, an den ein Bindfaden geknotet war, und warf ihn dem Fotografen zu. Der fing den Schlüssel geistesgegenwärtig auf und rannte zur Tür.

„Nein! Ich verbiete es! Bleiben Sie stehen!“ Dr. Freund bekam vor Wut und Hilflosigkeit nur noch krächzende Worte heraus.

Richie hatte die Tür schon aufgestoßen.

Er trug drei Kameras um den Hals, eine hatte er bereits schußfertig in der Hand, als er die Baracke betrat.

Aber er blieb einfach stehen, ließ die Kamera sinken und schaute sich fassungslos um.

„Was ist los?“ Der Dobermann schob ihn zur Seite.

„Ich kann's nicht fassen“, flüsterte Richie, „ich kann es verdammt noch mal einfach nicht fassen. Sieh dir das an! Sieh dir das an!“

Die Baracke wurde nur durch die nackten Glühbirnen erleuchtet, die über den Arbeitstischen hingen. Draußen war ein heller, strahlender Sonnentag, aber davon konnte man hier drinnen nicht einmal etwas ahnen.

Als sie die Baracke betreten hatten, war noch ein Geräusch zu hören gewesen: das Surren der Nähmaschinen. Aber plötzlich war es totenstill.

Mindestens fünfzehn Kinder starrten die Eindringlinge aus riesengroßen, ängstlichen Augen an.

Keiner bewegte sich, keiner versuchte, sich zu verstecken, keiner machte Anstalten, aufzustehen. Sie saßen alle wie gelähmt.

Victor war hinter den Dobermann getreten. Das Mädchen, das gleich vorn vor einem Haufen weißer Lumpen saß, die sie offenbar zusammenlegen mußte, war höchstens acht Jahre alt.

Sie hatte schwarze, glänzende Haare und trug einen kleinen roten Edelstein am linken Nasenflügel. Vielleicht eine Inderin, dachte Victor. Sie lächelte scheu. Aber das Mädchen verzog keine Miene. Sie hockte im Schneidersitz auf dem Stuhl, ein schmales zartes Figürchen, und es sah aus, als wenn sie in genau dieser Haltung schon stundenlang so dagehockt hätte.

Am Nebentisch arbeitete ein ungefähr elfjähriges Mädchen. Sie war ganz bleich und hatte gerötete Augen, als wenn sie eben noch geweint hätte. Auf dem Tisch lagen Frotteetücher, in die sie offenbar Monogramme sticken mußte.

Richie hatte sich von seinem Schock erholt. Er lief zwischen den Tischen herum und fotografierte. Mal mit der einen, dann mit der anderen Kamera. Er machte einen Scherz, strich den Kindern über den Kopf und rief ihnen etwas Aufmunterndes zu, aber die Kinder reagierten überhaupt nicht.

Abgestumpft saßen sie da und ließen alles über sich ergehen.

Der Dobermann fuhr sich mit beiden Händen über das Gesicht. Er stöhnte.

Dann wirbelte er plötzlich herum und stürzte wieder nach draußen. Doktor Freund stand da und schrie die alte Frau mit dem Kopftuch an. Was er sagte, konnte man nicht verstehen. Er schrie nur, er sah aus, als würde er die alte Frau am liebsten schlagen.

Der Dobermann stellte sich schützend vor die Frau. Dann zog er das kleine Mikrofon aus seiner

24 0052-24

Jackentasche, das an das Tonband angeschlossen war, und hielt es Dr. Freund hin: „Ich nehme an, Herr Doktor Freund", sagte er mit vor Empörung vibrierender Stimme, „daß dieses Ihr letzter Tag in Freiheit ist. Sie haben Kinder eingesperrt, in einer stockdunklen, fensterlosen Baracke, um sie auszubeuten. Sie haben die deutschen Sozialgesetze skrupellos..."

Dr. Freund sprang vor. Er riß Tobermann das Mikrofon aus der Hand, das Tonband flog aus der Jackentasche und landete im Gras. Wie ein Rasender trampelte der Mann drauf herum.

„Spitzel!" schrie er. „Schweine! Spione!"

Der Dobermann sah ungerührt zu. Er steckte zwei Finger in den Mund und stieß einen gellenden Pfiff aus. Sofort war Richie bei ihm. Mit einem Blick erfaßte er die Situation. Er tänzelte um den vor Wut kochenden Dr. Freund herum und fotografierte, während der das Tonband in den Erdboden stampfte.

„Herrlich", sagte Richie, „Sie sehen aus wie das Monster, das Sie ja auch in Wirklichkeit sind."

In diesem Augenblick kam Dr. Freund wieder zur Besinnung. Er wollte sich auf den Fotografen stürzen, um ihm die Kamera zu entreißen, aber der war schneller. Behend schlüpfte er unter Dr. Freunds Armen durch und rannte ins Haus.

Der Dobermann wußte, daß Richie nicht fliehen wollte. Richie war kein Typ, der vor einem Verrückten davonlief. Er ahnte, daß Richie noch weitere Fotos machen wollte. Deshalb wandte er sich an Dr. Freund und sagte: „Außerdem werde ich natürlich von Ihnen verlangen, daß Sie das Tonband ersetzen. Und ich werde herausfinden, unter welchen Bedingungen Sie diese arme alte Frau hier arbeiten lassen. Wir werden alles herausfinden, Herr Doktor Freund." Er betonte das „Herr" auf eine ironische Weise.

„Ich rufe die Polizei!" fauchte Dr. Freund.

Der Dobermann lächelte grimmig. „Bitte, wer hindert Sie? Rufen Sie die Polizei, dann müssen wir es nicht tun. Sie sind der Hausherr, wie Sie immer wieder gesagt haben."

Dr. Freund rannte ins Haus und schlug die Tür zu.

Der Dobermann war hundertprozentig sicher, daß Dr. Freund nicht die Polizei rufen würde. Er drehte sich um und ging in die Baracke zurück.

Arne, Lola und Victor hockten verschämt und verlegen zwischen den Tischen und versuchten, mit den verschüchterten Kindern Kontakt aufzunehmen. Der Dobermann sah sofort, daß es eine ziemlich hilflose Sache war. Aber er ließ die drei. Von jetzt an hatten sie viel Zeit.

Sie würden ganz in Ruhe mit jedem einzelnen dieser Kinder reden können, wenn es sein mußte, mit Hilfe eines Dolmetschers. Aber zuallererst mußte dafür gesorgt werden, daß man die Kinder hier rausholte.

Tobermann ging zu Arne, der gerade mit Selim sprach, und tippte ihn auf die Schulter. „Ich muß telefonieren. Ihr bleibt solange hier, in Ordnung?"

Arne nickte. Er hatte das Gefühl, daß er sich in seinem ganzen Leben noch nie so bedrückt gefühlt hatte. „Wir müssen die Kinder hier rausholen, Herr Tobermann", flüsterte er. „Ich hab' es Selim versprochen. Er sagt, die werden nachts immer eingesperrt im Schlafsaal. Sie dürfen nicht einmal aufs Klo, und die Fenster sind abgeschlossen, seit ein Mädchen sich einmal aus dem Fenster gestürzt hat."

Tobermann zuckte zusammen. „Und was ist mit dem Mädchen passiert?"

„Sie liegt oben im Bett. Seit zwei Wochen schon. Kein Arzt ist gekommen. Die Beine sind geschwollen, und sie hat immerzu Schmerzen ..." Arne konnte kaum weitersprechen.

Selim hörte aufmerksam und stumm zu.

Der Dobermann legte seine Hand auf Selims Kopf. „Keiner von euch muß jemals noch eine Nacht in diesem Haus schlafen, dafür werden wir sorgen."

Lola hatte sich neben den Dobermann gestellt.

„Und wo ist dieser … dieser gräßliche Typ?“

„Du meinst den, der sich Väterchen nennt? Um den kümmer’ ich mich.“

„Wenn der hier reinkäme …“ Lola schüttelte sich. „Ich glaub’, ich würde das nicht aushalten …“

„Niemand würde das aushalten!“ rief Victor. Sie hob die Hände eines Jungen, die ganz blutunterlaufen und geschwollen waren. „Schauen Sie sich das an! Das hat dieser Kerl gemacht. Mit dem Stock schlägt er den Kindern auf die Hände, wenn sie sich aus der Küche etwas zu essen holen wollen …, nur ein Stück Brot hat er geholt! Und dafür diese Hände.“

Victor schaute den Dobermann fassungslos an. „Wie kann ein Mensch so sein? Wie ist das möglich?“

„Auf unserer Welt ist alles möglich, auch das Schlimmste“, sagte der Dobermann grimmig.

„Redet noch ein bißchen mit den Kindern. Versucht, ihnen Mut zu machen und sie zu trösten.“

„Was wollen Sie machen?“ rief Victor.

„Das Sozialamt anrufen und die Polizei.“

Victor und Lola nickten. Irgendwas mußte schließlich geschehen, und zwar sofort.

Die Leute vom Sozialamt kamen gleich zu dritt, im Schlepptau eine Polizeistreife. Ungehindert traten sie ins Haus. Dr. Freund hatte sich oben in seiner

Wohnung unter dem Dach verbarrikadiert.

Richie hielt vor der Wohnungstür Wache. Er hockte da, den Rücken an den Türrahmen gelehnt, und wartete. „Irgendwann kommt er raus", sagte er, „und dann läuft er mir direkt vor die Faust."

Der Polizist bat ihn, aufzustehen. „Wir haben hier keine Selbstjustiz. Auch wenn ich verdammt gut verstehe, daß Ihnen danach ist. Überlassen Sie den Herrn nur uns. Wir kümmern uns schon."

Der Dobermann führte die Mitarbeiter vom Sozialamt durch die Küche in den Garten. Verblüfft blieben sie stehen, als sie die Mauer sahen. „Was ist denn das?"

„Eine Mauer", sagte der Dobermann. „Sollten Sie die nicht kennen?"

Die Mitarbeiter schüttelten alle drei den Kopf. „Sieht ja zum Fürchten aus", sagte einer von ihnen.

„Das ist noch gar nichts. Kommen Sie mit." Der Dobermann führte sie in die Baracke. Er machte eine ausladende Bewegung über die Köpfe der Kinder hinweg. „Schauen Sie, da sind Ihre Schützlinge. Da sind die Kinder, um die Sie sich doch auch irgendwie kümmern sollten, oder nicht? Oder haben Sie nur das Geld an Doktor Freund überwiesen, ohne sich je zu vergewissern, wie die Kinder hier leben?"

Die drei sagten zuerst gar nichts.

Dann hörte man die dünne Stimme der älteren

Frau. „Ich mache nie Außendienst, ich sitze immer im Büro."

Und der Mann mit dem Schnurrbart sagte: „Ich bin erst vor vier Wochen hierher versetzt worden. Ich konnte mich schließlich nicht gleich um alles kümmern."

„Klar." Der Dobermann spürte, wie die Wut in ihm hochstieg. Er wandte sich an die dritte Person. „Und Sie sind wahrscheinlich blind oder taub oder beides?"

Er ging zu dem Jungen mit den blutunterlaufenen Händen. Er lächelte ihn an. „Kannst du Deutsch?"

Der Junge fuhr sich mit der Zunge über die Lippen. Er schaute angstvoll von einem zum anderen. Die Kinder verstanden immer noch nicht, was das alles bedeutete. Aber die Erfahrung ihres kurzen Lebens sagte ihnen wahrscheinlich, daß es nichts Gutes bedeutete.

„Ich verstehe", stammelte er, „aber ich nicht sprechen ..."

„Doch, doch, er spricht ganz gut!" rief Victor. Sie kniete neben dem Jungen und nahm ihn in den Arm. „Er hat mir ja schon alles erzählt." Und dann erzählte sie die Geschichte von dem Brot noch einmal.

Die drei Mitarbeiter des Sozialamtes hörten fassungslos zu.

„Das ist Selim." Arne schob den kleinen, verlegen

lächelnden Selim vor sich her. „Er ist mein Freund. Wir kennen uns schon eine Weile, nicht?“ Er faßte seine Schultern und schüttelte sie kameradschaftlich. „Selim muß zur Strafe nachts auch arbeiten. Weil er zweimal ausgerissen ist.“

Die Sozialarbeiterin schaute Selim erschüttert an. Offenbar konnte sie immer noch nicht fassen, was sie hier sah.

„Und warum bist du hierher zurückgekommen?“ fragte sie den Jungen.

Selim hob den Blick. Es tat Victor richtig weh, als sie diese unheimliche Trauer in seinen Augen sah.

„Ich wollte wieder zu Lalla“, sagte er schüchtern.

„Lalla ist seine Schwester“, erklärte Arne.

Die Sozialarbeiterin nickte. Sie streichelte Selims Wange. „Du brauchst keine Angst mehr zu haben“, sagte sie. „Jetzt ist alles gut.“

Selim senkte wortlos den Blick.

Victor dachte an den Tag, als sie und Lola Selim zum erstenmal begegnet waren. Sie erzählte diese Begegnung den Leuten vom Sozialamt. Bekümmert schüttelte die Frau den Kopf.

„Schade – wenn ihr damals schon mit dem Jungen zu uns gekommen wärt, hätte man ihm wenigstens die letzten Tage der Qual ersparen können.“

„Aber woher sollten wir das denn wissen?“ rief Lola aufgebracht. „Man kommt doch nicht auf die

Idee, daß so etwas mitten in Deutschland passiert! Wenn Sie plötzlich ein kleiner wildfremder Junge anspricht, denken Sie doch auch nicht gleich das Schlimmste."

Die Sozialarbeiterin lächelte bekümmert. „Ich mache euch ja keinen Vorwurf. Ich habe ja nur gesagt: Es ist schade."

„Das wissen wir auch." Victor war den Tränen nahe. „Aber beim zweitenmal, als wir Selim vor dem Supermarkt trafen, da hatte es ja plötzlich gefunkt. Lola und ich hatten gleichzeitig das Gefühl, daß es so etwas wie Schicksal ist, wissen Sie ..." Sie wurde rot. Arne schaute sie so ernst und aufmerksam an. Stotternd sprach sie weiter: „Vielleicht haben wir seine Botschaft verstanden. Ich kann mir sonst gar nicht erklären, warum ich dem Jungen hinterhergelaufen bin. Es war nicht logisch, verstehen Sie?"

Arne schenkte ihr ein warmes Lächeln, das sie tröstete.

„Manchmal sind die unlogischen Dinge ganz besonders logisch", meinte er. „Man muß es nur in einem anderen Zusammenhang sehen, dann macht es Sinn."

Fred Tobermann schaute die Mitarbeiter des Sozialamtes an. „Wie finden Sie die Story? Ziemlich aufregend, oder? Sie können sie ab nächster Woche in Fortsetzungen im *Anzeiger* lesen. Tut mir echt leid, daß Ihr Amt dabei schlecht wegkommen wird ..."

Lola wurde plötzlich nervös. „Und wann geschieht endlich etwas?" rief sie. „Wann können die Kinder hier raus? Ich halte das keine Minute länger aus!"

„Lola hat recht", sagte Victor.

„Aber wohin bringt man die Kinder?" Arne sah zweifelnd auf die drei Mitarbeiter vom Sozialamt. „Haben Sie denn einen anderen Platz?"

Die ältere Frau schüttelte den Kopf. „Eigentlich nicht. Eigentlich gibt es überhaupt keinen Platz für diese Kinder. Das ist ja das Schlimme. Keiner ist zuständig. Ein ewiges Hickhack zwischen den Behörden ..."

„Dann werden wir eben dafür sorgen, daß dieses Hickhack beendet wird!" rief der Dobermann hitzig. „Wir werden für jedes einzelne dieser Kinder Pateneltern suchen. Für jedes einzelne!"

„Und bis dahin?" fragte Victor.

„Bis dahin bringen wir sie im Landschulheim unter. Die haben immer Platz, dann müssen sie eben einer Schulklasse absagen oder was weiß ich. Interessiert mich nicht. Aber da ist es schön und fröhlich und heiter. Ein neues helles Haus, direkt am See, mit unheimlich netten jungen Herbergseltern. Ich werde sofort mit denen reden."

Am folgenden Montag hingen an den Zeitungskiosken riesige Plakate: *Skandal! Heimatlose Waisenkinder müssen in Deutschland für einen Ausbeuter arbeiten! Lesen Sie die ergreifende Geschichte heute im* **Anzeiger!** *Lesen Sie, wie zwei Mädchen dieser Stadt den geheimnisvollen Dr. Freund entlarvten. Sie werden erschüttert sein ...*

Auf dem Weg in die Schule radelten Victor und Lola auf ihrem Tandem mindestens an drei solchen Plakaten vorüber.

Victor, die hinter Lola saß, stieß ihr jedesmal die Faust zwischen die Rippen. „Du! Mit den Mädchen sind wir gemeint!"

„Weiß ich doch."

„Und? Was ist das für ein Gefühl?"

„Irgendwie irre." Lola schüttelte ihre Haare. „Ich kann es immer noch nicht fassen."

„Ich hab' ja gewußt, daß wir dem Dobermann eine Super-Story liefern. Ich hab' es irgendwie im Gefühl gehabt. Du ... was glaubst du, wieviel er uns dafür bezahlt?"

„Ist mir ehrlich egal." Lola streckte die Hand aus, um zu zeigen, daß sie links abbiegen mußten. „Das Geld interessiert mich plötzlich überhaupt nicht mehr. Ich finde es viel wichtiger, daß wir diese armen Kinder gerettet haben."

Victor nickte.

Genau das hatte sie auch gedacht.

Gefühlssachen

von Brigitte Blobel

Ach, Schwester

Protokoll einer Liebe

Plötzlich ist alles anders

Geschichte einer Mädchenfreundschaft

Eine Tür fällt zu

Wenn Eltern auseinandergehen

Tanzen sehr gut – Mathe ungenügend

Trotz schlechter Noten weiter zum Ballett?

Ohne dich kann ich nicht leben

Das Schicksal einer großen Liebe

Einen Lehrer liebt man nicht

Julia lernt den neuen Deutschlehrer kennen

Die Neue, mein Bruder und ich

Wenn freundschaftliche Gefühle ausgenutzt werden

Ciao, bella!

Eine Sommerliebe